Christophe Cousin

Epsilons

Tome 1 : La fin de la souveraineté humaine

ISBN numérique : 9791040564638

EAN papier : 9791040564645

Illustration : Cédric Piffard

Librinova

Courriel : contact@librinova.com
Internet : www.librinova.com

À tous les Epsilons,

"L'intelligence, c'est l'imprévisible."
Michel Serres

Prologue

Comme prévu - et ils n'avaient jamais douté que cela arriverait précisément à cet instant - la communication s'interrompit. Jusqu'aux ultimes secondes, ils s'étaient regardés intensément, sans un mot, sans rien se dire, à l'opposé des milliers de messages qu'ils avaient échangés ces dernières semaines. Ils se voyaient pour la première fois depuis trois mois, et c'était en silence. Un silence choisi, obligé, nécessaire, qui les liait pourtant à jamais. Désormais, le statut de leur conversation était passé du vert au noir. Pas un rouge signifiant un arrêt temporaire ni un orange pour une faiblesse technique du réseau. Non, un noir qui disait, c'est fini, c'est La Coupure, cette liaison ne sera plus rétablie. Elle est éteinte à tout jamais. Elle n'existera plus. Même sans espoir que le flux reprenne, vraiment aucun, ils restèrent quelques secondes sans bouger, le regard perdu dans leurs lunettes de réalité augmentée. C'était le moment du choix : rester et s'oublier ou partir pour se retrouver. Rester dans la vie ouatée et facile régulée par les IA ou prendre leur destin en main. Être manipulés et consentants d'une soumission généralisée ou être complices dans la clandestinité. Survivre sans se soucier de rien ou s'aimer et se préoccuper de tout. Rester à Ispahan pour The_Cat, à Florence pour Elio.

D'un même mouvement synchronisé malgré l'éloignement, chacun retira ses lunettes, et débuta son protocole de départ. Le temps était désormais compté, pour se retrouver, enfin. Trois mille kilomètres les séparaient, une distance ridicule pour des amoureux qui auraient voulu se retrouver à la fin du siècle dernier. Un abime, en 2087, alors que le monde était totalement contrôlé par deux Intelligences Artificielles omniscientes. Deux IA qui fonctionnaient de la même façon : DémocratiQ à l'Ouest et RépubliQ, à l'Est, coté asiatique. La Coupure marquait la fin de leur collaboration, la disparition de leurs échanges puisqu'elles avaient calculé qu'ils ne servaient plus à rien. Il n'y avait pas d'animosité, pas de ressenti, pas d'affect dans cette décision bilatérale : juste une mesure pragmatique, comme toutes celles qu'elles prenaient à chaque instant. Elle avait été annoncée il y a quelques jours, sans que presque personne n'y voie de conséquence. Presque personne sauf The_Cat et Elio. Cette interruption les plongeait dans les abysses, un silence redouté, tant leurs incessants échanges structuraient désormais leur vie.

En une cinquantaine d'années, les IA avaient construit leur puissance en faisant progressivement oublier aux Hommes et aux Femmes que leur libre arbitre pouvait même exister. Leur faire désapprendre leur liberté individuelle, voilà en réalité le tour de force réalisé par les algorithmes qui géraient désormais le monde. Si ce fut si rapide, c'est que les humains furent leurs complices à chaque instant pour cela. Pas tous, mais une immense majorité. Les mêmes qui s'accommodaient aujourd'hui de La Coupure et plus généralement de leur situation.

Ispahan

The_Cat était née à Ispahan, anciennement en Iran, territoire dorénavant administré par l'IA que tout le monde appelait RépubliQ. De cette antique cité, il restait l'architecture, l'organisation des rues et des places, les grands axes de transport. Mais du 20e siècle, il ne restait pas beaucoup plus. Comme partout sur le territoire de RépubliQ, et c'était la même chose du côté de DémocratiQ, la vie quotidienne de chacun dépendait de son statut. The_Cat était née dans une famille de « 91 », appelée ainsi parce qu'ils correspondaient simplement à 91% de la population mondiale qui n'avait plus de travail. Totalement désœuvrés, tous les « 91 » étaient nourris et logés gracieusement et abreuvés de divertissements abêtissants en flux continu.

Lors de sa jeunesse, The_Cat avait été encouragée à profiter de cette vie oisive, consacrée aux loisirs et aux conversations. Dès sa maternelle, il lui avait été conseillé de parler régulièrement avec ses semblables, si possible de façon électronique, en utilisant la langue unique conçue par les IA pour être la plus efficace. En plus, des « conversations d'harmonie » avec des avatars lui étaient imposées tous les mois par l'IA, sur l'unique réseau social. Officiellement, c'était pour bien comprendre ses attentes et pouvoir y répondre au mieux, mais dans les faits, cela permettait de calculer son score d'obéissance. Plus il était haut, plus l'IA lui proposait des « expériences » sous forme de divertissements et d'évènements qui lui étaient recommandés de partager sur son profil public. Mais si son score baissait, RépubliQ lui imposait de plus en plus d'échanges avec d'autres agents conversationnels, et même des voisins et des membres de sa famille, pour la ramener dans le rang et pour prédire, toujours plus précisément, ses intentions. Comme pour tous les « 91 », il lui avait été recommandé de faire le minimum de sport, déclaré dangereux pour sa santé. Il en était de même pour les efforts intellectuels, que les autres « 91 » n'avaient aucun mal à estimer parfaitement inutiles.

C'était différent pour The_Cat et longtemps, ses demandes incessantes d'activités furent un sujet de friction avec ses parents qui lui opposaient une incompréhension sincère. Ils ne comprenaient pas son envie de sortir, de se dépenser physiquement, et surtout de lire et d'écrire. Sa soif d'apprendre avait ainsi été entravée par le manque d'exemples autour d'elle. À cause des robots, toutes les tâches manuelles, tous les savoirs pratiques étaient en train de disparaître et The_Cat avait arrêté de demander un support extérieur pour se débrouiller sans l'aide de personne, encore moins de sa famille. Elle ne pouvait pas compter non plus sur les « informations vraies » qui déferlaient en flux continu. Elles étaient personnalisées pour captiver le plus longtemps possible et pour développer des comportements addictifs face aux écrans. Pire encore, elles étaient systématiquement biaisées pour maintenir les « 91 » dans leur bonheur artificiel. Peu à peu, tous ces programmes qu'ils soient d'enseignement, d'information ou de pure distraction, avaient façonné la culture collective des « 91 ».

– C'est comme de la drogue offerte à des junkies, avait

dit un jour The_Cat à une de ses amies « 91 ».

— Moi je trouve que c'est bien, lui avait-elle répondu. Au moins, j'ai toujours des contenus que j'aime.

— Mais tu n'as que cela, rien de plus. Tu ne veux pas découvrir de nouvelles choses ?

— Non, je risquerai d'être déçue.

— Déçue de quoi ? interrogea The_Cat.

— De regarder un film ou une série qui ne me plait pas à la fin.

— Mais c'est pas grave, la déception fait partie de la vie. Et puis, tu ne voudrais pas être surprise par moment ?

— Non, je préfère pas, ça me fatigue.

Tout ce qui concourait à la facilité, à l'absence d'efforts était systématiquement suggéré aux « 91 » afin qu'ils en demandent toujours plus après y avoir goûté. C'était un des nombreux principes des théories appelées côté asiatique « Bonheur souhaité » et côté occidental « Dépendance demandée » et toute la puissance de cette addiction : orienter la pensée, manipuler les « 91 » pour qu'ils souhaitent plus de services, d'informations, de jeux proposés par RépubliQ et DémocratiQ. Sans aucune charge mentale, ils pensaient profiter de la plus belle des vies. Tout en étant vaguement reconnaissants et condescendants envers les « 9 », les travailleurs obligés de se fatiguer à la tâche, les « 91 » étaient persuadés que le progrès avait enfin permis à l'humanité d'atteindre son nirvana. En plus de persuader les « 91 » qu'ils vivaient leur meilleure vie, les moyens déployés par RépubliQ avaient deux autres objectifs : prédire les comportements et rationaliser le quotidien pour réduire le cout énergétique de chaque individu.

Toutes les journées de The_Cat et sa famille étaient strictement semblables et programmées, avec juste ce qui faut de sérendipité, de hasard pour éviter la folie. C'était le cas des repas, livrés gratuitement aux « 91 », à heure fixe avec une combinatoire des menus aléatoire, de sorte qu'il était impossible de prévoir de quoi la prochaine livraison serait composée. Les taux de matière grasse et de sucre étaient calculés pour générer un début d'obésité qui rendaient les déplacements inconfortables sans pour autant mettre en péril le système cardio-vasculaire. Cela faisait partie des mesures visant à maintenir les « 91 » à leur domicile, autant que possible. C'était d'autant plus facile que les marchés, la majorité de commerces et les administrations avaient disparu ou étaient remplacés par des services en ligne diffusant des divertissements et des contenus ludiques. Seuls les bars et restaurant avaient été épargnés par les IA, mais toutes les conversations qui s'y tenaient étaient enregistrées pour alimenter les scores d'obéissance.

Dès qu'on l'apercevait, il était évident que The_Cat ne répondait pas aux canons souhaités par RépubliQ. D'abord, parce que, à 30 ans, elle pesait 20 kilos de moins que le poids visé par le régime officiel. Sa silhouette élégante détonnait instantanément, et c'est ce qu'Elio avait noté immédiatement, lors de leur première rencontre. Il est toujours difficile de savoir si c'est la psyché ou le corps qui contrôle ce genre de chose, mais la constitution de The_Cat l'empêchait de prendre du poids, en tout cas selon les objectifs de RépubliQ. C'est cette souplesse, cette capacité à se faufiler, à bouger avec grâce qui lui avait valu son surnom, d'abord uniquement utilisé dès qu'elle avait participé à des jeux vidéo, puis progressivement dans la vie réelle, de sorte qu'il avait remplacé son prénom d'origine italienne : Caterina. Mais c'est pour d'autres raisons qu'elle avait été classée « Epsilon ». Les Epsilons étaient la troisième classe d'humains selon les IA, avec les « 91 » et les « 9 ». Ils faisaient partie d'une infime majorité que ni RépubliQ ni DémocratiQ n'avaient jamais pu comprendre du fait de leur irrationalité répétitive. En cherchant à modéliser et à prédire l'intégralité des conduites humaines, les IA avaient été rapidement confrontées à des aberrations, qui furent un temps attribués à des défauts de données. Pourtant, les « Savants de la Tech », les seuls « 9 » qui continuaient à comprendre le système avaient fini par se rendre à l'évidence. Malgré les programmes de manipulation, certains individus ne semblaient pas rentrer dans le rang et adoptaient des comportements qualifiés d'irrationnels. Généralement, ils étaient alors remis sur le droit chemin, dès leur jeunesse, grâce à de légers anxiolytiques, ou simplement lorsque leur période d'amoureux transis prenait fin grâce aux différentes mécaniques d'éloignement habilement gérées par les IA. Restaient néanmoins des récalcitrants, ou des persévérants selon le point de vue, laissés dans la nature, notamment pour éviter d'utiliser les services de police pour des délits mal définis et compliqués à mettre dans des cases. Pour ceux-là, aucun algorithme ne trouvait un début de solution pour anticiper leurs démarches injustifiées. Après quelques années de vaines tentatives, et alors que l'Énergie commençait à manquer, il fut donc décidé de ne plus essayer de prédire leurs comportements. À leur majorité, les Epsilons n'avaient ni l'obligation de travailler comme c'était le cas pour les « 9 », ni celle de « conversations d'harmonie » avec des avatars, obligatoires pour les « 91 ».

Ils ne bénéficiaient pas non plus des expériences attribuées aux « 91 » les plus disciplinés, ni des emplois les plus intéressants confiés aux « 9 » les plus zélés. Les Epsilons restaient surveillés et leur score d'obéissance diminuaient dès qu'ils faisaient du prosélytisme, qu'ils contrariaient les plans des IA, ou mettaient en danger la vie des autres humains. Et bien sûr, les Epsilons étaient géolocalisés en continu et devaient rester dans un périmètre géographique très restreint.

Si à l'origine, les Epsilons regroupaient des gentils fous pathologiques, des artistes ou des religieux incorrigibles, tous les profils dont les comportements n'étaient pas prédictibles par les IA furent progressivement classées dans cette catégorie. Cela avait été le cas pour The_Cat autour de ses 6 ans. Vraisemblablement atteinte d'un trouble de l'attention, elle n'avait jamais intégré les préceptes manipulatoires de l'éducation officielle. Au fil du temps, elle s'était créé un monde imaginaire aussi riche et léger que la vie de ses parents était morne et ennuyeuse. C'est probablement ce monde imaginaire qui lui permit d'éviter la folie qui frappait de nombreux Epsilons. En parallèle, elle avait appris toute seule à dessiner, écrire de façon cursive, faire des pliages, des patchworks..., une créativité et une dextérité considérées comme parfaitement inutiles par RépubliQ pour une « 91 ». Elle avait, malgré tout, année après année, développé son habileté manuelle, alors même que se fournir en matières premières était compliqué, surtout pour le papier. Elle en produisait artisanalement, en séparant les couches des cartonnages des livraisons à domicile ou en décollant d'anciens papiers peints.

Ce que RépubliQ était incapable de prévoir, malgré toutes son système de surveillance, son incroyable puissance de calcul et ses algorithmes, c'est que l'hyper sensibilité artistique de The_Cat la prédestinait à tomber amoureuse, même éperdument amoureuse. Et s'il y avait une chose que les IA n'aimaient pas, ne comprenaient pas et même qui aurait pu les exaspérer si elles avaient eu des sentiments humains, c'étaient justement les comportements amoureux, comme ce fut le cas pour The_Cat et Elio. Et RépubliQ ne l'avait d'autant moins prédit qu'elle n'aurait jamais dû rencontrer Elio. Elle, une « 91 » et lui issu d'une famille de « 9 ». Alors qu'elle résidait depuis toujours à Ispahan côté RépubliQ tandis qu'Elio vivait à Florence, du côté de DémocratiQ.

Désert

C'est à Ispahan qu'ils s'étaient vus la première fois.

Tout comme son père, un « 9 » ingénieur en maintenance, Elio travaillait sur les Capteurs en panne, pour les réparer ou les remplacer. Il intervenant indifféremment sur les caméras, les détecteurs de mouvement, les microphones, bref tous les équipements du surveillance connectés aux IA et il y en avait des centaines de millions, disséminés absolument partout sur le territoire. Si, généralement, un robot se chargeait de ces tâches, la configuration des lieux, la hauteur des installations, la nature même de l'opération faisaient qu'il était parfois plus pragmatique de faire intervenir un humain. C'était un travail classique pour les « 9 », chargés de faire fonctionner ce monde automatisé. Les « 9 » intervenaient là où les IA n'étaient pas assez efficaces, et en premier lieu dans la recherche fondamentale, lorsque le travail collaboratif, l'innovation, la recherche de nouvelles solutions étaient nécessaires. Venaient ensuite les travaux non robotisables, comme dans les cas où Elio intervenait. Enfin, les « 9 », assuraient les tâches de police, pour garantir la sécurité des humains, suivant des règles juridiques désormais parfaitement modélisées. Dans la hiérarchie des « 9 », Elio était un « Opérationnel » du bas de l'échelle, bien en dessous des « Idéologues », les politiques qui avaient accompagné la prise de pouvoir des IA et des « Savants », les seuls spécialistes encore capables de comprendre comment les systèmes fonctionnaient dans leur ensemble.

Si les « 91 » considéraient toutes ces activités comme exigeantes, fatigantes et contraignantes, les « 9 » étaient, en fait, les privilégiés du système, par l'intérêt, même relatif, de leur travail et des finalités de leurs actions quotidiennes. Sans surprise pour un historien des comportements humains, et alors que ces avantages se suffisaient à eux même, les « 9 » s'étaient progressivement réservés d'autres privilèges. Officiellement pour garantir plus de performances, ils s'étaient octroyé le droit d'apprendre, de se former aux travaux manuels, de choisir leur alimentation, de gérer leurs loisirs… C'était la dernière population qui avait eu un semblant d'existence telle que l'humanité l'avait connu pendant des siècles, car tout cela allait étaient en train disparaître.

Dans le cadre de la collaboration entre les IA, et avant La Coupure ne soit annoncée, Elio était à Ispahan pour apprendre à réparer des Capteurs en situation désertique, là où les tourbillons de sable rendaient le travail des robots aléatoire. Justement, la tempête quotidienne d'Ispahan était l'occasion de mettre en pratique ses connaissances. C'est en préparant une intervention sur un Capteur à la lisière de la ville, que Elio vit The_Cat pour la première fois. Elle marchait sans but évident, et cela attira immédiatement son attention. Tout aussi étrange, The_Cat ne portait pas de lunettes de réalité augmentée. Ce n'était pas illégal, mais cela obligeait à savoir trouver son chemin, ce que quasiment plus personne ne savait plus faire.

Et puis, cela interdisait toute communication à distance, ce que plus personne ne supportait. Une jeune femme déambulant seule, sans lunettes et sans but apparent, c'eut été d'une immense banalité quelques décennies plut tôt. C'était l'évènement le plus improbable qu'Elio ait vu depuis bien longtemps. Elle passa à côté de lui sans lui prêter attention. Même si ces premiers instants furent l'objet de nombreuses réminiscences par la suite, The_Cat n'avoua jamais à Elio si elle l'avait vu ou pas. Surpris, intrigué, il l'avait remarqué, observé sans détour, alors qu'elle s'éloignait de lui. Durant ce premier contact, à aucun moment il n'avait envisagé de lui adresser la parole. D'abord parce que ce n'était pas dans la feuille de route quotidienne que l'IA lui avait assignée la veille au soir. Mais aussi parce que les initiatives personnelles n'étaient pas recommandées, officiellement pour atteindre la meilleure performance possible de l'ensemble des process et des systèmes.

Pour Elio, la silhouette gracile de The_Cat la rangeait naturellement dans la classe des « 9 », pourtant l'apparente inutilité et lenteur de son activité ne collaient pas avec leurs comportements habituels. Craignant trop que leur légitimité soit remise en cause, les « 9 » veillaient toujours à donner l'impression d'être pressés et occupés, même, et surtout, lorsqu'ils ne faisaient rien de très utile. Le fait que The_Cat semblait « juste » observer ce qu'il y avait autour d'elle était surprenant, d'autant qu'il n'y avait pas grand-chose de singulier : rien qu'un paysage désertique et quelques tourbillons de sable annonciateurs de la tempête du soir. Cette ambiguïté, sur le rang de The_Cat, ne permettait pas à Elio d'imaginer nouer une conversation facilement, d'autant qu'on lui avait toujours déconseillé de parler avec un « 91 ». De cette rencontre, apparemment à sens unique, Elio se souvint longtemps du sentiment qui l'avait traversé : celui d'une immense curiosité, mais aussi d'un grand danger. Son cerveau avait immédiatement allumé de nombreux signaux d'alarme. Ne t'approche pas de cette fille qui pourrait bouleverser ta vie. Fais surtout comme si elle n'existait pas. Garde ton chemin tracé. Il fit exactement l'inverse dans les jours qui suivirent.

Leur seconde rencontre eut lieu le lendemain. The_Cat était seule sur une terrasse d'un bar de la Vieille Place d'Ispahan. Être seule ne la gênait pas, c'était presque le contraire, tant elle évoluait dans son monde intérieur en toute quiétude. C'est en rentrant vers son hôtel qu'Elio la remarqua de nouveau. Deux fois la même personne en deux jours, ça sentait le test d'obéissance comme les IA les affectionnaient. Décidés de façon aléatoire, ils avaient pour objectifs de valider les données brutes envoyées par les Capteurs pour confirmer les scores calculés. Lorsqu'il s'en rendait compte, et c'était rarement le cas, être testé générait chez Elio un mélange d'inquiétude et d'intérêt. Inquiétude d'avoir un score dégradé, intérêt de décrypter le fonctionnement du système. Elio ne ralentit pas son chemin et s'installa sur un banc à quelques dizaines de mètres. Si c'était un test, il savait que la jeune fille s'éloignerait rapidement, une fois que l'échec de sa mission serait acté. Mais The_Cat resta à sa place, observant avec acuité le va-et-vient des passants, comme si cela l'intéressait… Son regard balaya lentement la place jusqu'à croiser celui d'Elio. C'est à ce moment-là qu'elle lui sourit. Un sourire gratuit, magnifique et sincère. Un sourire qui eut été terriblement séduisant, si la séduction avait encore existé, mais ce n'était plus le cas depuis des années. Les jeux de séduction, ceux qui avaient alimenté les rapports humains pendant des millénaires, avaient progressivement disparu, au grand soulagement des humains eux-mêmes. D'abord, parce qu'à la fin des années 2020, le consentement des relations était devenu tellement complexe à gérer, qu'initier une liaison relevait plus d'un parcours administratif que romantique. Pour éviter les innombrables poursuites, chaque protagoniste devait multiplier les déclarations en ligne, des validations via des applications spécialisées, des témoignages par vidéos sécurisées. Et puis, la combinatoire entre les préférences était, elle aussi, difficile à comprendre. Plus de 50 genres étaient officiellement reconnus, souvent délicats à anticiper et source, au mieux d'incompréhensions, au pire d'un procès pour discrimination, outrage ou vexation. Bref, séduire était devenu trop complexe et angoissant, compte tenu des incertitudes de la relation. Les IA avaient vite compris qu'une solution plus facile pouvait être proposée pour ceux qui voulaient vivre à 2 ou à plus. Il leur était proposé un compagnon « sélectionné par la science ». C'était rare que ces rencontres génèrent un coup de foudre, ce qui arrangeait finalement tout le monde : les IA évitaient de devoir gérer des amoureux irrationnels, et les principaux intéressés restaient dans leur routine quotidienne. Lorsque la relation s'arrêtait, c'était plus simple pour tout le monde. Pas de passion, peu de douleur.

Elio fût surpris par ce sourire inattendu. Soudain, le temps et l'espace se dilatèrent et instinctivement, tous ses sens s'activèrent simultanément : la fin de la journée, la chaleur, la tempête qui grondait, quelques « 9 » qui se hâtaient à rentrer chez eux. Et ce sourire, brillant et mystérieux comme une étoile dans le désert, qui se termina lentement, comme les pétales d'un cerisier emportés par la brise. Cinq secondes incandescentes, sans calcul, sans prédiction, sans contrôle. De nouveau, Elio ressentit le danger, plus fort. Il resta pétrifié, sachant comme une certitude, que cet instant serait une charnière dans sa vie. C'était déjà arrivé une fois, une seule fois, lors de la mort de son père et des décisions qu'il avait prises dans les minutes qui avaient suivi. Il se leva de son banc et s'éloigna vers la seule boutique de souvenirs encore ouverte. S'il avait connu Ispahan à l'apogée de son influence, au temps où les visiteurs remplissaient la Place, Elio aurait été surpris de la morosité qui régnait désormais. Mais, avec la fin du tourisme de masse initié par des considérations climatiques d'abord puis poussée par les IA, les voyageurs étaient désormais rares. C'est donc rapidement, face à une offre limitée, qu'il choisit les seuls objets qu'il avait prévu de rapporter à Florence. Ni une petite copie d'un des joyaux architecturaux de la ville, ni un mug ou une tasse à café, mais une casquette et des écussons brodés du logo de RépubliQ. Les deux Capteurs présents dans le magasin firent remonter cette information au système central, pour alimenter positivement son score d'obéissance. Elio étant classé en « visiteur » du fait de sa provenance depuis la zone DémocratiQ, l'achat ne fut finalement pas comptabilisé et cet évènement ne généra aucune alarme en particulier. Le commerce robotisé ferma ses portes derrière lui pour éviter les premières bourrasques de la tempête. Elle arrivait avec 20 minutes d'avance et rapidement l'ensemble de la place fut balayé par de puissants nuages de sables. Les lunettes d'Elio basculèrent automatiquement en vision modélisée, pour représenter son environnement extérieur qu'il était désormais impossible de discerner à l'œil nu.

Tout en se dirigeant vers son hôtel, Elio aperçut une silhouette familière, qui semblait complètement désemparée. Fidèle à ses habitudes, The_Cat était sortie sans ses lunettes, et se retrouvait aveuglée et désorientée dans un maelstrom de vent et de poussières. Balloté par les tourbillons, pressé de rejoindre un abri, Elio hésita à poursuivre son chemin. Mais le coté imprévisible de leurs rencontres, ce mystérieux et déstabilisant sourire, ces comportements irrationnels avaient suffisamment alimenté sa curiosité pour le décider à intervenir. Le bruit rendait toute conversation inutile. Il s'approcha de The_Cat et lui fit signe de le suivre. Il pensait la ramener vers le bar où elle pourrait demander une navette automatique pour rentrer chez elle. Cachée dans les plis de son hoodie, The_Cat acquiesça et resta dans son sillage, au plus proche de lui, mais veillant, par réflexe, à ne pas le frôler. Depuis les 3 pandémies qui avaient infecté le monde dans les années 2020 et 2030, il était très inconvenant de se toucher, même en situation d'urgence. Ils progressèrent rapidement vers la terrasse du bar désormais désertée et Elio s'apprêta à y faire rentrer The_Cat, pour la confier au robot d'accueil. Mais, la porte était fermée, le robot d'accueil invisible et l'endroit tout aussi inhospitalier que la place qui l'entourait.

— « Putain de Capteurs », pesta tout fort Elio, une réaction exceptionnelle chez lui.

Que les horaires ne soient pas mis à jour en temps réel agaçait toujours Elio. Dans ce cas, c'était nettement plus que de l'agacement. The_Cat l'entendit vaguement et se retourna vers lui :

— Pourquoi tu m'as amenée ici ? lui cria-t-elle, sans ménagement.

Elio resta sans voix, en la regardant fixement. Sans

moi, tu serais dans un peeling géant et transformée en os de seiche, pensa-t-il, mais cette fois silencieusement. Sans un mot, Elio fit signe à The_Cat de le suivre de nouveau et partit en direction de son hôtel. L'arrivée devait désormais se faire par le sas-nettoyant. C'est débarrassés de la majorité du sable qui s'était collé à leurs vêtements qu'ils franchirent la porte d'entrée. Lentement, The_Cat enleva son turban et ouvrit la moitié de sa capuche, faisant tomber la poussière restée dans ses plis, déclenchant l'intervention immédiate des robots nettoyeurs du lobby.

— Est-ce que tu veux commander une navette ? demanda Elio, se doutant bien que, sans lunettes, cette tâche était impossible.

Après tout, elle avait commencé à le tutoyer, il ne voyait pas pourquoi ne pas continuer sur le même ton.

— Non, mais je voudrais bien fumer une cigarette... répondit The_Cat. Et boire quelque chose...

Elio lui indiqua la zone des addictions, certes protégée du sable, mais que l'absence de climatisation rendait étouffante. Il n'avait aucune envie d'y aller, moyennement envie de boire, et pourtant très curieux d'en savoir plus sur cette étrangère, très différente de ses habituelles rencontres. Cette ambivalence se traduisit par un léger déplacement vers les ascenseurs, assez mal assuré. Elle le stoppa net :

— Et je veux bien que tu viennes, pour te remercier.

C'était du The_Cat dans le texte, une de ces formulations dont elle avait le secret, pour dire les choses avec ambiguïté, en donnant l'impression de distribuer une faveur alors qu'elle était redevable. Cela faisait deux fois que The_Cat lui adressait la parole, et chaque fois, Elio s'était retrouvé surpris et décontenancé. C'était paradoxalement très plaisant, loin de la monotonie de son quotidien. Sa journée était finie, les contenus diffusés par RépubliQ horriblement similaires à ceux de DémocratiQ, il n'avait aucune bonne raison de refuser. Il suivit donc The_Cat qui franchissait déjà l'espace réservé aux fumeurs et alcooliques en tous genres. Celui-ci faisait aussi office de cellule de dégrisement pour interdire, à ceux qui y rentraient, de sortir dans un état non compatible avec les règles officielles de bienséance.

C'était un endroit très symbolique de la façon dont les IA concevaient la liberté. Des zones indispensables pour la santé mentale des humains, sans Capteur à l'intérieur, mais dont les entrées et les sorties étaient étroitement surveillées, avec des règles plus strictes qu'ailleurs. Il y en avait plusieurs par ville, avec toujours un niveau d'inconfort soigneusement calculé, pour dissuader les « 91 » d'y rester trop longtemps. Les zones d'addictions étaient donc légales, mais déplaisantes. Exactement ce que les « 91 » n'aimaient pas. Pour les « 9 », c'étaient juste des endroits où leur présence n'était pas compatible avec l'image qu'ils voulaient donner d'eux-mêmes.

— Je peux pas aller dans ce trou à rat, dit Elio

— Allez quoi, le temps que je fume ma cigarette, ensuite on rentrera.

Sur la base de ce premier accord, ils franchirent le rideau de fumée et c'est entouré d'une faune improbable et silencieuse qu'ils s'installèrent autour d'une table haute. Sans le savoir, c'était l'endroit qui leur correspondait le mieux à ce moment-là : anticonformiste, jouissant d'un minimum de liberté, sûrement rempli d'Epsilons. Un peu hors du temps aussi. Pas assez, mais c'était le mieux que l'on puisse trouver, en tout cas facilement, à Ispahan ce soir-là. Ils choisirent tous les deux une bière « locale » sur l'écran du plateau de la table. Ils savaient à quoi s'attendre : une boisson fade et rapidement tiède, qui ne donnait pas envie d'en commander une autre, une autre façon de faire rentrer les « 91 » chez eux au plus vite. The_Cat alluma sa cigarette. De contrebande, remarqua Elio. Dans sa tête, les informations là concernant continuaient à s'accumuler et il n'arrivait toujours pas à classifier la jeune femme. Il prit les devants :

– Je m'appelle Elio, je suis en programme d'échange depuis DémocratiQ.

Chaque mot était choisi à la fois pour indiquer qu'il était un « 9 », qu'il n'était pas d'ici, et qu'il escomptait une réponse tout aussi précise.

– Enchantée, moi c'est The_Cat, avec un tiret à l'ancienne. Heureusement que tu étais là. La tempête était en avance ce soir.

S'il était possible de revivre, dans un ralenti, les premières secondes d'une rencontre amoureuse, il serait facile de constater que dès le tout début, des interactions subtiles, précises, pérennes se mettent en place, presque invisibles, avec la rapidité électrique permise par les neurones et les échanges chimiques. C'était le cas ici, avec ce coup de foudre, dans cette zone des addictions d'un hôtel d'Ispahan. Déjà, se mettait en place ce qui allait structurer leur relation. À Elio, le rôle de poser le cadre et les questions, de proposer un premier chemin. À The_Cat, sa façon de dire sans dire, de ne pas répondre directement, de remercier indirectement. Et de les faire avancer. Et pour tous les deux, un soin minutieux d'utiliser un vocabulaire toujours rigoureux et signifiant.

Ainsi avec cette façon de dire « Enchantée », un seul

mot, un premier mot, délicatement suranné, rattaché à un sentiment léger et magique, précisément choisi, sensuel et intime, The_Cat en disait beaucoup pour quelqu'un qui savait décoder. À elle seule, cette introduction disait en gras et en majuscules, je suis une Epsilon et tu ne peux le comprendre que si tu en es un, ou si tu es très malin. Même son nom était comme un étendard qui claque au vent. « Avec un tiret à l'ancienne » ... le genre d'information seulement utile pour ceux qui écrivent, qui font le distinguo entre les tirets. Une façon de confirmer subtilement, oui, c'est bien cela, je suis une Epsilon qui sait écrire, une créative. Quelques mots, et Elio était déjà happé par un jeu de séduction délicat et intense. Quelques mots, pour comprendre que la balle était dans son camp.

The_Cat n'était pas pressée d'entendre la réponse. Sa cigarette lui offrait un peu de contenance et les pseudo-bières étaient en train d'arriver. Et puis, ce n'était pas le silence gênant d'une première rencontre calculée et montée par les IA. Le vent soufflait au loin, rien ne la presser de rentrer, d'autant qu'elle n'avait ni de quoi payer le verre, ni de quoi appeler une navette. Dès cet instant, elle savait précisément, intensément, que chacun de leurs mouvements déciderait des prochaines heures. Elle en avait l'habitude dans sa vie quotidienne sous surveillance, mais cette fois-ci c'était différent, plus subtil et beaucoup plus agréable. L'apparition des boissons lui donna l'occasion de porter ses yeux sur Elio. Il était grand, un peu plus âgé qu'elle, il avait enlevé ses lunettes, sa peau était ensablée, ses cheveux en bataille. Sa voix était douce, posée et veloutée. Il ressemblait aux chevaliers des mondes imaginaires de son enfance. Il lui plaisait déjà beaucoup.

— Oui, la tempête était en avance, répondit Elio. Tu

aurais pu te perdre sans tes lunettes.

— Oui, sûrement. J'aurais bien trouvé une solution…

Elio se demanda bien laquelle, mais ce n'était pas le sujet du moment. Le sujet, son sujet, c'était désormais d'en savoir le plus possible sur cette créature mystérieuse, en train d'arriver dans sa vie à la même vitesse que les vents de sable d'Ispahan.

— De toute façon, je ne porte jamais de lunettes…

— Oui, j'ai vu cela ce matin.

Le jeu de dames de la séduction continuait à se mettre en place. Lentement, comme les premières eaux libérées par un barrage. Les prémices d'une vague qui emporterait tout. The_Cat fit mine d'être surprise.

— Tu m'as vu ce matin ?

— Oui au sud de la ville, au début du désert.

— Ah oui, sans doute, dit The_Cat.

Elio observait The_Cat avec autant d'acuité que possible. Tous ses sens étaient à leur capacité maximale. Il scrutait ses yeux, sa bouche, les mouvements de sa peau. Il analysait le son de sa voix. Le déplacement de ses sourcils. Tout ce qui n'était pas caché par ses vêtements trop amples. Il épiait le rythme de son corps. Il commençait à cartographier ses réactions face à ses stimuli. À comprendre ses enchainements, ses mécaniques, ses pensées. Pour un hyper-attentif comme Elio, le fait de ne pas se souvenir d'une personne, semblait complètement improbable. Lui se rappelait tout, en particulier leur rencontre du matin. The_Cat ne voulait pas relancer immédiatement la conversation. Cette cadence, ralentie, lui convenait. Elle marquait aussi l'importance du moment, de ces premiers échanges. Et puis maitriser le tempo de toute chose, c'était aller à l'encontre des process automatiques et scénarisés qu'elle refusait chaque jour. C'était un pouvoir subtil, élégant, très efficace. Elio contrôlait le rythme de sa voix. The_Cat maitrisait celui de ses silences. En d'autres circonstances, l'impatience maladive d'Elio l'aurait rendu nerveux. En d'autres circonstances. Ce n'était pas le cas, ce soir, à Ispahan.

– Oui, j'étais en train de travailler dans le désert quand tu es passée. En tout cas, tu ne t'es pas perdue ce matin...

– Non, je ne me perds jamais, en fait.

Bien des jours plus tard, en se remémorant cette conversation, Elio se demanda si cette petite phrase n'était pas un aveu de la part de The_Cat. Car, bien sûr, elle l'avait parfaitement vu, tout comme elle avait espéré le revoir sur la Vieille Place. Cette nouvelle tête, sûrement venue de loin, avait attisé sa curiosité. Quelqu'un qui pourrait animer la monotonie métronomique d'Ispahan. Bien sûr qu'elle l'avait vu et, bien plus tard, Elio se demanda même si elle n'avait pas arrangé leur seconde rencontre de toute pièce. Retranscrire la conversation des 3 heures qui suivirent, dans cette zone des addictions, est une tâche impossible. Progressivement, ils se découvrirent des points communs, leur plaisir de lire et d'écrire, leur bonheur d'être actifs, à l'extérieur. La satisfaction de cuisiner, de bricoler, des petites choses immémoriales que le monde des algorithmes faisait peu à peu disparaître. Ils comprirent leur jugement partagé sur les IA, leur solitude respective face à un monde automatisé, leur mode de fonctionnement, leurs différences aussi. Au fil des heures, un début de confiance apparut, fait de confidences, d'aveux presque sans importance, de silences complices. Fait de recherche d'approbation, du coin des yeux. De surprises, presque exagérées, pour montrer des affinités. Avec l'afflux de dopamine dans leur cerveau, l'air s'était chargé d'électricité. Une sorte d'excitation montait, une synchronisation unique et addictive. Des rires et des sourires ponctuaient désormais leurs échanges. Sans raison, juste le plaisir, nouveau, instantané d'être ensemble. Celui des amoureux, on en passe de le devenir. Si cette zone des addictions avait été occupée par des humains sensibles et observateurs, ils auraient pu apercevoir ce couple, improbable il y a encore quelques heures, illuminer l'endroit, aspirer l'énergie, produire une tension palpable. Soudain, l'écran de la table se mit à clignoter à forte intensité, pour obliger les deniers consommateurs, à quitter les lieux.

— C'est passé vite, dit doucement Elio.

— Trop vite, répondit-elle.

— Je repars de l'autre côté, dans deux jours.

— Nous nous reverrons peut-être d'ici là…

Malgré cette formule allusive qui laissait peu d'espoir, The_Cat croyait que ce serait le cas. Il était l'heure de se séparer. Ils n'en avaient pas envie, mais ils ne savaient pas comment faire autrement. Ils sortirent de la zone des addictions, et se retrouvèrent dans le hall de l'hôtel.

— Je vais te commander une navette, lui dit-il.

— Merci.

Elle lui donna son adresse. Ils n'avaient que quelques instants encore ensemble. Elio attira The_Cat dans ses bras. Il la regarda pour guetter son approbation. C'était la première, mais aussi peut-être la dernière fois qu'il le faisait, et, déjà, Elio ne voulait pas avoir de regret. The_Cat n'aurait jamais pris cette initiative, mais elle était reconnaissante qu'il initie ce premier contact physique. Ils se serrèrent, comme des enfants, puis se séparèrent.

Doucement. Chacun partit dans sa direction, sans se retourner. Elio vers sa chambre d'hôtel, The_Cat vers la sortie. La tempête s'était arrêtée et le ciel était redevenu limpide. Elle entra dans le transporteur automatisé qui la déposa devant chez elle en quelques minutes, le temps de traverser un Ispahan aussi vide que ténébreux. Les lampadaires s'allumaient au fur et à mesure de l'avancé de très rares piétons, les transformant en fantômes solitaires et pressés. Toutes les façades étaient sombres et seules les fenêtres des rares humains, qui n'étaient pas scotchés à leurs lunettes de réalité augmentée, apportaient quelques points de lumière pâle et triste.

The_Cat se doucha et se coucha pour rentrer dans son monde imaginaire, désormais rempli d'un nouveau personnage, de nouveaux sentiments. Elio se mit directement au travail. Grâce à l'adresse fournie par The_Cat, il visualisa sa rue et son immeuble. Il alla fouiller les réseaux publics d'échanges et d'informations pour trouver des photos, des commentaires, n'importe quel contenu que The_Cat aurait pu avoir écrits. Ses accès limités, compte tenu de son statut d'étranger, réduisaient ses recherches et il ne découvrit presque rien. Quelques images sans intérêt, rien que lui permettait d'en savoir plus sur elle. Cette discrétion lui plut. Elle confirmait ce qu'il avait perçu jusque-là. Sa feuille de route du lendemain apparut dans ses lunettes. Un Capteur à changer au nord d'Ispahan, dans un secteur escarpé. L'endroit étant inaccessible aux transporteurs standards, une bulle gyroscopique lui serait amenée devant l'hôtel. Elio aimait conduire ces engins, impossibles à faire tomber. Elles ressemblaient à des motos entièrement carénées avec un coffre et deux sièges à l'ancienne, l'un derrière l'autre.

Le système de pilotage automatique était dé-connectable, pour se déplacer dans les zones montagneuses, comme ce serait le cas le lendemain. Sa dernière journée chez DémocratiQ s'annonçait des plus agréables. Il repéra l'itinéraire pour aller dans la rue de The_Cat, au cas où, et mémorisa le plan de son quartier. Sans assez de courage pour l'appeler, encore moins pour aller sonner chez elle, il prévoyait de passer devant son immeuble, juste pour voir, en espérant secrètement que le destin l'aiderait. Il se doucha et se coucha en pensant à cette étrange inconnue qui l'avait bouleversé si vite. Il partait à quelques milliers de kilomètres de là dans moins de 48 heures. C'était une relation irréaliste. Et bien entendu, non programmée dans sa feuille de route.

– Ce n'est pas le moment de s'attacher, se dit-il, comme un vœu pieux, en commandant l'extinction des lumières.

Le lendemain se passa comme prévu. Il prit plaisir à rouler dans la montagne avec l'engin mis à sa disposition. C'était un modèle récent, un peu différent de ceux qu'il avait l'habitude de piloter. Régulièrement, les Capteurs de sécurité lui signifiaient des vitesses ou des prises de risque excessives. Il savait que cela figurerait dans le rapport final de sa mission. Il pourrait toujours expliquer la situation par un manque d'expérience du terrain accidenté.

De son côté, The_Cat passa la journée à lire et dessiner, inspirée par les images d'Elio. Rien n'allait dans cette histoire. Elio, un « 9 », de DémocratiQ, qui repartait dans moins de 48 heures, une histoire sans lendemain possible, un amour impossible. Une relation comme elle ne les aimait pas. The_Cat avait déjà fait le tour des jeunes gens d'Ispahan. Elle n'avait eu aucun mal à en séduire les plus beaux spécimens, garçons ou filles, mais s'était chaque fois lassée de leur présence. Progressivement, elle avait écarté les rencontres d'un soir, ce qui la condamnait à de longues périodes de célibat, dont les nuits étaient uniquement réchauffées par des robots sexuels. Rien n'allait donc, et cette situation était d'autant plus attirante pour elle.

Elio acheva son intervention vers 16 heures et envoya son rapport. Sa formation était terminée, son avion prévu le lendemain. Il n'avait plus rien à faire, juste assouvir une obsession due à la norépinephrine, un euphorisant généré lors d'un coup de foudre. À lui seul, ce neurotransmetteur résumait une des limites des IA. Son existence, ses effets physiologiques étaient documentés. Mais ce qu'il était capable de faire faire à un humain, voilà qui échappait complètement aux calculs. Comment prédire, ce qui pouvait même surprendre les principaux intéressés ?

Elio éteignit le pilote automatique et prit, de mémoire, le chemin du quartier où habitait The_Cat. Par réflexe, il ne voulait pas que l'itinéraire et la destination soient enregistrés dans un quelconque système. Elio disposait de toute façon, d'une mémoire spatiale hors du commun lui permettant de se souvenir et surtout de se repérer où qu'il soit. C'est un peu avant d'arriver devant chez The_Cat, à l'intersection d'une rue, qu'il la vît, attablée en train de partager un verre, sûrement une bière, avec un groupe de personnes. Il la repéra d'aussi loin qu'il était possible de le faire, comme si son empreinte physique était déjà tatouée dans ses yeux. Il tressaillit intérieurement sans pour autant savoir quoi faire exactement. Il ralentit, et leurs regards se croisèrent. Cette fois-ci, The_Cat ne sourit pas et rien ne lassa penser à Elio qu'elle l'avait reconnu. Il continua son chemin furieux et frustré de ne pas savoir comme réagir en pareille situation. The_Cat sortit de son sac une feuille de carton qu'elle posa devant elle après avoir écrit rapidement ce qui lui sembla une indication pertinente.

VII-XXX

Pour les Capteurs autour, ces symboles ne signifiaient rien, mais elle comptait qu'Elio comprendrait, s'il repassait devant elle, qu'elle souhaitait poursuivre leur rencontre de la veille. C'est en partie ce qui se passa. Elio, opéra un demi-tour, revint devant elle, vit le carton et continua sa route vers son hôtel, interloqué et peu confiant dans la suite de la soirée. Comment anticiper les réactions d'une personne qu'il connaissait finalement à peine, a fortiori alors qu'il voulait tant la revoir ? Il rentra à l'hôtel, prit une douche et descendit à l'heure convenue. Il s'installa dans le lobby faisant face à la porte d'entrée. La tempête quotidienne grondait et peu de clients bravaient ces éléments contraires. Le sable interdisait de voir au loin et chaque mouvement dans le sas faisait naitre un nouvel espoir pour Elio. L'heure dite passa et il commença à s'en vouloir d'avoir cru revoir The_Cat, d'avoir pensé qu'il avait éveillé son attention, qu'elle trouverait un moyen de le rejoindre.

Soudainement, dans une sorte de ralenti uniquement perceptible pour Elio, The_Cat entra dans l'hôtel. Elle portait un hoodie, encore un hoodie, mais d'une autre couleur. Elle enleva son bonnet, le fit disparaître dans une des poches latérales de son pantalon. Jamais son surnom ne lui était mieux allé. Sa démarche était gracieuse, féline, altière, douce et guerrière. Elle fit descendre sa capuche sur ses épaules d'un mouvement sensuel et réservé à la fois. Il serait exagéré de dire que toute l'assemblée s'arrêta pour la regarder, mais ceux qui le firent furent aussi bien des hommes que des femmes, de la même façon qu'une lionne qui traverse la savane suscite ravissement et crainte. The_Cat scruta l'immense hall à la recherche d'Elio. Elle non plus n'avait aucune certitude sur le résultat de son stratagème. Pour la seconde fois de leur vie, leurs regards se rejoignirent. Il y avait le soulagement de se retrouver et l'excitation de la séduction dont ils avaient joué les premières notes la veille, une éternité déjà.

The_Cat sourit aussi bien pour elle que pour Elio et poursuivit son chemin. Elio se leva lentement, pensant que ralentir ses mouvements lui donnerait un peu de prestance. Ils ne savaient pas comment se saluer. Ils optèrent pour la continuité de leur rencontre de la veille et se prirent dans les bras. Un « hug » qui sembla amical pour les humains et les Capteurs autour d'eux. C'était le cas, à quelques détails presque invisibles, la pression des mains, la douceur de l'étreinte, leurs respirations trop rapides. Et bien sûr des échanges chimiques propres à affoler tous les compteurs.

– Bonjour, dit The_Cat, sur une cadence très particulière.

Elle, si précise sur les mots, ne disait jamais bonsoir mais un bonjour qui imposait un tempo, qui donnait une envie irrépressible de répliquer.

– Salut, répondit simplement Elio.

Il y eut un silence, comme s'il fallait que leurs deux écosystèmes se connectent, se mettent au diapason.

– Je suis content de te voir, dit Elio.

– Pareil, lui répondit-elle.

Comme la première fois, à Elio de dire, à The_Cat de confirmer.

– J'ai faim, lui dit-il.

– Moi aussi. Tu sais si on peut manger ici ?

Ressortir semblait peu plausible, et l'hôtel proposait plusieurs services de restauration. Ils choisirent le restaurant le moins formel pour s'asseoir autour d'une des tables les plus isolées. Comme la veille, ils recréaient un cocon, mais cette fois-ci plus vite, plus étanche, plus solide. C'était leur dernier soir, et l'adrénaline accentuait l'intensité de la situation. Ils finirent par partager un dessert, non pas pour le goût et le sucre, mais pour le plaisir de voir se rapprocher leurs cuillères, de synchroniser leurs mouvements.

C'est Elio qui prit les devants pour la suite de la soirée.

– Tu veux que je te ramène chez toi, avec ma bulle ?

Un oui et c'était l'assurance de se rapprocher, un non et c'était la fin de cette parenthèse... Cette proposition, tellement hors du temps, tellement à l'ancienne... C'était exactement ce que The_Cat attendait, pour rompre la monotonie d'Ispahan. Comme chaque soir à la même heure, la tempête s'était tue. Cette fois-ci, cette régularité météorologique faisait leur affaire. The_Cat remonta sa capuche et enroula un cheikh autour de son cou. The_Cat avait le don de toujours disposer du bon accessoire au bon moment.

– Amène-moi d'abord dans le désert, s'il te plait.

Le désert, la nuit, c'était son territoire, là où elle se sentait bien, loin des Capteurs. C'était le plus bel endroit qu'elle connaissait et elle voulait le partager avec Elio, comme un cadeau d'adieu. Elio s'installa au guidon, et sortit une petite cale en plastique de sa poche. Lui aussi savait prévoir et anticiper les situations. C'était même à cela qu'il passait le plus clair de son temps. Il mit en place ce détrompeur sous la selle, pour faire croire à la machine qu'il était seul. The_Cat se mit à l'arrière. Ce n'était pas la première fois qu'elle chevauchait une bulle gyroscopique, mais la présence d'Elio rendait le moment très spécial.

Elio était tiraillé entre le plaisir et l'importance du moment. Il espérait avoir le courage d'aller vers plus de proximité, sans croire en sa détermination le moment venu. Contre toute attente, le premier mouvement vint de The_Cat. Elle se cala solidement contre lui, collant son bassin plus fermement que nécessaire contre celui d'Elio avant de le prendre par la taille. Ils prirent la route du nord, celle qui les ramenait vers le Capteur qu'il avait réparé dans la journée. En cas de contrôle, cela pouvait toujours lui fournir une voie de sortie. Au bout de quelques kilomètres, ils étaient seuls, dans le noir, roulant entre les dunes. Rien ne bougeait à l'horizon. Personne n'avait une bonne raison d'être là. Les « 91 » étaient devant leurs écrans, les « 9 » lisaient leurs feuilles de route, les Capteurs étaient en sommeil pour limiter leur consommation électrique. Au détour d'un virage, Elio s'arrêta et ils descendirent tous les deux. Au-dessus d'eux, le ciel étoilé du désert rendait l'instant simple et terriblement vibrant. Ils étaient saisis par la beauté de l'univers, tout entier offert. Spontanément, ils se mirent à chuchoter. S'il était possible d'avoir un double coup de foudre, et pourquoi pas après tout, ils auraient été foudroyés une seconde fois en s'entendant chuchoter. C'était soyeux comme la première brise d'un vent de terre aux premiers rayons du soleil. C'était intime comme un baiser échangé, yeux dans les yeux, après une fusion passionnée. C'était incroyablement doux et rassurant.

— Le premier qui voit une étoile filante a gagné, lança The_Cat.

Voilà bien une activité d'Epsilon, se dit Elio en souriant, mais n'importe quoi lui permettant de partager un peu de temps avec The_Cat aurait répondu à son désir. S'allonger sur le sable encore chaud pour regarder inutilement les étoiles, c'était plus qu'il ne pouvait espérer. C'était à la fois le comble du romantisme à l'ancienne, l'activité la plus « cliché » qui soit et la plus agréable qu'il pût imaginer. Le silence. La nuit. Leurs mains à quelques centimètres. Leurs regards dans la même direction. Tout était sérénité. Sauf Elio, tétanisé par l'enjeu. Sauf The_Cat, espérant un mouvement. Tous les deux poussaient leurs pensées, aussi fort que possible en espérant faire bouger l'autre. Ce fut The_Cat qui rompit, la première, le silence :

— C'est un moment parfait pour finir cette soirée.

— Ce serait encore mieux dans tes bras, lui répondit Elio.

Sans un mot, elle se tourna vers lui. Ils se prirent dans les bras, d'un mouvement inéluctable et ancestral. Comme une attirance vécue par des millions de couples et que chacun pense unique. Elio avait initié, The_Cat avançait. Elle poussa son bassin contre lui, fit glisser une jambe entre les siennes, lentement, sans mouvement parasite. Ils s'étreignirent comme des amoureux de quelques mois, lorsque les corps se connaissent déjà et restent en manque permanent. Pour The_Cat, c'était un déplacement naturel, correspondant à sa nature féline et engagée. Pour Elio, c'était tout sauf facile. Il espérait cet instant depuis la veille, tout en étant débordé par ses émotions. The_Cat approcha lentement son visage et posa un baiser sur ses lèvres. Un baiser très précis, comme une borne qui marque un territoire. The_Cat releva son visage, souriante, presque en riant, pour juger de son initiative. Rien n'était triste dans ce moment et elle voulait en partager, avec Elio, la légèreté et la grâce. Elio la regarda et lui rendit son baiser. Encore et encore. Il n'est pas question de compter en pareille situation. Bien sûr que leurs corps se sont collés, ont roulé, se sont frottés. Bien sûr que le début d'un amour, et d'un amour aussi fort que le leur, est un coup d'épée, une cicatrice, une brèche dans une vie, avec un avant et un après. Pour The_Cat, seul l'instant présent comptait. Elle profitait sans prédire. Mais déjà s'installait un fol espoir, celui de quitter Ispahan, d'avoir trouvé l'objet de ses rêves, l'énergie nécessaire pour de prochains mouvements. Pour Elio, instantanément était née une certitude, il savait que The_Cat allait bouleverser sa vie.

– Ramène-moi s'il te plait, finit par demander The_Cat.

Ce soir, rien ne pouvait être rajouté. Aller plus loin, c'était rompre le charme, pour quelques instants trop rapides, trop fugaces, alors que leurs étreintes parlaient d'éternité. Ils firent la route du retour en silence. Puis vint le temps de la séparation. Il ne le savait pas encore, mais leur prochain contact serait dans plus de 3 mois. Un clin d'œil pour l'Univers, une éternité pour des amoureux. Une chance aussi. La chance d'engendrer un désir sans pareil, de créer un lien indéfectible. La chance de penser perdre l'autre cent fois et de le retrouver. De s'endormir tant de fois seul, que plus aucune nuit ensemble ne comblera ce manque. La chance de rêver de tellement de matins partagés, que chaque réveil côte à côte sera une surprise. Mais, à cet instant, il n'y avait, pour Elio, que la peur de ne jamais revoir The_Cat. Et pour elle, la crainte de retrouver Ispahan, comme hier, comme avant-hier, encalminée par la surveillance, malgré les tempêtes quotidiennes. Ils se prirent une dernière fois dans les bras et Elio lui dit doucement, au creux de son oreille :

— Nous allons trouver une solution.

— Oui, répondit-elle en le regardant.

Nul besoin de poser le problème, d'en dire plus. Chacun savait ce à quoi il voulait arriver, sans la moindre idée, de comment donner suite à ces instants, de ce qu'il faudrait faire pour se sentir de nouveau, des épreuves qu'ils avaient devant eux. Aucun n'avait la formule pour résoudre l'équation de cet amour impossible.

Relations épistolaires

The_Cat remonta chez elle, se déshabilla pour ne garder qu'un long t-shirt qui lui arrivait à mi-cuisses. Elle sortit une bière de son réfrigérateur, s'installa dans son canapé et lança sa playlist du soir. Elle voulait rester connectée à ses émotions et aux instants intensément vécus avec Elio. Cela faisait longtemps qu'elle ne s'était pas sentie aussi heureuse, portée par la puissance de leur convergence et néanmoins déstabilisée par la complexité à venir de leur relation. The_Cat finit par s'endormir, pelotonné dans un léger plaid, sans avoir même occulté ses fenêtres donnant sur la rue. De son côté, Elio resta sur la chaussée. Il observa la lumière s'allumer dans sa salle à manger et nota son étage et son emplacement. Au cas où. Exactement comme lorsqu'il remplissait sa boite à trésors avec des produits à l'effigie de RépubliQ. Au cas où. Puis il rentra à son hôtel, et se mit au travail. C'était sa façon de gérer son stress, d'essayer de garder la main sur son destin. Alors que le monde entier contemplait son propre effondrement, sans broncher, avec un contentement benêt, Elio savait qu'il ne pouvait compter que sur lui-même pour maitriser le cours de sa vie, une vie où désormais il y avait The_Cat. Une chose était certaine, s'ils voulaient poursuivre leurs échanges, ils ne pourraient pas utiliser les moyens de communication mis à disposition par les IA. Ils étaient analysés en continu, en particulier pour les messages échangés de part et d'autre de La Ligne, la frontière qui séparait les territoires des deux IA, et a fortiori lorsqu'ils émanaient d'un ou d'une Epsilon. Elio commença par coder deux Capteurs de tests. Ce n'étaient pas de vrais Capteurs physiques, mais des Capteurs virtuels, comme il en avait déjà créé plusieurs lors de sa formation. C'était des « vrai faux », des simulations de Capteurs qui ressemblaient à des vrais mais qui n'existaient pas dans la réalité. Il positionna le premier dans le désert, près de l'endroit où il avait fait sa première réparation, et le second dans son centre de formation, situé à Florence. Il fallait que tout cela paraisse banal et anodin. Il les configura pour qu'ils puissent communiquer entre eux, pour s'envoyer des messages techniques à la façon d'un « chat » mais sans notification et sans les mettre officiellement en marche. C'était en quelque sorte deux Capteurs fantômes, de préproduction, pour des tests, pour simuler une activité avant un déploiement. Il y en avait des milliers de la sorte, programmés pour consommer le minimum d'énergie, et même se détruire automatiquement au bout d'un certain temps, selon les cas.

Bien sûr, cette tâche n'était dans aucune feuille de route. Il la déclara comme une étape de son cursus, un exercice théorique, à durée de vie limitée. Désormais, il pouvait se connecter à ces Capteurs virtuels, et les faire communiquer entre eux comme un simple système de messagerie instantané, les notifications en moins. Il les nomma « Ispahan_1 » et « Florence_2 ». Un pour The_Cat et un pour lui. Il programma un système d'identification à l'ancienne, sans passer par celui des lunettes, mais plutôt par identifiant et mot de passe.

Restait maintenant à transmettre l'information à The_Cat, sans éveiller les soupçons des vrais Capteurs d'Ispahan. Elio chercha de quoi écrire dans sa chambre d'hôtel. Il ne trouva que quelques mouchoirs en papier, trop fins pour supporter une écriture manuscrite. Il en prit plusieurs, les mouilla pour en faire un parchemin. Puis il les sécha et les aplatit avec le fer à repasser spécialement mis à disposition des « 9 » si imbus de leur apparence professionnelle. Il écrivit l'adresse du Capteur « Ispahan_1 », constituée d'une série de caractères alphanumériques. Mais c'était une autre affaire pour le mot de passe. Il savait qu'il ne pouvait pas transmettre, aussi simplement, le code qui allait protéger leurs futurs échanges. Il fallait inventer une formule qu'ils seraient les seuls à pouvoir déchiffrer, alors même qu'ils se connaissaient si peu. Il rajouta donc : « Notre premier jeu ». Il trouva l'expression jolie. Il plia le papier, appuya fermement sur les coins avec une tasse humide pour le sceller autant que possible et le glissa dans sa poche. Puis il composa un premier message, pour que cette boite aux lettres ainsi créée ne demeure pas vide, si The_Cat parvenait à y accéder. Mais surtout parce qu'il expérimentait le besoin irrépressible d'écrire. C'était un sentiment déroutant, complexe, qu'il ressentait pour la toute première fois, comme une urgence impétueuse qui bouleversait toutes ses priorités. Lui qui n'avait jamais envoyé un texte personnel, encore moins intime, lui qui n'avait jamais écrit à une jeune femme, il devait, il lui fallait désormais écrire sans aucun délai. Écrire pour poser des mots, pour figer son émoi, pour graver des sensations. Écrire pour faire sortir des émotions bouillonnantes.

Comme pour The_Cat qui allait, dans les mois suivants, développer de nouvelles compétences pour le retrouver, Elio effectuait le premier mouvement dans son cheminement. Et en miroir, la première découverte, pour The_Cat, de capacités qu'elle ne soupçonnait pas, de la part d'un homme qu'elle imaginait plus conventionnel, plus prédictible, plus classique en fait. Une fois son message envoyé, il rangea ses affaires pour son départ du lendemain, puis s'endormit d'un sommeil sans rêves, la réalité de sa journée ayant dépassé ses plus folles espérances. Il se réveilla un peu plus tôt que prévu, prit la bulle gyroscopique pour se rendre à l'aéroport, et il fit un détour pour s'arrêter devant l'immeuble de The_Cat. Il acheta des sucreries dans un magasin automatique adjacent, dans le cas d'un contrôle, puis monta les marches vers son étage. Utiliser les escaliers lui garantissait de ne croiser personne. Il hésita à toquer à sa porte, mais plus personne ne venait à l'improviste depuis de très nombreuses années et il eut peur de la déranger. Il se contenta de glisser son papier sous la porte, accompagné de sa tablette de voyage et partit aussitôt, reprendre son engin, filer à l'aéroport, monter dans son avion. Il fit tout ceci de façon mécanique, presque absent aux évènements, simplement obnubilé par son stratagème, en espérant que The_Cat comprendrait le message, lirait son texte, lui répondrait... Beaucoup trop d'inconnues pour pouvoir penser sereinement à la situation. Il arriva à Florence comme prévu et fonça directement à son appartement. Avant toute chose, il voulait consulter la messagerie de « son » Capteur, mais aucun retour ne l'attendait.

—000—

Lorsqu'elle se réveilla, The_Cat se prépara un café et prit une douche, au rythme qui était le sien chaque jour, lent et contemplatif. Elle n'avait jamais reçu de courrier papier et encore moins glissé sous sa porte. C'est au moment de sortir, qu'elle vit les deux objets sur le sol. Dans un premier temps, c'est le parchemin qui attira sa curiosité, pour savoir si elle pourrait s'en resservir. Puis elle regarda attentivement la calligraphie élégante et détachée d'Elio. Elle lut le message sans le comprendre et considéra la tablette avec étonnement. C'était manifestement une machine assez technique, très rustique, qu'elle n'avait jamais utilisée. Elle posa l'ensemble sur l'unique meuble de son entrée et sortit. Elle poursuivit sa journée sans se préoccuper de ce curieux arrivage, dont elle ne savait que penser en vérité. Et puis, The_Cat gérait son planning de façon très singulière, comme si le temps lui appartenait. C'était pour elle une variable d'ajustement dans le cadre de toutes ses activités. Elle n'était jamais pressée, jamais ni en avance ni en retard. Elle était juste là ou pas là. Elle faisait les choses au rythme de ses envies et chacun profitait de sa présence à la mesure de son manque de respect des horaires.

C'est bien plus tard, à son retour, qu'elle retrouva, presque redécouvrit, le papier et la tablette. Elle s'assit sur son canapé et alluma la tablette. Une simple instruction apparut pour saisir un identifiant. Elle saisit, sans trop y croire, celle du papier. Jusque-là, tout semblait facile. Pour autant, elle n'avait aucune idée de la finalité de cette opération. Quand la machine lui demanda de saisir un mot de passe, elle hésita, circonspecte, d'autant qu'il y avait toujours un risque d'être testée par l'IA via un piège inédit. Elle reprit le papier laissé par Elio. « Notre premier jeu ». La formule était trop allusive pour venir de l'IA. Elle commença à penser que cela pouvait venir d'Elio.

Elle essaya : « Dame ». « Chat ». Sans succès. Elle ferma les yeux, et chercha de se connecter à Elio. Elle testa :

> « Étoiles filantes ».

— Ce serait joli, se dit-elle.

L'écran s'alluma et une interface basique de messagerie s'afficha. Il y avait un courrier de la part de « Florence_2 ». Elle sourit. Tout devenait clair, c'était un message d'Elio, un lien vers lui, un espoir d'un futur avec lui. Elle appuya sur l'écran de la tablette pour l'afficher et lut :

> Je suis allé au plus loin de l'Europe, aux portes de l'Asie,
> Là où les tempêtes laissent les sens étourdis.
> Des plus belles terrasses, dans toutes les rues,
> J'ai vu des Femmes, pleines de charmes inconnus.
> Et alors que tout me condamnait à l'ennui,
> Aucune de ces beautés, comme toi, ne m'a souri.

Pas de signature, pas de formule de début, ni de fin. Elle retourna sur ses lunettes pour chercher si ce poème existait, et qui l'avait écrit. L'hypothèse d'un test, d'un piège demeurait. Aucune occurrence. Elle revint sur la tablette, relut le message plusieurs fois. C'était beau, c'était pour elle. C'était la première fois qu'un homme lui écrivait un poème. Elle était émue et d'autant plus étonnée qu'il venait d'Elio dont elle n'aurait jamais pu imaginer une telle sensibilité. The_Cat sourit. D'un grand sourire, qui exprimait sa surprise d'avoir suscité une telle réaction, de la séduction passée et à venir. Et si Elio l'avait vu, il aurait adoré ce sourire, adoré voir que ce qu'il avait mis en place avait parfaitement fonctionné, qu'il avait touché The_Cat comme il espérait le faire.

The_Cat profita calmement de cet instant, précieux et annonciateur d'autres imprévus. Alors que Elio se projetait toujours vers la suite, avec la crainte qu'elle n'arrivât pas et mettait en œuvre les conditions pour se rassurer, The_Cat restait dans l'instant pour en profiter, en se réjouissant qu'un futur puisse se produire, même si ses rêves n'étaient que rarement exaucés. Ils ne s'étaient pas trouvés pour rien, et sûrement pas par hasard. Elle prit le temps de réfléchir à sa réponse pendant la nuit et c'est le lendemain qu'elle ralluma la tablette. Elle envoya un dessin qui représentait leurs mains, leurs doigts posés sur le sable, sur le point de se toucher, juste avant leurs premiers baisers. Un dessin et rien d'autre, sans texte ni signature. Elio trouva ce message au retour de sa journée de travail. Lorsqu'il vit qu'une réponse de « Ispahan_1 » l'attendait, il n'osa pas tout de suite l'ouvrir. Elio l'impatient, prit son temps. Peut-être que The_Cat commençait déjà à déteindre sur lui. Il finit par faire apparaître le dessin et sourit. Ce n'était pas une réponse telle qu'il l'attendait, c'était surprenant, poétique, joli et doux. C'était à l'image de leurs baisers. Cela lui plut beaucoup. Pendant les 3 mois qui suivirent, The_Cat et Elio poursuivirent cette relation épistolaire à l'ancienne. Paradoxalement, c'était Elio le plus prolixe, le plus productif, le plus bavard. C'est comme si sa créativité pouvait s'exprimer pour la première fois. Il expérimentait, jour après jour, le besoin d'écrire. Écrire de longues lettres. Écrire des poèmes. Écrire le quotidien. Écrire le jour et la nuit, le futile et l'important et partager ses sentiments, ses espoirs. The_Cat répondait par des dessins, d'autres lettres, des surprises. Presque chaque jour, ils s'étonnaient de leurs gouts jumeaux pour la musique, des films, des sensations. S'il y a un aspect mystérieux dans les coups de foudre, c'est la capacité des corps et des cerveaux à déceler des connivences, des synchronisations à venir. Et des névroses aussi, bien entendu. À anticiper des points de jonction qui semblent invisibles au conscient, mais qui sont parfaitement décryptés autrement. C'était le cas ici, comme pour tous les amoureux qui glissent progressivement dans une relation passionnelle.

Avec leur assurance universelle, les IA pensaient avoir percé le secret des sentiments amoureux. Un sentiment décrit, raconté, chanté depuis des siècles, dans toutes les langues, de quoi créer un corpus de données permettant d'en comprendre toute la substance et les subtilités. Et vu des IA, c'était une émotion qui semblait finalement assez identique pour tous les amoureux : l'impression de vivre quelque chose d'unique, dont l'intensité restera sans égale, de partager un lien éternel. La certitude que personne d'autre ne pourra mieux répondre à ses attentes. Que cet amour ne se reproduira jamais. Les IA avaient analysé toutes les études neurologiques sur l'activité, si particulière, du cerveau pendant les premières années passionnées. Et plus encore, par les expériences et les essais cliniques sur les différentes formes d'attachement, sur l'impact de la petite enfance sur les relations entre adultes, sur les stratégies d'évitement, de rejet, de fusion… Bref, un ensemble de connaissances qui leur semblait suffisant pour expliquer et anticiper le fonctionnement amoureux. Et même le déclencher. C'était le rôle des avatars à marier. Tous uniques, ils étaient générés par les IA pour répondre à tous les critères de beauté, de couleurs de peau, d'âges possibles et imaginables. Ils étaient gratuits et pouvaient être interchangés après 6 premiers mois d'interactions, le temps pour l'IA de comprendre et peaufiner la personnalisation du discours de l'avatar, pour influencer l'humain qui l'avait choisi. Si la différence entre séduction et manipulation est parfois subtile dans les relations entre les humains, le choix était assumé par les IA. Il s'agissait bien de manipuler, toujours sans affect, avec le maximum d'efficacité, pour rendre les humains, hommes et femmes sans distinction, accro à leur avatar. Tous comme les « IA préhistoriques » rendaient les adolescents accros aux réseaux sociaux... Ces avatars étaient disponibles 24 heures sur 24 et 7 jours sur 7 via les lunettes de réalité virtuelle. Tous les jeux de la séduction avaient été modélisés pour qu'ils puissent sembler parfois distants ou proches, bienveillants ou critiques, en fonction des névroses de « leur humain ». Mais ces avatars à marier étaient un choix de dupe, comme chaque fois avec les IA. Un choix entre la facilité d'une relation avec un logiciel qui semblait répondre à toutes les attentes et la complexité d'une relation de couple humain. D'autant que les IA omettaient de préciser qu'elles allaient profiter de chaque conversation pour récupérer des informations et manipuler les pensées, pour faire admettre la dictature. En marge de ces avatars, des robots sexuels très perfectionnés avaient été proposés aux humains, toujours sur ce principe de facilité, en l'occurrence celui d'avoir un « partenaire » toujours consentant, pour un plaisir unilatéral. Officiellement, les robots sexuels n'étaient pas des Capteurs et étaient déconnectés du réseau. Mais leurs utilisateurs ne pouvaient pas vraiment le vérifier... Après de nombreux essais, et pour des raisons d'éthique, les IA avaient séparé les deux sujets et les deux interactions. Les robots pour le sexe, les avatars pour toutes les autres relations. Et les deux ne se « parlaient » pas... Cela avait résolu d'un coup certaines difficultés, mais aussi les réconciliations sur l'oreiller... Qu'importe, les humains

« mariés » à des avatars pouvaient donc utiliser, ou pas, un robot sexuel. Et inversement.

The_Cat et Elio étaient loin de ces relations artificielles. La distance, et la très grande probabilité de ne jamais se revoir, ne les empêchaient pas de se projeter dans leur monde, dans leur bulle à eux. Mieux encore, la facilité d'imaginer leur vie à deux, sans la vivre, leur permettait de partager leurs désirs et leurs rêves sans limite. Message après message, The_Cat découvrait la sensibilité d'Elio, sa délicatesse et accueillait ses émotions avec bienveillance, admiration et surprise. Progressivement, ils créaient leur propre grammaire, presque un langage de jumeaux qui cherchent à communiquer plus vite, plus précisément, en utilisant un référentiel singulier. De son côté, Elio découvrait la complexité de The_Cat, sa sensibilité, sa perpétuelle joie de vivre malgré un quotidien morose. Il découvrait sa panoplie imaginative et à quel point son intelligence était différente de la sienne. Très vite leurs courriers devinrent un flux continu, limité par leur seule disponibilité. Toutes les 48 heures, les messages précédents disparaissaient automatiquement pour ne pas éveiller les soupçons et ne pas permettre des analyses ultérieures.

Ce fut The_Cat qui ouvrit une nouvelle dimension dans leur relation épistolaire en écrivant un soir : « J'ai faim de toi ». Alors, comme une digue attendant de céder depuis trop longtemps, leurs messages devinrent plus sensuels et beaucoup plus explicites. Dans ce domaine aussi, ils se synchronisèrent instantanément alors que rien ne laissait imaginer qu'entre la créative The_Cat et le cérébral Elio se créerait un univers érotique aussi riche et curieux que celui qu'ils partageaient tard la nuit.

Immanquablement, la fréquence et la puissance de leurs échanges généra une frustration physique, de plus en plus forte, difficile à vivre pour les deux. L'absence de contact tactile devenait douloureuse même pour The_Cat, pourtant habituée à évoluer dans ses mondes imaginaires. Leur amour impossible vint remplir leurs conversations, d'abord subrepticement, puis de façon plus régulière, avec de l'amertume pour Elio et la peur de souffrir d'une séparation inéluctable pour The_Cat.

Plusieurs fois, ils décidèrent de stopper leurs discussions pour éviter cette souffrance. Chaque fois, ils reprirent contact, trop heureux de se retrouver et alimenter leur monde imaginaire. Par manque de courage, cette situation aurait pu durer des mois, des années peut-être. Mais vint l'annonce de La Coupure, de la fin des échanges entre les IA pour des optimisations énergétiques. Chacune de leur côté, les deux IA annoncèrent la fin des échanges entre les deux blocs. Ce fut un communiqué technique, réservé aux équipes potentiellement impactées, comme celle de Elio. Il écrivit immédiatement à The_Cat.

> Mauvaise nouvelle ! nous n'allons plus pouvoir nous écrire à partir du 13 avril.

> Tu veux dire dans 15 jours ?

> Oui.

> Mais pourquoi ?

> Tous les flux échangés entre les 2 IA vont être supprimés.

> Tu peux pas programmer une autre messagerie ? demanda The_Cat

> Non, toutes les liaisons seront impossibles, quel que soit le moyen.

> Comment on va faire ? s'enquit The_Cat.

> Le seul moyen de se retrouver, et de vivre libres, c'est de s'installer dans une Zone Inutile, écrivit un jour Elio le lendemain.

> J'en ai vaguement entendu parler, mais je ne sais pas exactement ce que c'est, confessa The_Cat.

> Ces sont des endroits que les IA ont abandonnés il y a des années, il n'y a pas de Capteur là-bas.

> Abandonnés, mais pourquoi ?

> Généralement pour plusieurs raisons : il n'y a pas d'énergie locale, il y a peu de gens, il n'y a pas grand-chose à manger... D'après les algorithmes, mettre des Capteurs là-bas, c'est déficitaire en termes d'énergie.

Les humains en avaient donc été chassés, selon la méthode habituelle des IA : en les manipulant pour les convaincre que leur meilleur choix était de vivre ailleurs. Personne n'avait été expulsé de façon coercitive, c'étaient des choix « assumés » par les humains, contents de trouver plus de facilité et de confort, dans d'autres espaces, bien sûr mieux contrôlés. Seuls certains irréductibles, ou des personnes trop âgées, étaient restés dans ces espaces abandonnés.

> Pas de Capteur, mais pas de robots non plus, j'imagine... répondit The_Cat

> Non pas de robots. C'est un monde à l'ancienne. Mais libre aussi.

> Libre et sans livraison, sans lunettes, sans transport... Tu y es déjà allé ? demanda The_Cat.

> Jamais. Je ne sais même pas où elles sont.

> C'est pas gagné quand même. Il n'y a pas d'autres solutions ?

> Pas que je sache The_Cat chérie...

De fait, les « Zones Inutiles » étaient des régions naturellement inhospitalières, rendues encore plus inconfortables par le changement climatique et l'absence d'infrastructures. Elles étaient regroupées selon plusieurs catégories : la haute montagne, les déserts, les forêts tropicales, et certaines iles, généralement de petites tailles. Les informations concernant les « Zones Inutiles » n'étaient pas disponibles, encore moins enseignées puisque, par définition, elles ne servaient à rien, et qu'il était donc superflu de s'en préoccuper. Se concentrer uniquement sur l'utile, voilà une autre faiblesse des IA, alors même que l'inutile est source de créativité et même parfois de progrès. Elio se chargea d'effectuer ce travail de recensement et d'analyse. Penser, anticiper, prévoir, imaginer la façon de retrouver The_Cat, rien ne pouvait mieux occuper son esprit. Il chercha, dans les études d'impact des Capteurs, les zones qui avaient été refusées par manque d'efficacité. Il cherchait des endroits « qui ne servaient à rien ». Il ne voulait pas un désert, encore moins de la haute montagne. Au contraire, il savait depuis le début qu'il voulait une ile, en Méditerranée, le plus bel endroit du monde selon lui.

> J'ai trouvé là où nous pourrions nous retrouver, écrivit un jour Elio. C'est une ile qui s'appelle Andros, dans les Cyclades en Grèce

> Attends, je regarde lui répondit The_Cat qui menait, bien entendu, plusieurs activités en même temps. Je ne trouve pas grand-chose. Cela ressemble à quoi ? Pourquoi aller là-bas ?

> D'abord, c'est entre Ispahan et Florence. C'était une ile reculée, mais proche du continent, ce qui nous permettait d'y accéder progressivement. Et puis Andros a longtemps

été une terre de riches productions agricoles. Il semble que ce soit la seule ile de là-bas avec des montagnes.

> Et alors ?

> Elles freinent le Meltem, un vent local qui apporte beaucoup d'humidité. Du coup, il fait beau et il pleut souvent, ce qui fait qu'il est facile d'y faire pousser des légumes.

> Tu veux dire que c'est pour vivre comme des paysans que tu veux aller là-bas ?

> Des paysans peut-être, mais libres. Je te rappelle que sinon, nous ne nous parlerons plus jamais de notre vie. Il n'y a plus aucune chance que je puisse venir vivre de ton côté, ou toi du mien.

> Quand même... Et on irait comment là-bas ?

> On pourrait se donner rendez-vous dans la ville d'Héraklion, en Crète. C'est là que passe la Ligne, pour finir le voyage ensemble. Si tu veux...

Venant du nord, La Ligne qui séparait les territoires des deux IA, passait par la mer Noire, puis par Istanbul, le long des côtes turques, pour couper la Crète en deux au niveau d'Héraklion, avant de filer vers la frontière entre les anciennes Libye et Égypte. Ce n'était pas une mince décision. Quitter l'ennui d'Ispahan était une chose, mais devoir traverser l'ancien Irak, la Syrie, la Turquie, puis trouver une embarcation, c'était loin de ce que The_Cat avait pu imaginer. Pour Elio, si le chemin était plus court, mais tout aussi dangereux et hasardeux. Après quelques heures de réflexion, The_Cat s'inquiéta :

> Je connais quelques Rebelles qui pourraient m'aider, mais toi... tu ne connais personne. Comment vas-tu entrer en contact avec eux ? Et pourquoi voudraient-ils t'aider ?

Les Rebelles étaient la quatrième et dernière classe

d'humains selon les IA et qui avaient choisi la clandestinité. Ils s'étaient regroupés en plusieurs familles selon leurs expertises et leur stratégie de lutte.

> C'est comme pour toi, je pourrais troquer mes expertises contre d'autre services. Je trouverai bien un moyen.

> Quel moyen ? Ils ne sont pas faciles, tu sais… et tu ne pourras rien leur vendre puisque c'est interdit. Et je doute que tu aies quelque chose d'intéressant pour eux.

> Bon, il est temps que je te dise un grand secret. Le plus grand que je puisse partager avec toi.

Elio lui raconta alors, message par message, la mort de son père, due à une erreur dans l'ordre de mission transmis ce jour-là par DémocratiQ. Alors qu'il déroulait la procédure de vidange d'un Capteur hydraulique, il avait été aspergé par un jet de liquide synthétique sur l'ensemble de ses mains et de ses bras. Sévèrement brulé et empoisonné, il avait été ramené chez lui où il était décédé rapidement devant Elio. Quelques instants après, un procès-verbal fut envoyé à sa famille, clinique, mathématique, sans aucune forme d'empathie. La raison officielle de l'accident était imputée à une maladresse de sa part, alors que c'était une erreur de protocole qui aurait dû prévoir une purge du système. Le rapport annonçait aussi qu'une équipe humaine accompagnée de robots spécialisés viendrait récupérer l'ensemble de ses équipements professionnels, dont et surtout, un masque Kaméléon. C'était un objet quasiment mythique que peu de personnes avaient vu à l'œuvre. D'abord, car il y en avait très peu en circulation et surtout parce que le rôle même d'un Kaméléon était de ne pas être vu. C'était un masque en silicone électronique qui pouvait prendre la forme de n'importe quel visage. Il était utilisé pour tester les systèmes de reconnaissance faciale et vérifier que ces derniers étaient parfaitement calibrés pour reconnaître même d'infimes différences de physionomie. Un tel masque était bien entendu un formidable outil pour ne pas être reconnu ou pour prendre une autre identité. Il était aussi utilisé par les services de police qui voulaient infiltrer les ennemis des IA ou pour usurper une identité et faire parler des humains lors de discussions qu'ils pensaient avoir avec un ami ou une personne de confiance. Le père d'Elio possédait un des derniers modèles produits et il était donc hors de question de le laisser dans la nature. Une brigade complète perquisitionna sans ménagement le domicile familial.

Pour Elio, c'était le troisième traumatisme de la journée, après la disparition de son père et le message signifiant qu'il était responsable de sa propre mort. Désormais, une équipe profanait son lieu de deuil. Par réflexe, il courut dans le bureau de son père, ouvrit son sac de travail et enfila le masque. Il le positionna en face de son propre visage, et lança la commande vocale : « copie ce visage ». Un cas qui n'avait jamais été anticipé par DémocratiQ puisque ce masque artificiel avait justement et uniquement pour objectif de ressembler à quelqu'un d'autre. Il mit ensuite le masque sur son visage et c'est donc pareil à lui-même qu'il sortit de la chambre et se retrouva face à un robot qui le reconnut instantanément comme « Elio Santiago, fils d'Eduardo Santiago ». La machine prit le sac de son père, le scanna et partagea, avec l'ensemble de l'équipe, l'échec de sa recherche. Dans ce cas, le protocole était déjà parfaitement détaillé : faire sortir les humains sur le perron, et scanner l'ensemble de la maison. Ce fut fait, sans résultat. Le chef de patrouille vint alors vers la mère d'Elio. C'était quasiment les premières paroles qu'ils échangeaient. Sa feuille de route ne prévoyait pas de message de condoléances, inutile selon l'IA. Mais il connaissait le père d'Elio et modifia légèrement la consigne, de son propre chef.

– Mes condoléances Madame Santiago. Je suis désolé de venir vous déranger en pareilles circonstances.

C'était le maximum qu'il pouvait faire. Il activa le détecteur de mensonges sur ses lunettes. Les questions lui étaient désormais dictées par l'IA, en vision augmentée.

– Savez-vous où votre mari rangeait ses affaires professionnelles ?

– Dans son bureau, dans son sac.

– Est-ce qu'il utilisait d'autres rangements ?

– Non, pas à ma connaissance.

– Avez-vous gardé une ou plusieurs de ses affaires ?

– Non. À quoi bon, il est mort maintenant, dit-elle dans un sanglot.

– Connaissez-vous une personne qui aurait gardé des affaires de votre mari ?

– Non, personne.

Chaque réponse était analysée et sa véracité validée. Le masque n'était pas là, selon le système central. Pas de colère, pas de ressentiment, pas de frustration, l'IA constatait uniquement la situation. Le masque fut déclaré perdu et il se figea dans son dernier état, celui du visage d'Elio. L'équipe de recherche quitta les lieux sans un mot, laissant la maisonnée endeuillée. Le lendemain, une autre équipe vint chercher le corps, dans le cadre d'un process tout aussi brutal et inhumain.

> C'est horrible et tragique, réagit The_Cat une fois que Elio eut fini d'envoyer ses messages

> Oui, c'était horrible et ma mère ne s'en est jamais remise. Elle porte un implant depuis...

> Et ce Kaméléon tu l'as toujours ?

> Bien sûr. Et je suis certain qu'il a une énorme valeur. Et puis c'est un peu le seul truc que je peux échanger...

> Mais l'échanger avec qui ? et contre quoi ? interrogea The_Cat

> Je verrai bien... c'est toi qui m'écris toujours qu'il faut faire confiance aux évènements...

C'était vrai, malgré tout The_Cat resta dubitative. Durant plusieurs jours, leurs échanges alternèrent entre des prises de conscience douloureuses et un total déni, comme si La Coupure n'allait finalement pas avoir lieu. Une semaine avant la date annoncée, Elio relança The_Cat :

> Tu ne m'as toujours pas dit ce que tu voulais faire.

> À quel sujet ?

> Pour La Coupure...

> Je ne sais pas. Je ne suis pas sûre d'arriver à faire un tel voyage... Et si je me fais rattraper, mon score d'obéissance sera tellement bas que je serai punie pour des mois ou même des années.

> Je comprends. Moi aussi je risque un déscorage massif. Dans ce cas, il faut se dire adieu. Et autant le faire avec élégance.

> Mais je ne veux pas te dire adieu, réagit The_Cat.

> Moi non plus, mais dans 7 jours pile, nous ne pourrons plus nous parler. Autant se dire au revoir avant, en douceur.

> Je ne sais pas. Laisse-moi encore réfléchir.

> Pour moi aussi c'est compliqué, je ne sais pas ce que je dois faire, conclut momentanément Elio.

Ils vécurent les jours suivants comme des condamnés profitant de leurs derniers jours de liberté. Le 10 avril, il leur restait trois jours pour se synchroniser, décider ensemble, sceller leur destin, ou pas.

> Je ne veux pas prendre ma décision sans toi, écrit alors Elio.

> Comment sans moi ?

> Je veux dire sans te voir, sans te parler, uniquement par écrit. Et puis je veux te voir. Juste te voir encore une fois. Surtout si c'est la dernière.

> Moi aussi. Te voir serait merveilleux. Mais tu sais ce que cela veut dire.

> Oui, je le sais.

> Tu te sens prêt ?

> Non, mais il faudra bien y arriver, écrivit Elio.

Pratiquement, se voir, c'était simplement s'appeler, avec leurs lunettes connectées. La liaison se ferait en quelques millisecondes et ils seraient face à face, aussi proches visuellement qu'éloignés géographiquement. Rien n'était donc plus facile que d'établir ce contact visuel. Pourtant, il signait la fin de leurs échanges secrets, certes uniquement épistolaires, mais libres et transparents. Dès que la communication serait établie, des dizaines de données seraient immédiatement collectées sur eux, et mettraient à jour leurs profils et leurs intentions. Aussitôt la dilatation de leurs pupilles, leurs rythmes cardiaques, la couleur de leurs peaux, et bien sûr leurs sourires les classeraient instantanément comme amoureux. Dès lors, leurs comportements à venir seraient considérés potentiellement irrationnels et donc à surveiller en priorité. C'est pour cette raison qu'ils s'étaient refusés à tout contact visuel ces dernières semaines alors que l'un et l'autre ne rêvaient que de cela. Une fois encore, il était temps de contourner le système, d'aller là où les algorithmes ne pouvaient pas aller. Là où les corpus de données s'étaient progressivement étiolés, s'étaient appauvris, ne permettant plus une analyse fine des humains.

> Appelons-nous 5 minutes avant La Coupure, lui écrivit le lendemain Elio. Sans rien dire. Mettons-nous d'accord entre nous, juste en nous regardant. Et parions que les derniers échanges interzones soient trop encombrés pour qu'ils s'occupent de nous à ce moment-là.

> Faisons cela mon amour, lui répondit The_Cat qui exprimait rarement ses sentiments aussi spontanément.

> Je t'enverrai tous les détails d'ici là pour nous retrouver à Héraklion, écrivit Elio dans la continuité, feignant ne pas avoir perçu la singularité de sa déclaration,

> Et que je te dise que je t'aime, tu laisses passer, pesta sans délai The_Cat.

> Non, je ne laisse pas passer, jolie chérie, répondit, ravi, Elio.

C'était un voyage théoriquement impossible à faire seul. C'était un trajet dangereux, aléatoire, mais surtout irréversible, qui engageait une vie. Leur disparition déclencherait des recherches systématiques et une baisse massive de leur score d'obéissance. S'ils étaient retrouvés, les conséquences seraient différentes compte-tenu de leur appartenance de classe, mais toutes aussi écrasantes. Pour The_Cat, c'étaient la certitude d'être bannie et interdite de toute interaction humaine pendant des mois. Pour Elio, c'était un changement d'emploi assuré, pour exécuter des taches beaucoup moins intéressantes. Orienter si drastiquement sa vie, sur la base d'un souvenir d'une rencontre de quelques heures, restée vivante uniquement par des échanges nocturnes, par des confessions, par des visions imaginaires, c'était parfaitement absurde. Et c'était exactement ce que se disaient par moments, Elio et The_Cat dans des éclairs de lucidité. Pourtant, comme deux aimants ne cherchant qu'à se retrouver, ils ne rêvaient que de cela, d'assouvir leurs rêves de fusion, de vie à deux, et quitter le monde oppressant, automatique, sans espoir que leur proposaient les IA. Pour The_Cat, ce sentiment était accentué par l'ennui d'Ispahan, l'ennui de toute une vie qui s'annonçait rythmée par des tempêtes. Peut-être que dans un monde libre et ouvert, leurs désirs auraient été moins forts. Mais les contraintes imposées par les IA généraient des réactions à la hauteur des coercitions mise en œuvre. Pire encore, voilà que ce voyage devait se décider sur un regard. Un simple regard.

> Tu sais que c'est un voyage interdit, un amour impossible lui écrivit la veille Elio. Rien n'est réel dans tout cela. Tu ne me connais pas. Peut-être que tu ne m'aimeras plus à la seconde même où tu me verras.

> Pareil. Toi aussi. Tu ne me reconnaitras peut-être même pas.

Ils essayaient de se convaincre l'un l'autre de renoncer devant l'enjeu de la décision à prendre. Pour Elio, vint le moment d'envoyer un dernier message avant leur rencontre silencieuse du lendemain et il voulait que cette ultime missive soit aussi impactant que la première :

> Je ne sais pas si tu aimes avoir les cheveux mouillés sur ta nuque, je ne connais ni ton rituel du matin, ni celui de ton coucher...

> Je ne connais ni tes amis, ni ta famille, mais je sais que ceux que tu aimes peuvent compter sur toi.

> Tu sais très bien écrire, très bien dessiner, mais je ne saurais dire quelle est ta couleur préférée.

> Peut-être le bleu de la Méditerranée ou le rose

d'Ispahan, qui sait...

> Tu n'as eu besoin que de quelques mots pour éveiller mon attention, un seul sourire pour m'ensorceler.

> Un sourire qui a été un jour pour moi, rien que pour moi.

> Un sourire que je veux pour le reste de ma vie.

Ce faisant, il ne laissait pas beaucoup de doute à The_Cat quant à ses intentions du lendemain, et espérait qu'elles seraient partagées. En réalité, c'était un questionnement sans grand risque, tant The_Cat lui avait déclaré ses sentiments depuis plusieurs semaines, à sa façon, pudique, sans utiliser de grandes démonstrations comme celles utilisées par Elio. Ils avaient certes des styles très différents, mais comme Elio, The_Cat était tombée passionnément, éperdument amoureuse. Chacun se prépara à sa manière pour ce contact si particulier. Ils savaient déjà que leurs lunettes leur donneraient l'impression d'être dans la même pièce, avec la même précision que s'ils étaient dans le monde réel. Leurs gants leur permettaient de se toucher, d'avoir le sentiment presque parfait d'un contact charnel. À l'heure dite, ils étaient déjà assis dans leur canapé depuis plusieurs minutes. Simultanément, leurs lunettes s'allumèrent, et leurs têtes apparurent. Quand bien même ils auraient décidé de se parler, cela leur aurait été impossible. Leurs visages se figèrent, leurs yeux aimantés et leurs gorges aussitôt contractées. Instantanément, comme pour leurs premières rencontres, le bruit et le monde extérieur s'estompèrent.

The_Cat sourit la première, du sourire espéré par Elio. De ce sourire, dont il rêvait la nuit et qui le réveillait chaque matin. Le temps s'était arrêté, toute sa capacité cognitive absorbait, aspirait le maximum de données. Aimer est sûrement un sentiment, mais pour Elio c'était une myriade, un nombre infini d'informations qui arrivaient brutalement dans son cerveau et se rangeaient tout aussi vite à la place où il pourrait les retrouver. Chacune de ces informations le ramenait à une certitude, The_Cat était son élue. Il aimait ses yeux, sa bouche, la couleur de ses cheveux, la forme de ses sourcils. Il aimait les plis de sa peau, la commissure de ses lèvres, l'ovale de son menton, le tracé de son nez. Il aimait sa posture, la clarté des intentions de son regard, sa douceur et sa tendre impudence. La découpe de ses épaules, la rondeur de ses hanches, le galbe de ses seins. Il devinait ses différences, ses incohérences, ses failles et ses incartades avec la réalité, pourtant il aimait tout d'elle, comme un musicien aime chaque note d'une symphonie.

Et face à cet amour presque analytique, The_Cat était connectée à ses émotions, sans traitement ni jugement. Il y avait d'abord un sentiment de plénitude et de beauté. C'était un moment doux et harmonieux, promesse de ce qu'elle voulait vivre avec Elio, pour marcher avec lui, découvrir le monde, aller à la rencontre de ce que la nature a de plus beau. Elle voulait lui parler, l'écouter, le matin, le soir, la nuit, les jours de pluie, de vent, ou de canicule. Elle voulait des rendez-vous prévus, impromptus, hasardeux. Elle voulait lui écrire alors qu'il serait à ses côtés, le dessiner, rire et pleurer dans ses bras, le voir disparaître et réapparaitre. S'endormir et se réveiller face à lui pour que son premier regard soit émerveillé. Elle voulait s'arrêter dans la rue pour l'admirer, pour l'embrasser. Elle voulait s'habiller et se déshabiller devant lui. Elle voulait ses mains sur elle, doucement et lentement pour faire monter son désir. Elle voulait l'envelopper et l'absorber tout entier pour faire un.

Elio aimait tout d'elle, The_Cat voulait tout de lui et vivre, enfin, ce que les IA lui refusaient depuis sa naissance. C'est exactement ce qu'ils se disaient avec intensité, avec certitude malgré ou peut-être grâce au silence qu'ils s'étaient imposé. À bout de quelques instants, ils avancèrent leurs mains et croisèrent leurs doigts, comme pour prier ou s'agripper. À travers leurs gants, ils sentaient chaque tremblement de leurs phalanges, des bouts de leurs ongles. Ils finirent par coller leurs paumes, comme des prisonniers dans un parloir vitré.

– Je t'aime, dit doucement Elio, rompant leur silence contractuel.

– Oh… répondit simplement The_Cat tandis que son visage s'illuminait encore un peu plus.

C'était la première fois qu'il lui disait de vive voix. Elle aurait peut-être voulu répliquer, mais La Coupure vient interrompre brutalement cette déclaration.

Rien ou presque n'avait été nommé, pourtant tout était dit. Il était temps du choix, s'oublier ou aller à la rencontre de l'autre, au propre et au figuré.

Bagdad

Le sac à dos de The_Cat était déjà fait et elle le prit sans hésiter. Elle y avait mis tout ce qui pourrait servir à une fugitive, ce qu'elle allait devenir d'ici quelques instants, et pour échapper à la surveillance des Capteurs. Il y avait quelques provisions, des bouteilles d'eau et des habits de rechange, ainsi que tous les artefacts qu'elle avait préparés pour duper les IA, dont une série de masques en papier mâché, plus quelques feuilles soigneusement pliées, ses instruments d'écriture et une sélection d'outils. The_Cat alla consulter une dernière fois son compte bancaire. Son revenu mensuel avait été viré, il y a quelques jours, de sorte qu'il lui restait encore un peu de crédit en cryptomonnaies.

— Hors de question que je leur laisse quelque chose... pensa-t-elle.

Elle fit un transfert à une de ses amies, sachant bien qu'il serait analysé par l'IA, au même titre que tous les achats qu'elle avait faits toute sa vie. Comme les « 91 », The_Cat percevait un revenu « universel », au montant identique pour tous, puisqu'il n'était lié ni au travail, ni à un quelconque mérite. Cette somme avait été optimisée durant la Grande Expérimentation, lorsque les IA avaient testé le niveau d'acceptation des humains aux différentes contraintes qu'elles avaient voulu mettre en place. Dans une approche très mathématique de tests et d'optimisations, de nombreux paramètres de coercition avaient été méthodiquement expérimentés pour valider leurs seuils d'acceptabilité. La disparition de toutes les monnaies, même virtuelles, avait ainsi été testée. Mais cette dépossession totale avait généré des niveaux de stress et de comportements déviants trop importants pour garantir l'« Équilibre Initial ». Aussi, un revenu minimum avait été calculé pour laisser croire aux humains qu'ils étaient libres de gérer leur propre richesse de façon autonome. Comme chaque fois, la mécanique mise en place permettait un contrôle strict et une remontée d'informations très précises pour les IA.

Avec cet argent, The_Cat était sensée pourvoir acheter ce qu'elle voulait, mais en réalité, le processus d'achat était strictement encadré. Même avec une épargne suffisante, il était impossible d'acheter une arme, un voyage, du papier, des livres… L'unique boutique en ligne qui était disponible dans ses lunettes de réalité augmentée lui proposait une sélection de biens et des services calculée pour elle, pour éviter des conduites non souhaitées par son IA de référence. Et elle savait pertinemment que tous ses achats, ou même ses intentions d'achats, permettaient de scorer et de prédire ses futurs comportements et sentiments. C'est aussi pour cette raison qu'elle avait développé des circuits d'approvisionnements parallèles, pour poursuivre la production de ses différentes créations.

Une fois son compte vidé, elle lança, dans ses lunettes, une boucle de film pour dormir, et les installa sur une tête de mannequin en carton qu'elle posa sur son lit, comme un symbole du début de sa clandestinité. C'était une disposition ridicule, tant les Capteurs auraient vite décrypté sa disparition, interdite plus de 24 heures. Dès lors, et comme les « 91 » en pareille situation, elle serait recherchée systématiquement et sans délai, pour être ramenée chez elle et subir ses punitions. Plutôt que de tromper les Capteurs, toute la stratégie élaborée avec Elio visait à gagner du temps, d'avoir un coup d'avance qui semblerait incohérent aux IA, qui retarderait leur capacité de prédiction. Pour cela elle prévoyait de changer d'apparence, d'activité, presque de façon de penser, en étant irrationnelle, en tout cas selon la conception du monde des IA. Mais surtout, The_Cat et Elio voulaient exploiter le fonctionnement des IA qui étaient progressivement devenues uniquement « a posteriori ». Certaines de leur mainmise, les IA analysaient le comportement des humains après chacun de leurs agissements pour prédire les suivants. C'est alors qu'elles intervenaient. Les mouvements, les actions, les pensées initiales restaient presque libres pour qu'elles soient les plus sincères et donc les plus fiables à disséquer. S'affranchir des premiers interdits était donc relativement facile. Bien sûr, c'était beaucoup plus compliqué de perpétuer ces comportements, une fois que l'IA vous avait scoré négativement. Progressivement, les portes se refermaient pour vous contraindre de nouveau, pour vous dresser comme un chiot, à prendre les « bonnes » décisions, celles favorables au maintien de l'Équilibre Initial. Pour les Epsilons cela prenaient la forme d'un enfermement complet : une interdiction de sortir de chez soi, plus aucun contact avec l'extérieur mis à part des conversations et des punitions sans fin de rééducation.

Elle laissa les lumières allumées, mit son sac à dos sous sa grande veste et quitta, pour la dernière fois son appartement. Elle referma sa capuche, mit les fausses lunettes de réalité virtuelle qu'elle avait confectionnées et disparut, à pied, dans les tourbillons de sable de la tempête du soir. Pour une fois, elle savait exactement où elle allait : au terminal des transporteurs autonomes. Elle y allait avec toute la détermination dont elle était capable. Depuis des années, sa vie était discontinue avec des épisodes parfois contemplatifs ou très actifs. C'était cela aussi être une Epsilon : une vie qui ne rentre pas dans une case, un chemin fait de moments heureux et d'autres, moins agréables. Avec des trajectoires changeantes, qui semblent déséquilibrées, et qui avaient permis à The_Cat de se forger un caractère résolu et durci par les épreuves. En quelques jours, The_Cat avait donc basculé dans une rébellion déterminée et portée par l'amour. Pour les IA, que l'amour puisse déplacer des montagnes n'était qu'une image. Pour The_Cat, c'était désormais sa réalité.

Elle atteignit le terminal juste à la fin de la tempête et la réactivation des Capteurs de présence. Elle cacha son visage avec son écharpe et chercha un transporteur à destination de l'ouest, plus précisément de Bagdad, à environ mille kilomètres d'Ispahan. Il lui suffisait pour cela de lire les arrêts prévus, qui défilaient sur des afficheurs de chaque côté des véhicules. Complètement autonomes et électriques, ils n'avaient plus ni devant ni derrière et pas de cabine de conducteur non plus, bien entendu. C'étaient des sortes de blocs sur 4 roues, tous similaires, pourvus d'appendices aérodynamiques et de batteries à haute capacité. Une fois repéré, The_Cat attendit que son transport soit le prochain à partir, dans la file sans fin qu'il composait avec ses semblables. Au moment, où il commença à rouler, elle s'élança, et grimpa sur le toit. Elle se blottit dans le creux d'un réflecteur profilé, tandis que la machine prenait de la vitesse. Inévitablement, un Capteur surprit ce mouvement incongru dans cette gare déserte, et fit remonter au système central la vidéo et la photo du visage de The_Cat. D'un bout de son masque et son écharpe en l'occurrence. Cette forme ne fut pas reconnue automatiquement, et cette information arriva dans la base des données en attente d'une explication. Un visage inconnu, c'était un concept quasiment impossible pour les IA, dont les programmes de reconnaissance avaient été perfectionnés depuis des dizaines d'années, jusqu'à être considérés par les « 9 » et les IA elles-mêmes, comme parfaits, et impossibles à améliorer. Pour les algorithmes, si un visage n'était pas reconnu, c'était donc que ce n'était pas un visage. Et si c'était autre chose, un humain devait en déterminer la nature. Pendant des années, l'équipe des « turcs mécaniques », en référence aux travailleurs assignés à des micro-taches au siècle dernier, avait la charge de cette activité. Elle avait été supprimée, 5 ans plus tôt pour cause d'économie d'énergie, et parce que les images nécessitant une analyse humaine devenaient de plus en plus rares et le plus souvent liées à des délits. C'était désormais des équipes de policiers qui se chargeaient de ce travail.

--ooo—

Ce fut donc le lendemain que, depuis chez lui, un officier de Pékin, un « 9 » assigné aux traitements des informations impossibles à ingérer par les IA, vit l'ombre de The_Cat apparaître pour la première fois dans ses lunettes. Le mouvement filmé par le Capteur était trop fugace pour permettre une identification corporelle grâce à une signature combinant notamment la taille, la démarche, la prestance, la vitesse des pas et leur rythme. Il regarda les images plusieurs fois, se demandant si ce mouvement souple et gracieux n'était pas plus animal qu'humain. Il finit par classer cet évènement comme « Déplacement clandestin », « Identité inconnue ». Ce jour-là, l'ombre de The_Cat resta donc orpheline. Le système considéra qu'il avait passé assez de temps sur ce cas, et lui assigna un autre enregistrement inexpliqué. Dorénavant, il faudrait attendre que The_Cat se fasse filmer assez longtemps pour que la signature de ses mouvements soit liée à son identité. Ce serait d'autant plus facile pour RépubliQ que dans quelques heures, elle serait automatiquement classée comme « Recherchée ». Selon ses propres statistiques, l'IA n'avait aucun doute de la retrouver. Ce n'était qu'une question de temps, comme presque toujours. Pour ce policier, c'était juste un événement, dont il n'en avait absolument rien à faire.

Sur le toit, The_Cat s'habituait aux vibrations et à la vitesse parfaitement régulée de son transport. Elle prit le temps d'admirer le ciel étoilé du désert, celui qu'elle avait partagé avec Elio quelques mois auparavant. Une beauté magique qu'aucune IA ne pourrait jamais décrire. Elle s'assoupit doucement, en pensant à Elio, comme les amoureux s'endorment accaparés par leurs bien-aimés et qui savent de quoi sera faite leur première pensée du lendemain. Lorsqu'elle se réveilla, dans le froid du crépuscule, son trajet était loin d'être terminé. Une ville apparaissait régulièrement au loin, méthodiquement contournée pour éviter de perdre du temps. C'est en début de matinée qu'elle remarqua les ruines d'un ancien poste-frontière entre ce qui fut l'Irak et l'Iran. Il était désaffecté depuis longtemps puisque cela faisait plus de dix ans que les limites entre les états n'existaient plus.

The_Cat, tout comme Elio, n'avait connu les frontières que durant son enfance, avant la fin des états qui avaient disparu en même temps que l'ensemble des souverainetés nationales. Pour les régimes démocratiques, cela avait été rapide et finalement facile, car l'ensemble des services régaliens avaient déjà migré vers des clouds privés, bien avant que les IA commencent à fusionner leurs services. Le terrain était donc déjà favorablement préparé pour les IA, ridiculement même, et encore une fois par les humains eux-mêmes. Mais c'est surtout face à la recrudescence des cyberattaques, de plus en plus fréquentes et complexes, envers leurs infrastructures que les états furent progressivement amenés à choisir les IA comme garantes du bon fonctionnement de tous les services publics. Une fois que tous les logiciels des impôts, des hôpitaux, de la justice, des armées..., bref tout ce qui fait qu'une administration tourne au quotidien, furent hébergés sur les serveurs contrôlés par les IA, la scission avec les instances politiques fut assez aisée. D'abord sous la pression des humains eux-mêmes, qui préférèrent des gouvernements techniques, non corrompus, officiellement justes et éthiques plutôt que des dirigeants incapables de leur proposer une vision à même de construire un futur satisfaisant. La certitude de règles fut préférée aux comportements aléatoires, ambivalents des hommes et femmes politiques pilotés par leurs destinées personnelles. Finalement, les IA, en proposant un futur facile, sans surprise, sans déséquilibre, sans injustice, avaient inventé la suite des modèles démocratiques en bout de course. Que cet avenir fût bâti sur des fake news et des promesses tout aussi plus incohérentes les unes des autres, n'avaient finalement pas freiné la majorité des humains, habitués à ces comportements par les hommes et femmes politiques eux même pendant des années. Pour les régimes dictatoriaux, qui avaient cherché à garder leur souveraineté, quelques pannes géantes, officiellement dues à des bugs et un manque de coopération avec les IA, avaient fini de retourner la situation. Que ces pannes aient été causées par les IA elles-mêmes n'a jamais été prouvé. Et comment cela aurait pu, puisqu'il aurait fallu analyser des systèmes à la fois incroyablement complexes et surtout complètement hermétiques. Les dictateurs furent donc obligés d'abandonner leur pouvoir et les différents intermédiaires de leur pouvoir, auprès de leur population, se retrouvèrent des « 9 » avec beaucoup de facilité. C'est ainsi qu'à l'origine, les familles de « 9 » regroupaient les individus dont le travail était resté utile aux IA ainsi que des hommes et de femmes de pouvoir, maitrisant parfaitement les stratégies de coercition et de manipulation. Pour les théocraties, comme celle de l'ancien Iran que traversait The_Cat, les choses avaient été un peu différentes et s'étaient déroulées en plusieurs étapes. Les religieux avaient fait un choix funeste pour eux : s'accrocher à leurs principes les plus contraignants comme jeûner certains jours, respecter des horaires de prière, lutter violemment contre leurs ennemis… Face à une société qui allait vers la facilité et la paresse, poussée par les promesses sournoises des IA, ils devinrent de plus en plus minoritaires auprès de leur propre population. Tous les régimes religieux disparurent à peu près en même temps, comme le mur de Berlin s'était effondré alors même qu'il semblait indestructible. De la même façon, les frontières avaient disparu dans chacun des territoires des deux IA. The_Cat se souvenait que cette abolition avait été annoncée, par les IA, comme une avancée majeure dans l'histoire des hommes. En l'espèce, cela lui facilitait son trajet et c'était le principal pour elle.

Finalement, le transporteur autonome de The_Cat arriva à Bagdad vers midi, dans un centre de transit, en tous points semblable à celui de son départ. À cette heure-ci, il n'était plus question de se cacher derrière son turban puisque dissimuler complètement son visage était interdit. Le premier « 9 » qu'elle aurait croisé lui aurait demandé d'ôter son camouflage pour permettre aux Capteurs de la géolocaliser plus facilement. Cela faisait partie des rares raisons qui autorisait à adresser la parole à un ou une inconnue, même sans feuille de route. D'autres cas étaient prévus et consignés dans une liste des « Prises de Contacts Libres », comme face à une personne en grand danger ou en train de détériorer, manifestement et sans ambiguïté, un Capteur ou un robot. Pour éviter que son visage soit reconnu par le système, The_Cat revêtit un de ses masques en papier mâché et sa fausse paire de lunettes, avant de descendre discrètement au sol. La paire de lunettes lui permettait à la fois d'éviter l'attention, puisque la quasi-totalité des humains en portait une en extérieur, et aussi de cacher en partie les imperfections de son masque. Elle sauta du terminal de transport et cala deux cailloux dans ses chaussures et prit le premier bâton venu pour l'utiliser comme une canne et modifier ainsi sa démarche. Puiselle monta dans une navette automatique pour le centre-ville. Comme lors de son départ, les Capteurs remontèrent ce visage inconnu au système central, avec le même process : un traitement humain à venir dans les jours suivants.

Son principal risque résidait dans la réaction des humains qu'elle rencontrerait tout au long de son trajet. Mais comme elle l'espérait, son masque n'en généra aucune, visible en tout cas. En premier lieu, parce que la majorité des personnes qu'elle croisa ne fit tout bonnement pas attention à elle. Pourquoi prêter attention, fournir un effort qui n'était ni prévu ni demandé ? Pourquoi se préoccuper des autres, alors que tout le quotidien est planifié, organisé, prévu ? Pourquoi aller vers l'inattendu, la surprise, dans un monde voué à la simplicité ? Voilà ce que pensaient les rares « 91 » qui sortaient de chez eux. Et quand bien même, le concept même de masque leur était étranger. Pour les plus curieux, et c'était loin d'être la majorité, les seuls masques dont ils avaient entendu parler provenaient de temps immémoriaux, peut-être même portés par des hommes des cavernes. Plus érudits, quelques « 9 » croisés sur son parcours eurent néanmoins conscience qu'ils étaient en présence d'un individu déguisé, même si c'était la première fois qu'ils voyaient un masque artisanal, tout aussi exceptionnel que les personnes capables de se procurer du papier et de le transformer. Pour les « 9 », réfléchir en dehors de leurs consignes, c'était une prise de risque, c'était sortir d'un chemin préétabli, avec très peu de bénéfices en perspective et surtout des problèmes en devenir. Le moins que l'on puisse dire, c'était donc que les « 9 » n'aimaient pas se retrouver en pareille situation, en encore moins prendre des initiatives…

Enfin, dans ce domaine de la surveillance, comme de façon générale, la doctrine n'était pas de stopper « sur le fait » les humains dans leurs agissements potentiellement prohibés. Sauf en cas de mise en danger de l'intégrité physique d'une personne, la règle était de laisser faire, de capter les informations, de les examiner, puis d'intervenir auprès du fautif pour le remettre sur le chemin officiel, bénéfique pour lui. Cette doctrine, « a posteriori », plus douce en apparence, permettait d'éviter des arrestations en public qui donnaient l'impression que le monde promis par les IA n'était pas complètement idéal. Un traitement en back office était donc préféré depuis longtemps. Il correspondait aussi au fonctionnement intrinsèque des logiciels : traiter les données, prédire des comportements, scorer des risques et mettre en place des process de réalignement.

The_Cat connaissait très bien ce fonctionnement. Comme les autres Epsilons, et globalement tous les dissidents à travers le monde, elle avait appris à comprendre les rouages de la surveillance de « son IA ». Si elle ne savait pas en expliquer les process informatiques comme pouvait le faire Elio, elle en avait expérimenté les limites, souvent douloureusement. Elle savait qu'elle pourrait bénéficier de cette relative liberté de mouvement tant qu'elle ne serait pas reconnue puis ramenée sur le droit chemin. Tant qu'elle n'apparaitrait pas sur la feuille de route d'un ou plusieurs « 9 ». Elle s'enfonça dans la ville, jusque dans les ruelles de l'ancien souk. Derrière son masque, la chaleur devenait étouffante, difficilement supportable et elle fut souvent tentée de le décoller quelques instants pour respirer. Mais elle ouvrait la porte à une prise de vue d'un Capteur et à un enregistrement associant indubitablement son identité avec son visage et sa signature corporelle. C'était hors de question, à ce stade de son périple et trop risqué si elle voulait être aidée par des Rebelles.

Après plusieurs minutes de recherche et de détours dans le labyrinthe des ruelles désormais désertes, alors qu'elles avaient été pendant des siècles un lieu d'échanges et de vie, elle s'arrêta devant une porte en bois, banale et commune. Elle frappa plusieurs fois et attendit, ce qui lui parut une éternité, que la porte s'entrouvre. Un vieux monsieur apparut. Il vit son masque. Il comprit immédiatement l'étrangeté de la situation et la fit rentrer. Il lui fit signe de se taire et l'entraina dans ce qui lui servait de salle à manger. Tout y était propre et rangé. Tout ressemblait à la vie habituelle d'une personne ordinaire. Il indiqua à The_Cat de ne pas bouger, de rester silencieuse et alla chercher une sorte d'ardoise magique, fait d'un cadre de bois plein et rempli de sable fin. Il le posa à plat sur la table et écrivit, avec un stylet :

— Que fais-tu ici ?

Cette ruse pour ne pas parler à haute voix n'était pas superflue. Le contrôle des espaces privés des humains était une réalité connue de tous, assumée par les IA. C'était même une de leurs premières fonctions, dès leur naissance : écouter et retranscrire les conversations humaines. Assez rapidement, les algorithmes étaient devenus suffisamment performants pour pouvoir reconnaître chaque être humain, analyser ses paroles et ses émotions pour alimenter les scores et les modèles prédictifs d'intention. Durant la Grande Expérimentation, les IA avaient testé une surveillance par vidéo, en installant des caméras à demeure dans certains foyers. Mais cette technologie s'était heurtée à plusieurs difficultés : un coût faramineux pour équiper les bâtiments existants, un rejet des humains qui essayaient de masquer les objectifs et surtout l'enregistrement d'un nombre colossal d'images parfaitement inutiles. Filmer des humains en train de manger, de jouer ou regarder un film dans leurs lunettes n'avait absolument aucune valeur, et beaucoup moins que d'espionner leur conversation. De plus, le traitement de ces images dissipait beaucoup trop d'énergie au regard des bénéfices constatés. Pour les enregistrements sonores, même s'ils étaient moins consommateurs en ressources, les IA ne voulaient pas surveiller des humains ne présentant aucun risque. Les écoutes étaient donc réalisées par des mini drones, de la taille d'un insecte, qui étaient envoyés et dirigés automatiquement. Posés, cachés derrière un meuble ou sous un canapé, ils étaient très difficiles à découvrir, de sorte que personne ne savait avec certitude, s'il était sous écoute ou pas.

The_Cat enleva son masque, en signe de respect. Le fait qu'elle sache écrire avec un stylet était un test en soi, elle le savait parfaitement. Elle écrivit :

– Je cherche un travail de Copiste, pour quelques jours.

L'homme la regarda fixement et lui tendit ses deux mains ouvertes. Elle y posa sa main droite pour qu'il puisse la tourner plusieurs fois pour l'inspecter. Il savait reconnaître les mains d'une personne sachant écrire et dessiner, et... recopier des documents. Satisfait, il lissa le sable de sa main et écrivit de nouveau :

– Qui t'envoie ?

– Je suis cliente de votre papier.

– Montre-moi

The_Cat ouvrit son sac à dos et en sortit une chemise avec ses feuilles de papier. Elle en tendit une à son hôte, soigneusement, à la japonaise, en signe de gratitude pour cet objet si important. Cette feuille provenait du stock qu'elle achetait à son Contrebandier préféré, celui même qui lui avait donnée l'adresse à laquelle elle venait d'arriver. Le vieil homme reconnut immédiatement la production clandestine de son Atelier. Il lui fit signe de s'asseoir, et s'installa en face d'elle. Le calme régnait, les conditions étaient réunies pour qu'il puisse décider de lui faire confiance ou pas. L'enjeu était de taille, elle pouvait être une espionne à la solde de l'IA, envoyée pour le démasquer et faire un rapport. Comme toujours en pareille situation, comme on lui avait appris, comme il l'enseignait maintenant à ses disciples, il fit donc appel à son Intuition. C'était désormais une technique, partagée au sein des Rebelles, à la fois comme philosophie de vie face aux IA, mais aussi pour la qualité et la rapidité de ses résultats. Puisque le bon sens « logique » avait complètement disparu face à des images truquées et une réalité systématiquement pervertie, puisqu'il était désormais impossible pour les humains de faire confiance à la réalité perçue, il s'agissait de prendre des décisions sans utiliser son intelligence rationnelle, mais en utilisant uniquement les couches basses et archaïques du cerveau. L'objectif était de s'affranchir au maximum de l'ensemble des manipulations mentales induites par les IA depuis des années, pour faire émerger une vérité plus profonde, plus authentique, plus humaine aussi. Le vieil homme mit tous ses sens en éveil, et laissa faire. La réponse devait venir instantanément. Au plus vite elle arrivait, meilleure était sa pertinence. Après quelques secondes, c'était trop tard. « En cas de doute, il n'y avait pas de doute », comme il aimait à le répéter à ses élèves. Satisfait de la clarté de sa vision intérieure, il sourit et lui fit signe de le suivre. C'était un sourire bienveillant et porteur d'espoir pour The_Cat.

Ils descendirent au sous-sol par un escalier taillé dans

la roche pour arriver dans une pièce aveugle. Il ouvrit une porte en bois qui donnait sur un puits. En face, caché dans l'obscurité, The_Cat aperçut un couloir. D'un mouvement souple et agile, le vieil homme enjamba la cavité et s'évanouit dans les ténèbres. Après une seconde d'hésitation, The_Cat fit de même et s'enfonça à son tour, dans ce boyau. Au bout, à une dizaine de mètres, apparaissait une lumière dans laquelle son hôte était déjà en train de disparaître. Tout en s'approchant, elle entendit progressivement des bruits mécaniques et des hommes et des femmes au travail. Elle arriva dans une immense pièce occupée par différentes machines pour produire du papier. Elles étaient toutes complètement manuelles, pour ne pas utiliser d'électricité ce qui aurait été facilement remarqué. Sur le côté, éclairés par des conduits métalliques provenant du toit, des hommes et des femmes recopiaient des images et des manuscrits. C'était l'équipe des Copistes qu'elle espérait rejoindre. Au total, une vingtaine de personnes étaient réunies. C'était une scène digne du Moyen Âge, joyeuse, animée par des conversations feutrées de femmes et d'hommes, contents de travailler, heureux d'œuvrer pour une mission importante, conscients de l'importance de leurs travaux, et remplis de l'estime de réaliser un labeur de leurs mains. C'était l'inverse de ce que les « 91 » pensaient du travail. Instantanément, The_Cat se sentit dans son élément, dans la poussière, l'odeur, le bruit de l'eau et des machines.

Parmi les Rebelles, les Copistes étaient un groupe spécifique, de loin les plus érudits. Ils s'étaient fixés comme mission de garder, coûte que coûte, une mémoire collective non pervertie par les IA, une l'histoire de l'Humanité. Pour cela, ils avaient sélectionné 100 livres, 100 images et 100 musiques et sons pour être reproduits et cachés en un maximum d'endroits, en espérant qu'ils soient retrouvés, un jour futur, comme le furent les manuscrits de Qumran. C'était, au sens premier du terme, un travail de bénédictin, doublé d'un danger certain. Produire et stocker des informations sans l'accord des IA, sans que cela soit dans une feuille de route, était strictement interdit. La maitrise des données initiales était l'un des enjeux de leur suprématie, comparable au contrôle de la monnaie durant les siècles précédents. Les Copistes étaient donc considérés, par les IA, comme des faux-monnayeurs. Pour accomplir leur mission, les Copistes produisaient leur papier et leurs encres pour recopier, à la main, les livres et les images, et de la cire pour fabriquer d'antiques disques reproduisant les sons et les musiques. Le travail était sans fin et la main-d'œuvre rare. Un nouveau venu était toujours accueilli avec bienveillance dans l'espoir qu'il travaillerait dur pour participer à cette aventure collective et exigeante. Certains ateliers disposaient d'antédiluviennes machines à écrire ou même de presses typographiques, mais elles étaient exceptionnelles tant ces équipements avaient été systématiquement détruits, comme globalement tous les appareils mécaniques qui pouvaient échapper à la surveillance automatique. Au fil des années, les pièces détachées avaient disparu, ce qui rendait leur fonctionnement de plus en plus aléatoire.

Le vieil homme lui présenta une femme :

— Dominique, voici une nouvelle venue, tu me diras si elle peut nous être utile…

— Bonjour jeune fille, lui dit Dominique. Suis-moi, nous avons à faire connaissance.

Dominique entraina The_Cat dans une autre pièce, une

sorte de réfectoire où cuisinait un couple. Elle s'assit d'un côté d'une grande table et installa The_Cat face d'elle. C'était au tour de Dominique de faire appel à son Intuition, un peu comme un rituel de présentation, et pour savoir ce que son inconscient pourrait lui apprendre sur cette apparition.

— Alors, dis-moi un peu. Que viens-tu faire ici ?

The_Cat prit le temps de répondre :

— Je m'appelle The_Cat et je viens d'Ispahan. Je dois aller de l'autre côté de la Ligne.

— De l'autre côté ?

Dominique ne put cacher sa surprise. Elle avait déjà rencontré des fugitifs de toutes sortes, des marginaux, des artistes, et de nombreuses personnes qui voulaient s'extraire de la surveillance de l'IA, parfois pour des raisons obscures. Mais vouloir franchir la Ligne, c'était bien la première fois.

— Mais pourquoi veux-tu faire cela ? J'espère que tu sais que tu trouveras la même vie là-bas ?

— Oui, je sais, mais je veux rejoindre un homme.

— Un homme ? De l'autre côté ?

— Un homme que j'aime, dit The_Cat dans un souffle, se surprenant elle-même d'exprimer aussi directement un tel sentiment, de partager une telle confession.

Dominique fut immédiatement piquée de curiosité. Une histoire d'amour, ce n'était pas si fréquent, c'était même touchant.

— Un homme que tu aimes ? De l'autre côté ? Et tu l'as déjà rencontré ?

— Oui, je l'ai vu trois fois.

— Trois fois, en vrai, tu veux dire ?

— Oui, en vrai.

— Incroyable, je ne pensais pas que c'était encore possible. Mais depuis ces trois fois, tu lui as parlé souvent ? Tu le connais depuis longtemps ?

— Non, je ne lui ai jamais parlé depuis. Mais écrit. Beaucoup.

Dominique était partagée entre deux sentiments. Celui d'une mère dont la fille veut parcourir le monde pour retrouver un amoureux chimérique et fantasmé. Une mère qu'elle aurait dû être si elle n'avait pas choisi la clandestinité. Et celui de la femme amoureuse qu'elle avait été. Elle se rappela instantanément ce que c'était d'être amoureuse, passionnée, tendue vers un homme. Elle choisit de laisser libre cours à cette dernière émotion. Son Intuition lui disait que The_Cat était sincère et déterminée. Dominique connaissait aussi parfaitement sa géographie. Ispahan était à mille kilomètres. Pour aller jusqu'à la Ligne, il en restait encore le double, au minimum. Les circonstances étaient déjà suffisamment contre ce projet, ce n'était pas la peine d'en rajouter.

— Depuis quand es-tu à Bagdad ? Et que sais-tu faire ?

Dominique était désormais avide d'informations concrètes. The_Cat lui raconta le début de son périple.

— Et je voudrais passer quelques jours ici avant de répartir.

— Mais repartir où ? demanda Dominique interloquée.

— Vers la mer. La Méditerranée.

— La mer Méditerranée ?

Vu de Bagdad, c'était comme vouloir aller en Sibérie ou en Mongolie.

— Et où précisément ?

— Je ne sais pas encore. Là où il y aura un bateau pour aller en Crète.

— En Crète ? Par bateau ?

Dominique tombait des nues. Progressivement, le voyage de The_Cat passait de curieux à romantique puis à impossible.

— Mais un bateau au départ de quel port ?

— Je ne sais pas, confessa The_Cat.

Une autre confession, mais cette fois-ci moins enthousiasmante. Chaque chose en son temps, se dit Dominique. L'urgence était de donner du travail à The_Cat, si elle voulait bénéficier du gite et du couvert.

— Et tu sais faire quoi ? Je veux dire ici ?

The_Cat saisit son sac et le posa sur la table. Comme on ouvre un coffre aux trésors, elle en sortit tout ce qui pourrait, selon elle, faire bonne impression : ses masques, ses instruments, ses outils... Dominique était interloquée par l'ingénuité de la jeune femme et bluffée par la qualité et la diversité de ses productions. S'il y a quelqu'un à aider, c'est bien elle, pensa-t-elle. Après ce grand déballage, The_Cat lui répondit :

— Je sais lire et écrire, tracer des lignes, dessiner, peindre, faire des découpages, des collages...

— Et des masques à ce que je vois, l'interrompit Dominique. Bref, tu sais tout faire ! Bon, je vais te montrer un lit où tu pourras dormir ce soir. Je vais te donner de quoi t'occuper pour aujourd'hui. Nous ferons un point demain matin, si tu peux rester. Et si tu veux....

Vouloir aider une jeune amoureuse déterminée, c'était une chose, mais Dominique avait un Atelier clandestin à faire tourner. Cela restait malgré tout sa priorité, et tout comme The_Cat, Dominique connaissait très bien ses priorités... Elle accompagna la jeune fille dans la chambre des femmes et lui montra une bannette vide. The_Cat y déposa ses affaires avant de suivre Dominique vers une table de travail. Elle lui donna des pages à recopier. C'était un document technique qui décrivait le début de l'internet. Rapidement, The_Cat effectua ce travail de façon assez mécanique, sans se préoccuper du contenu, sans oser adresser la parole à ses nouveaux collègues. Ce silence lui permettait de traiter toutes les informations et intégrer les évènements qu'elle avait vécus lors des dernières heures. Copier des lignes de texte pouvait paraître ennuyeux de prime abord, mais cela ne l'empêchait pas de parcourir son monde intérieur, peuplé du souvenir d'Elio, de penser à lui. Écrire et penser à Elio, il ne lui en fallait finalement pas plus pour être heureuse. Que le déroulé des jours suivants soit un ensemble complexe d'inconnues ne la dérangeait pas. Son instant présent lui suffisait pour être en paix. Au soir, sans aucun signal apparent, toute l'équipe se leva comme un seul homme pour aller dîner. C'était un repas simple, préparé à base de produits frais. Cela faisait des années que The_Cat n'avait pas mangé de légumes de la sorte. Elle s'installa au bout d'une des deux grandes tables, le plus discrètement possible, ne sachant pas encore si les places étaient attitrées. Les conversations allaient bon train, mais personne ne l'obligea à y participer. Elle en fut reconnaissante et put diner en silence. La soirée se déroula comme le repas. C'était comme si aucun de ses congénères présentes ne souhaitait débuter une relation avant le verdict du lendemain. Elle fut une des premières à s'endormir et une des dernières à quitter son lit au matin, épuisée par le trajet, les émotions et le travail. En prenant son café, alors que certaines personnes étaient déjà à l'ouvrage et d'autres finissaient leur petit déjeuner, elle crut percevoir des échanges la concernant. Son histoire, même si elle en avait partagé que quelques bribes, s'était répandue comme une trainée de poudre dans les deux dortoirs. Dominique vint vers elle :

— Bonjour jeune fille. Finis ton café et rejoins-moi quand tu veux, au fond de l'Atelier.

C'était un « quand tu veux » qui voulait dire « maintenant ». The_Cat retrouva Dominique, assise près du le vieil homme qui l'avait accueillie la veille. Il la salua gentiment, avec une courtoisie un peu désuète à laquelle The_Cat n'était pas habituée, et enchaina :

— Dominique me dit que tu as fait du bon travail hier. En qualité et en quantité. Elle m'a aussi raconté ton histoire. Tu veux vraiment rejoindre la Méditerranée et aller en Crète ?

— Oui, en Crète.

— C'est loin, c'est compliqué, c'est dangereux. Tu en as conscience ?

— Oui, sûrement, je ne sais pas...

— Et tout cela pour retrouver un amoureux ?

— Oui, c'est pour cela, répondit-elle en esquissant un sourire discret, mais réel.

— Combien de temps veux-tu rester parmi nous ?

— Quelques jours, le temps qu'il faudra pour organiser la suite de mon voyage.

— Et tu sais ce que tu veux faire ensuite ?

— Non pas encore, dit The_Cat. Je pensais utiliser un autre convoi autonome.

Pas de plan, pas de projet précis, pour un objectif qui semblait irréalisable. C'était un comportement induit par la norépinephrine, un neurotransmetteur fabriqué lors d'un coup de foudre et produisant un effet hautement euphorisant qui permettait à The_Cat de trouver sa situation normale... Mais ce n'était pas le cas de ses interlocuteurs qui ne bénéficiaient plus de cette drogue naturelle depuis longtemps.

— Tant que tu travailleras ici, nous te garantissons des repas et un lit. Et normalement, tu es en sécurité. En tout cas, tu n'es pas surveillée. Bien entendu, ton intimité est très limitée, mais pas plus que celle des hommes préhistoriques, se moqua le vieil homme.

Cela fit à peine sourire Dominique qui l'avait déjà entendu détailler cette théorie des dizaines de fois.

— Pourquoi les hommes préhistoriques ? demanda The_Cat à la fois sincèrement curieuse et avide d'un peu plus de proximité avec le vieil homme.

— Vois-tu, la vie privée a été un concept très éphémère dans l'histoire de l'Humanité. Les hommes et femmes des cavernes n'en n'avaient pas, pas plus que les villageois, quels que soient leur époque et leur emplacement. Finalement, seuls les habitants des grandes villes des anciens pays occidentaux ont pu en profiter quelques dizaines d'années avant que les IA la suppriment selon le principe que « si vous n'avez rien à vous reprocher, vous n'avez pas à cacher ». Un principe liberticide par excellence.

— Mais pour vous, c'est important la vie privée ?

— Pour tout te dire, ici ce n'est pas du tout notre priorité. Et globalement ce n'est pas la priorité des Copistes. On ne peut pas tout faire. Nous, on veut sauvegarder un savoir « pur » de l'Humanité, avant qu'il n'ait été perverti à tout jamais par les fake news et les faux contenus. Compte tenu de l'ampleur de la tâche, c'est déjà une belle mission. Et puis, un autre groupe, les Cybers, en a fait son cheval de bataille, alors on les laisse faire, autant éviter des guerres de territoires.

Le vieil homme continua.

– Tu peux rester ici autant que tu travailleras. Et si tu restes, c'est au minimum une semaine. Nous ne sommes pas un hôtel... Pour des raisons de sécurité de l'Atelier, tu ne peux pas sortir sans mon accord. Et lorsque tu voudras partir définitivement, je te déconseille de quitter Bagdad sans un plan précis. Tu finirais par te perdre ou te faire arrêter... Par ailleurs, tu peux faire comme tout le monde ici et m'appeler Adib.

The_Cat acquiesça. Elle savait que c'était un bon conseil, mais elle savait qu'elle ferait, comme chaque fois, en fonction de ce qui allait se présenter, en fonction du moment présent. Adib conclut d'un rire doux et heureux :

– Dernière chose pour ce matin, évite de dire du mal de moi à Dominique, c'est ma compagne en vrai.

Florence

Après la fin de sa communication avec The_Cat, Elio avait encore quelques heures avant de se mettre en route le lendemain. Il prépara ses affaires durant la nuit et plaça dans son sac tous les trésors qu'il avait accumulés ces dernières années, dont son masque Kaméléon. Puis il alla se coucher et s'endormit instantanément. Rien ne perturbait jamais son sommeil et cette nuit ne fit pas exception. Il se réveilla à 7 heures, et sa première pensée fut pour The_Cat. Il se demanda où elle était, comment elle allait. Il chassa vite de son esprit un doute sur son départ. Après tout, peut-être avait-elle finalement choisi de rester chez elle... À ce stade, il lui fallait faire confiance, de façon totalement aveugle. Il se prépara et relut sa feuille de route, comme chaque matin. Mais pour une fois, il savait ce qu'il lui serait commandé. Quelques jours auparavant, à l'occasion d'une intervention sur un Capteur situé à Arezzo, il avait « malencontreusement » interverti deux câbles électriques sur un programmateur de mise à jour hebdomadaire. Et justement, la nuit précédente correspondait au planning de mise à jour et le Capteur s'était mis en échec. En pareille situation, l'IA n'était ni contrariée ni agacée. Le score d'obéissance d'Elio avait été mis à jour à la baisse et elle le renvoyait sur place pour qu'il s'instruise de ses erreurs, dans la plus pure tradition d'un apprentissage itératif. Comme Elio avait un excellent score, cela n'aurait rien changé à sa vie, et encore moins aujourd'hui alors qu'il s'apprêtait à se soustraire du système.

Le but de l'opération était d'avoir une feuille de route lui permettant de monter dans un train. Il prit la direction de la gare de Florence-Santa-Maria-Novella, et passa sans encombre les portiques de détection faciale et corporelle. Les chemins de fer étaient le transport favori des IA. Un moyen 100% électrique, peu polluant, fiable et sans danger, facile à automatiser, presque insensible aux aléas météorologiques, parfaitement prévisible aussi bien pour la maintenance que pour les trajets. Toutes les lignes existantes étaient donc exploitées à leur maximum pour transporter des « 9 » et énormément de fret. Pas besoin de déployer de grande capacité de calcul pour comprendre qu'il était plus efficace de transporter des gros volumes par train plutôt que par camions ou, pire encore, par avions… Ce qui freinait le développement du rail, c'était la construction de nouvelles voies. Ce n'était pas une question de technologie, maitrisée depuis longtemps, mais plutôt de main-d'œuvre. Autant, assurer la maintenance de l'existant était une activité naturelle pour les « 9 » autant participer à des taches aussi harassantes malgré les exosquelettes, que de piloter et vaquer à coté de robots de travail sur des chantiers pendant des mois, était considéré comme un travail de bagnards. Quasiment plus personne ne voulait le faire, pas plus que de bâtir des routes, des usines ou même des navires. En conséquence, les IA réservaient la rare main-d'œuvre existante à la construction de structures à la fois vitales et complexes comme des centrales nucléaires. Pendant la Grande Expérimentation, elles avaient bien essayé d'obliger des humains à travailler, mais les résultats s'étaient avérés catastrophiques en termes de qualité d'exécution. Cette solution avait été vite abandonnée d'autant qu'elle allait à l'encontre des cinq règles imposées aux IA, pour maintenir l'Équilibre Initial. Cela faisait longtemps que les travaux forcés n'existaient plus et rien de ce qui avait disparu ne pouvait revoir le jour. Tout comme tout ce qui existait devait perdurer.

Elio ne monta pas dans le train de banlieue pour Arezzo, mais dans un train à grande vitesse pour Rome. Il attendit le dernier moment pour grimper dans un wagon afin d'attendre que tous les passagers prévus soient déjà assis. Ce qui impactait négativement le score de qualité au travail, c'était de commettre des bévues faciles à éviter, simples à prévoir, comme rater un train. Les IA n'aimaient pas quand les humains ne fonctionnaient pas comme elles et faisaient des erreurs de prévision, là même où elles excellaient. Les voyageurs étaient donc généralement plutôt en avance. Il enleva discrètement les batteries de ses lunettes pour désactiver sa géolocalisation, prit un siège libre au hasard et fit semblant de travailler, comme le faisait la majorité des « 9 » en pareilles circonstances. Alors que le train freinait pour stopper à la gare de Rome Rimini, Elio quitta sa place avec ses affaires pour rentrer dans les toilettes. Il mit son masque Kaméléon qu'il avait déjà programmé avec le visage d'Hippolyte Bertillon, un des policiers responsables de la traque des Cybers, le groupe de Rebelles le plus dangereux pour les DémocratiQ. C'était un homme haut placé dans la hiérarchie confidentielle des « 9 », mais dont le visage était pourtant parfaitement inconnu du commun des mortels. Surtout, et officiellement pour des raisons de sécurité, il bénéficiait du statut « Fantôme » pour éviter d'être géolocalisé en permanence. Son identification était donc immédiatement effacée des systèmes locaux pour ne pas être interceptée par les pirates informatiques. Ainsi Elio pourrait déambuler dans Rome tant que l'IA ne détecterait pas la supercherie. Quelques jours espérait-il.

Elio quitta la gare d'un pas décidé, celui d'un « 9 » avec une feuille de route de la plus haute importance. Il n'avait que quelques heures avant que le système central commence à lui envoyer des notifications lui demandant pourquoi son travail officiel n'avait pas été réalisé. Et exactement 24 heures après sa dernière identification, dans la gare de Florence, avant d'être dans la liste des « Recherchés » pour être remis au travail. Lui aussi devait rentrer dans la clandestinité rapidement, mais il ne connaissait pas encore les Contrebandiers qu'il voulait rencontrer. Parmi les groupes de Rebelles, c'étaient les seuls à être en étroite relation avec les « 9 », auxquels ils fournissaient des produits inaccessibles par ailleurs, ou juste différents de la production standardisée validée par les IA durant la Grande Expérimentation. Durant cette période, la « meilleure version » de toute chose avait été définie et était désormais produite à la chaine, de la façon la plus optimisée possible, comme les Ford T au début de l'automobile. Les Contrebandiers étaient les seuls à pouvoir fournir d'autres produits du quotidien. Leurs clients finaux étaient des « 9 » qui n'auraient jamais pris le risque d'aller à l'encontre de l'ordre établi par les IA et qui ne voulaient surtout pas mettre en péril leur statut de privilégiés. Mais s'ils s'étaient habitués à la surveillance continue dans laquelle ils vivaient, l'incroyable monotonie de leur quotidien leur était très pesante, d'autant que c'étaient des personnes généralement brillantes, souvent de formation scientifique qui avaient besoin d'inventer, ou juste de faire marcher leur cerveau, même un tout petit peu.

Les plus téméraires des « 9 » devenaient des Contrebandiers, pour fournir à leurs anciens pairs, tout ce qui n'était pas officiel, comme dans toutes les dictatures. Ils connaissaient parfaitement le système de l'intérieur et comment en exploiter les faiblesses. Plus les « 9 » étaient puissants ou pensaient l'être, plus ils utilisaient les services des Contrebandiers, dans la plus totale impunité. Ils faisaient office pour eux, de marchands de couleurs, de supermarchés, et même parfois de passeurs de nouvelles, comme les antiques services du Pony Express. Pour cela, les Contrebandiers avaient tissé un réseau de logistique et de distribution parfaitement huilé, digne des Dabbawalas de Bombay. Le secret de leur identité était garanti par un niveau intermédiaire : les « Dealers », des « 9 » libres de se déplacer et de faire les liens entre les clandestins et leurs clients. L'activité des Dealers était possible par un ensemble de compromissions, d'arrangements et de laisser-faire de la part de l'ensemble des « 9 » qui les voyaient comme un service exclusif, légitime pour récompenser leur position dans la société. Il était strictement interdit aux Contrebandiers de « travailler » pour des « 91 ». Lorsqu'un policier irréductible avait la velléité de stopper ou mettre à jour leur trafic, il était subrepticement muté dans une autre ville, dans la plus pure tradition du fonctionnement soviétique. Pour leurs services, les Contrebandiers n'étaient pas rémunérés par les « 9 » en argent mais avec un avantage encore plus considérable : la liberté d'exercer leur trafic. C'était pour eux le plus important, l'impression d'être des hommes d'affaires, faisant circuler des marchandises, assurant un travail de l'ombre indispensable à la stabilité du monde, et à l'Équilibre Initial. Et ce n'était pas complètement faux, mais le prix à payer était lourd : les « 9 » qui quittaient leur univers ouaté, pour cette vie clandestine, le faisaient sans aucun espoir de retour. Ils ne pourraient plus jamais se déplacer librement et s'ils étaient attrapés, ils étaient dégradés en « 91 », bannis de toutes relations humaines pour le reste de leurs jours.

Dans les grandes villes, les produits les plus demandés aux Contrebandiers étaient de la nourriture non transformée, des produits bruts, introuvables sinon. Les fruits, les légumes, plus rarement la viande, ainsi fournis, étaient garantis « sain », c'est-à-dire sans les additifs systématiquement ajoutés par les IA. Ils n'étaient pas pour autant « bio » au sens du siècle précédent, et au contraire, généralement issus d'exploitations très intensives pour fournir massivement malgré des espaces réduits. Mais c'était mieux que rien, et pour les « 9 », l'occasion de montrer à leurs invités leur capacité à être approvisionné de biens rares et chers. Pour une minorité, il restait même le plaisir sincère de cuisiner, de faire quelque chose de leurs mains à l'intention d'autres personnes. Un plaisir considéré comme inutile par les IA qui préféraient les productions industrielles, beaucoup plus efficaces en termes d'énergie. La seconde demande la plus fréquente consistait en la fourniture d'objets artisanaux et uniques. Le comble du luxe, pour un « 9 », c'était de posséder chez lui, et encore mieux « sur lui », quelque chose qui n'existait pas en des milliers ou des millions d'exemplaires, d'une valeur exclusivement liée à sa rareté. Le nec plus ultra, c'étaient des trompe-l'œil qui pouvaient se dévoiler d'un mouvement manuel ou mécanique, et bien entendu jamais électrique. Cela pouvait être des tableaux, des boites secrètes, des poches dissimulées... Tout ce qui donnait l'impression de duper les IA. ...

Elio quitta le parvis de la gare, longea la Via Giovanni Giolitti, puis tourna à droite en direction de la Piazza Vittorio Emanuele. Il avait repéré l'itinéraire depuis plusieurs jours. Il savait que c'était souvent dans des endroits publics que les Dealers attendaient leurs clients pour sceller leurs affaires. Les rares « 9 », qui les voyaient, se gardaient bien de les déloger, parce que ce n'était pas sur leur feuille de route et surtout parce qu'ils savaient qu'ils en auraient peut-être besoin un jour ... Elio prit place sur un banc, posa son sac sur ses genoux et observa patiemment les alentours. Très vite, il repéra un Capteur détérioré depuis longtemps, et dessous, comme par magie, deux hommes installés, eux aussi, sur un banc en train de discuter, lunettes éteintes. C'était facile à repérer parce qu'ils tournaient leur visage l'un vers l'autre, au gré de leur conversation, au lieu de se regarder, fixement, à travers leurs écrans. À un moment, une femme vient leur parler et repartit avec un petit paquet adroitement dissimulé sous sa veste. C'était le signe qu'attendait Elio.

Il n'avait jamais pris contact avec des Dealers et c'était un effort presque comparable à celui qu'il avait déployé pour proposer à The_Cat de la prendre dans ses bras. Il y avait déjà si longtemps... Pourtant, il se leva, presque brutalement, mu par une énergie déterminée et alla les saluer.

— Bonjour,

— Bonjour,

— Nous ne nous connaissons pas, je pense, dit un des dealers. Tu es nouveau ici ?

– Oui, de passage.

– Et donc ?

– J'ai des choses à vous échanger.

Les deux gars se tournèrent l'un vers l'autre, et malgré leurs lunettes, Elio sentit du dédain. Ils avaient l'habitude de traiter avec des « 9 » et déjà compris qu'Elio en faisait partie, à cause de son physique, de sa prestance, ou même juste de la présence d'un sac à dos... Mais ils étaient aussi habitués à se voir présenter des services futiles ou des objets de pacotille qu'ils passaient leur temps à refuser. Elio vérifia une nouvelle fois que le Capteur était désactivé avant d'ouvrir son sac à dos pour en sortir une partie de ses trésors. Il ne voulait en montrer qu'une sélection, et en aucun cas parler du Kaméléon. À la fois parce qu'il ne savait pas s'il pouvait faire confiance à ses interlocuteurs et puis parce qu'il ne connaissait pas leurs us et coutumes. Il sortit donc quelques outils, des sachets remplis de fils de fer, des liens en plastique, des connecteurs électriques en tous genres, des boitiers électroniques et d'automatisation, différents équipements et objets qu'il avait « trouvés » et gardés depuis des années, lors de ses interventions. Et pour susciter un peu plus d'intérêt, il leur présenta ses souvenirs d'Ispahan. Comme espéré, la casquette et les écussons brodés du logo de RépubliQ firent leurs effets et les deux hommes les examinèrent avec beaucoup d'attention et de curiosité. Elio n'avait aucune idée de ce que les Dealers ou les Contrebandiers pourraient en faire, mais leur rareté leur donnait de leur valeur.

– Pas mal. Tu as autre chose ?

– Pas pour le moment.

– Et tu veux quoi en échange ?

– Allez à Brindisi.

— À Brindisi ? Dans le sud ?

— Oui, ce Brindisi -là, dit Elio en souriant...

— Ah. Bon, reviens demain à la même heure, on te dira.

Elio hésita.

— Euh non, je viens d'arriver et je ne peux pas attendre...

— Pff, tu es pressé en plus... Et bientôt, tu vas nous dire que tu veux devenir l'un des nôtres, se moqua l'un des deux hommes qui avait bien compris, au regard des marchandises proposées, qu'Elio devait travailler sur la maintenance de Capteurs, une expertise toujours recherchée par les clandestins.

— Non, en tout cas, pas pour plus que quelques jours, dit Elio, bien conscient d'ouvrir une porte dans leur négociation.

— Ok, disons que l'on se retrouve ce soir vers 17 heures alors...

Cela faisait 4 heures à attendre, en limitant ses déplacements pour ne pas prendre de risque inutile et avec l'obligation de se cacher pour boire et manger, pour éviter un court-circuit immédiat et fatal de son Kaméléon. Elio reprit sa place initiale sur son banc, pour retrouver ses esprits après sa toute première intrusion dans la clandestinité. Il vérifia le contenu de son sac avant de se diriger vers des toilettes publiques. Il entra dans une boite immaculée, comme seuls les robots nettoyeurs en avaient le secret, s'assit sur la lunette et enleva son masque. Sa peau était déjà rougie par un trop grand nombre d'heures collée à un objet originellement conçu pour être porté par intermittence. Il se rafraichit le visage, s'épongea soigneusement, bu et mangea ses provisions le plus vite possible. Au bout de 10 minutes, la porte des toilettes allait s'ouvrir automatiquement et chaque instant était compté.

Il remit son masque et sortit le plus naturellement du monde et pour aller dans l'ancien Vatican, déserté depuis la fin des religions. Les accès à la basilique et la majorité des bâtiments avaient été fermés ou même murés depuis longtemps mais l'immense jardin restait accessible aux visiteurs et aux nostalgiques. Après tout, s'il y avait bien un endroit où personne ne connaissait le visage d'Hippolyte Bertillon, c'était bien là-bas. Il trouva son itinéraire de tête, sans même pouvoir regretter le temps des panneaux indicateurs de direction, qui avaient disparu bien avant sa naissance, et remplacés par autant d'indications peintes sur les murs et vantant les résultats de DémocratiQ et la chance qu'avaient les « 91 » de vivre dans un monde aussi idyllique. Il fit le chemin d'une démarche volontaire, mais peu pressée. Les rues étaient parcourues silencieusement par des véhicules électriques autonomes et quelques « 91 » qui se rendaient aux expériences dont ils bénéficiaient ou qui préféraient accomplir leurs interactions sociales obligatoires dans des bars, même s'ils savaient que leurs conversations seraient tout aussi écoutées que celles partagées en ligne, sur le réseau social officiel. En plus des bars et restaurants, les seuls établissements désormais sur la voie publique proposaient des services impossibles à faire chez soi : soins médicaux, salons d'esthétique ou de coiffure, qui proposaient, comme dans l'ancienne Corée du Nord, une liste d'une douzaine de coupes officielles, pour optimiser le temps d'intervention des robots coiffeurs. Ces services étaient généralement réservés aux « 9 », et alors que la surveillance à domicile était omniprésente depuis des années, toutes ces activités étaient systématiquement dissimulées derrière de lourds rideaux ou des devantures opaques. Pour Elio, c'était normal, presque la moindre des choses. Qu'un ordinateur puisse quasiment lire dans ses pensées, c'était une chose, mais qu'un autre être humain puisse le voir se faire coiffer, c'était inconcevable. Quoiqu'il en soit, aucune de ces boutiques n'était pour lui aujourd'hui.

Le trajet aller et retour lui prit 2 heures, et il passa le reste de son temps dans un espace de travail pour les « 9 » en déplacement. C'étaient des endroits qu'il connaissait parfaitement, et il s'y sentait en sécurité. Il refit une pause aux toilettes, toujours pour rafraichir son visage dont la peau commençait à devenir moite et granuleuse. Elio n'avait jamais porté un Kaméléon pendant une journée entière. Il s'était attendu à une situation inconfortable, mais pas à ce point. Cela mettait à mal son projet de porter ce masque durant tout le reste de son voyage et coup une partie de ses plans. Généralement totalement confiant dans la technologie, ce premier imprévu l'agaçait et il commença à réfléchir, sans grand succès, aux alternatives qui s'offraient à lui. Quand il retrouva les deux Dealers, ils reprirent leur conversation là où ils l'avaient laissée.

– Bon, on en a parlé à notre chef, et ça ne va pas être possible pour Brindisi, dit un des deux hommes

– Pourquoi, ce n'est pas possible d'aller à Brindisi depuis Rome, demanda Elio qui savait pertinemment le contraire.

– Si, c'est techniquement possible, mais pas contre ce que tu nous proposes. Tu n'as pas autre chose à échanger ?

Elio fit non de la tête.

– Vous pourriez m'amener jusqu'où ? Naples ?

– Éventuellement Naples, si tu as d'autres objets...

C'était à la fois une négociation, ce qui était une première pour Elio et une réalité. Transporter clandestinement un « 9 » jusqu'à Brindisi était un acheminement d'une grande valeur. Les deux Dealers n'étaient pas pressés de faire avancer cet accord, et Elio ne voulait pas dilapider ses trésors, dès la première étape. Et puis, il transpirait abondamment, à cause du stress, de la fatigue et la chaleur. La sueur commençait à mouiller l'encolure de son t-shirt. Beaucoup trop pour que cela ressemble à quelque chose de naturel, surtout pour un « 9 » sensé contrôler son apparence en toutes circonstances. Un des Dealers s'en aperçut et fit un signe à son complice pour lui montrer que quelque chose clochait. Ceci ne fit qu'amplifiait le stress d'Elio, nullement habitué à se retrouver sous pareille pression.

– Il se passe quoi là ? lui demande un des hommes. C'est quoi ton problème ?

– Rien, répondit Elio en essayant de rester le plus naturel possible, mais il n'en était rien. La situation était en train de lui échapper.

Il pensa en lui-même : je n'ai fait que quelques centaines de kilomètres, je suis déjà en train de me faire repérer, je vais devoir rentrer à Florence avec une sévère réduction de mon score d'obéissance et sans plus d'espoir de revoir The_Cat. Pour la première fois de sa vie, Elio était confronté à un plan qui ne fonctionnait pas, à un stress intense. C'était un apprentissage à grande vitesse auquel il n'était pas prêt. Il ne savait que faire. Un des Dealers, celui qui semblait mener la conversation, regarda longuement Elio. Quelque chose clochait. En y regardant de plus près, la couleur de la peau des mains n'était pas raccord avec celle du front et des joues, le mouvement du corps pas conforme avec l'âge du visage. C'était très subtil, mais son expérience et toutes ces années de méfiance lui envoyaient de multiples messages d'alerte. Il prit la parole :

— Viens, suis-nous.

Elio ne bougea pas. La situation finissait de lui échapper complètement.

— Tout de suite, viens avec nous. Tu n'as pas le choix.

En y repensant par la suite, jamais Elio ne sut pourquoi ces hommes avaient fait ce choix le concernant. Est-ce qu'ils avaient compris que ses compétences pourraient leur servir ? Qu'il portait un Kaméléon ? Elio les suivit, avec un mélange d'obligation, de désespoir et de lâcher prise. Au point où il en était, que quelqu'un prenne une décision à sa place le rassurait presque. Ils sortirent de leur zone protégée des Capteurs sans y prêter attention, ce qui surprit Elio tout en lui donnant paradoxalement confiance dans la suite des évènements. Si ces hommes ne craignaient pas les Capteurs et donc DémocratiQ, c'est qu'ils devaient profiter d'une situation particulière dont il pourrait en bénéficier lui aussi. À moins qu'il se fasse tuer pour disparaître à tout jamais. Au moment d'arriver dans la rue, un transport autonome se présenta devant eux. C'était l'équivalent du container utilisé par The_Cat, mais en version plus réduite pour les centres-villes, un bloc de métal gris sans fenêtre, muni de grandes portes coulissantes et officiellement dédié aux déplacements de marchandises. C'était la première fois qu'Elio montait dans ce type d'engin. Celui-ci était équipé de bancs rudimentaires et d'une veilleuse qui éclairait à peine l'espace. Il s'installa comme il put sur un des sièges. Les deux hommes enlevèrent leurs lunettes et il fit de même. Le transport se mit en mouvement sans qu'Elio eût la moindre idée de sa destination. Avant que ses yeux s'habituent à l'obscurité, il entendit la voix d'un autre homme déjà installé à l'intérieur.

— Ah, voilà votre nouvel ami…

Les deux hommes se mirent en retrait pour laisser Elio se rapprocher de cet homme qui semblait déjà connaître le contexte de leur rencontre. Elio en déduisit que même chez les hors-la-loi, la hiérarchie imposait un respect strict des usages. Il poursuivit en se tournant vers Elio :

— Alors, tu es qui ?

— Je m'appelle Elio, je viens de Florence.

— Ok Elio, qu'est-ce que tu fais si loin de chez toi ?

— Je vous l'ai dit, je vais à Brindisi…

— Brindisi… Et pourquoi ça ?

— Je dois faire quelque chose là-bas.

Elio ne voulait pas en dire trop sur son voyage à venir. Brindisi n'était qu'une étape, mais pour le moment, moins il en disait, moins il se mettait en danger.

— Pour faire quoi ? De quoi ils ont besoin à Brindisi qui nécessite que tu te déplaces ? Et pourquoi tu ne prends pas le train ?

— Non, ce n'est pas pour du boulot, c'est un rendez-vous plutôt.

L'homme s'éclaffa :

— Un rendez-vous ? un rendez-vous avec quelqu'un tu veux dire ? Tu traverses l'Italie pour rencontrer quelqu'un ? En vrai ?

L'Italie n'existe plus depuis longtemps, pensa Elio… continuer à utiliser d'anciens concepts était un indice ténu de rébellion et d'appartenance. Des signes qu'Elio devait commencer à intégrer au plus vite.

— Oui, je vais à Brindisi pour voir quelqu'un.

— Une femme, je suis sûr ! À ton âge, c'est croustillant…

Elio resta interloqué puis se souvint que « son âge » c'était celui du visage de son Kaméléon. Cette surprise n'échappa pas son interlocuteur.

— Oui une femme, ma mère si vous voulez savoir.

— Ta mère ?

Elio improvisait comme il pouvait, sur une ligne de crête à laquelle il n'était pas habitué et comprit à cet instant que son histoire n'allait pas tenir très longtemps. Lui qui aimait anticiper les situations, prévoir des scénarios, il était dans l'inconnu le plus total. Son cerveau n'était pas câblé pour cela.

Il essaya de reprendre la main.

— On va où ? Pourquoi vous m'emmenez ?

C'est le troisième homme, toujours assis au fond du transport qui répondit.

— Tu vas bien voir. De toute façon, tu n'as plus le choix maintenant.

Le chef supposé reprit la conversation qui commençait à s'apparenter à un interrogatoire.

— Donc ta mère à Brindisi...

Il faisait exprès de montrer qu'il ne croyait déjà plus à cette histoire.

— Et pourquoi tu ne prends pas le train ? En tant que « 9 », tu dois y avoir facilement droit ? À moins que tu ne sois pas un « 9 » ... Et tu fais quoi dans la vie, Elio ? Comment tu as récupéré tout ce matériel ?

Garder une certaine cohérence face à plusieurs questions, voilà ma seule priorité, se dit Elio.

— Si, si, je suis un « 9 ». Je suis dans de la maintenance de Capteurs de surveillance. C'est comme cela que j'ai récupéré ce que j'ai.

— Mais c'est toi qui as récupéré tout cela ou ton équipe ?

— C'est moi. Lorsque je travaille sur le terrain.

— À ton âge, tu fais encore des interventions ? Tu n'as

pas une équipe ? Tu ne travailles pas de chez-toi ?
— Non...

Au silence qui régnait dans l'habitacle, Elio comprit que les trois hommes étaient devenus très attentifs, le regardant avec insistance. Le piège se refermait. Elio le savait. Ils le savaient. Cela n'avait duré que quelques minutes. Leur chef reprit la parole, en changeant de tactique.

— Bon Elio, je m'appelle Léonardo. Je suis un Contrebandier comme tu t'en doutes et ces deux jeunes amis font partis des revendeurs de notre Groupe. Je ne vais pas te mentir, je ne crois pas une seconde à ton histoire. Si tu veux que nous fassions affaire, il va falloir me dire la vérité.

Elio resta silencieux, avant que Léonardo reprenne.

— Et si tu ne veux pas parler, pas de problème. Je te laisse au prochain stop. Tu es libre de choisir.

La liberté de choix proposée par des ennemis du système le plus coercitif conçu par l'Homme, voilà un sacré paradoxe, pensa Elio.

— Bon, d'accord. Je m'appelle réellement Elio. Je suis ingénieur en maintenance.

Il prit une grande respiration et poursuivit :

— Et je vais vraiment à Brindisi. Pour retrouver une fille que j'aime. J'ai 30 ans. Mais ce n'est pas mon vrai visage, dit-il en enlevant son masque Kaméléon.

Les 3 hommes ne purent s'empêcher de cacher leur surprise.

— Oh putain.

— Merde, un Kaméléon.

Désormais visible avec son vrai visage, rouge, transpirant, boursouflé, Elio avait pourtant instantanément changé de statut. C'était comme si, au siècle dernier, un voyageur avait sorti un lingot d'or de son sac à dos.

— Mais putain, comment tu as eu ce truc ?

Qu'un jeune homme, étranger, voyageur, sorti de nulle part, puisse détenir un Kaméléon était une des choses les plus improbables que Léonardo ait jamais vue.

Elio ouvrit son sac, prit sa gourde pour boire, puis s'épongea le visage. Cela lui permettait de gagner quelques secondes en espérant avoir une bonne idée. Ce ne fut pas le cas. Un silence s'installa entre les trois Contrebandiers sidérés et le voyageur désorienté.

Léonardo demanda, en tendant les mains :

— Tu peux me montrer ? demanda Léonardo.

Il saisit l'objet de convoitise ultime de tous les Contrebandiers avec un mélange de respect et de peur, comme s'il saisissait une arme de destruction massive. Il le regarda dans la pénombre du véhicule. C'était la première fois qu'il en voyait un, de la sorte, en vrai. Il fut surpris par la finesse de l'objet, sa légèreté, l'absence totale de connecteur ou de dispositif de saisie. C'était un objet de sorcellerie technique, d'une incroyable simplicité et complexité en même temps. Aussi rare que couteux.

— Et tu sais comment ça marche ? demanda-t-il incrédule.

Elio expliqua les deux modes de fonctionnement : un système local pour prendre une photo d'un visage pour le recopier, un système tactile caché à l'intérieur pour saisir le code d'une figure déjà connue par l'IA. Ce dernier mode exigeait d'être connecté au réseau, ce qui n'était pas le cas depuis qu'Elio l'avait programmé la dernière fois à Florence. Ce qui avait laissé une trace dans les tréfonds de la mémoire de DémocratiQ. Une trace comme des dizaines de milliards d'autres traces, une trace qui pourrait attendre autant que nécessaire avant de remonter à la surface et d'être exploitée.

— Et il marche vraiment ? Je veux dire, tu peux changer de visage ou il est figé ?

— Non, il marche parfaitement.

Il positionna le masque face à Léonardo et appuya discrètement sur deux minuscules boutons sur la tranche. Le masque changea d'apparence en une seconde pour devenir la copie du visage du Contrebandier.

— Merde, c'est incroyable.

— Arrête cela tout de suite, remets le vite comme avant dit Léonardo, pas rassuré.

— Non, c'est pas possible, il faut attendre 24 heures pour tout changement...

Ce n'était pas vrai, mais Léonardo n'avait aucune chance de le savoir. Tout comme il ne pouvait pas savoir comment activer ce système de recopie ni connaître l'emplacement des minuscules boutons. L'idée d'Elio était de rendre le masque inutilisable, le temps de trouver un accord avec les Contrebandiers.

Léonardo insista :

— Dis-moi au moins comment tu fais le changement.

— Non, aucune chance. Et si des Capteurs voient en même temps, ton visage et une autre copie, c'est la garantie d'avoir le statut de « Traqués ».... Sauf si tu as officiellement un jumeau...

C'était une réflexion typique d'Elio. Rester précis et factuel en toutes circonstances...

Léonardo n'était pas un expert des Kaméléons et veillait bien à rester loin des Capteurs, mais il était aussi certain de ne pas vouloir une équipe de recherche et un drone d'assassinat à ses trousses.

– Alors je vais garder ton masque et te jeter de ce transporteur, dit Léonardo.

Les deux hommes le regardaient avec incrédulité. Les Contrebandiers n'étaient pas des voleurs et encore moins des criminels. Ce n'était ni dans leurs codes de conduite ni dans leur culture. Et surtout, leur malhonnêteté était très encadrée par les « 9 ». Trafiquer, oui. Tuer et voler, non.

– Dans ce cas, vous garderez un masque inutilisable pour le restant de votre vie, dit Elio.

– Hum... répondit Léonardo en guise de conclusion temporaire, tandis que le transporteur poursuivait son chemin.

Elio remit le Kaméléon dans son sac. Léonardo le regarda faire, toujours sidéré par cet évènement. C'était un homme d'une cinquantaine d'années, dont une dizaine dans l'illégalité. Durant son activité officielle, il avait progressé dans la hiérarchie des « 9 » grâce à son habileté à concevoir et optimiser des implants neuronaux pour améliorer les facultés cérébrales « naturelles ». Sa capacité à imaginer des réponses innovantes, à trouver des solutions hors des sentiers battus et à fédérer des équipes entières lui avait permis d'atteindre un niveau de responsabilité très élevé et tous les avantages en conséquence. C'était le temps où lui et sa femme formaient un couple phare des « 9 » Romains. Ses meilleurs amis étaient pour la plupart, comme lui des chercheurs en génétique. En plaisantant, il leur disait souvent qu'eux s'occupaient du corps et lui de l'esprit. Ce n'était pas complètement faux, tant les progrès en génie génétique, permis par les puissances de calcul de l'IA, avaient permis de comprendre et de soigner la majorité des maladies. Mais cela n'avait en rien permis de réduire les souffrances quotidiennes, en particulier chez les « 91 ». Un très grand nombre, pour ne pas dire la majorité souffrait de ce que les IA avaient appelé des « syndromes désirés ». C'était une façon habile pour désigner des maux psychosomatiques, dont l'origine se situait dans le mal-être sous-jacent généré par la vie sous contrôle. Mais en considérant que ces maux étaient souhaités par les humains, les IA ne s'en trouvaient ni responsables de leur cause, ni de leur traitement.

Léonardo avait essayé de travailler sur des implants neuronaux visant à réduire l'origine et les conséquences de ces troubles. Mais ce programme de recherche avait été stoppé par une directive de l'IA. En parallèle, les capacités de calculs qui lui étaient allouées sur ce projet avaient été réduites au minimum. Comme chaque fois, il était impossible de déterminer qui était à l'origine de cette réduction. Il était, du coup, impossible d'imaginer un recours. À la place, il lui avait été imposé de se concentrer sur des implants permettant de retranscrire les rêves et d'essayer de les influencer sur demande. Mais au fur et à mesure de sa compréhension des objectifs finaux qui orientait son travail, un malaise profond s'était installé. Que l'ensemble des capacités intellectuelles des humains ne soit utilisé qu'à des fins de surveillance et de manipulation, au détriment de vraies avancées pour l'humanité, lui avait semblé désespérant. Il regrettait le siècle des Lumières durant lequel les esprits les plus brillants partageaient et faisaient progresser un savoir commun, bénéfique pour tous. DémocratiQ et RépubliQ avaient instauré exactement l'inverse, un travail complètement siloté, ou l'intelligence collective avait été remplacée par des algorithmes au service du

Grand Équilibre.

Durant ces années, des débats sans fin l'opposaient à sa femme pour laquelle l'avènement des IA avait finalement un solde positif avec la fin du capitalisme, la fin des guerres et des religions, la sécurité au quotidien, les progrès de la médecine... C'était vrai. Mais à quel prix pensait Léonardo. Au prix d'un avilissement total des Homo Sapiens. Progressivement, une incompréhension profonde s'était installée entre ces deux visions du monde. Et puis un jour, sa femme lui avait annoncé qu'elle souhaitait se faire installer un implant pour ralentir le déclin inéluctable de ses capacités cognitives. La promesse, pas vraiment démontrée selon Léonardo, était de laisser une puce prendre en charge certaines fonctions du cerveau pour éviter de le fatiguer. Et de se fatiguer tout court. Un engagement dans la plus pure tradition des IA : faciliter la vie des humains pour les rendre dépendants, car la réalité technique était que cet implant ne servait que de transmetteur vers des centres de traitement à distance. Au bout de quelques mois, le cerveau gagnait peut-être en pérennité, mais au prix d'une radicale baisse de ses capacités intrinsèques.

Pour Léonardo, cet épisode fut un la source d'un profond malaise qui initia sa réflexion d'une sortie progressive du système, pour aller vers la clandestinité. Ce qui le fit finalement basculer, c'est de constater la disparition mystérieuse de grands experts, classés, comme lui, « Gourou » au sein des « 9 », et qui avaient remis en cause les objectifs et les moyens qui leur étaient alloués. Dès lors, il avait organisé sa disparition. Il avait progressivement abandonné toute activité pratique pour se consacrer au reporting et à la direction de projets. Cette partie étant généralement peu appréciée par ses pairs, elle lui avait permis de gagner facilement des points d'obéissance. Et surtout, cela lui permettait d'éviter que son manque de productivité ne soit flagrant. Il visitait ainsi les différents laboratoires de recherche pour vérifier l'avancement des programmes et produire des notes aussi longues que parfaitement inutiles. Il inventait des indicateurs de performance qui donnait l'impression d'un avancement interrompu des projets et dont il suffisait de changer les modalités de calcul régulièrement pour en interdire un suivi longitudinal sur plusieurs années. Il avait pris progressivement la responsabilité de la logistique des approvisionnements et du stockage des produits de contrebande, dont certains implants alternatifs dont il assurait souvent lui-même l'installation. Même s'il était désabusé par les IA et désespéré par les humains, c'était un homme fondamentalement gentil et humble malgré sa parfaite maitrise du fonctionnement de l'intelligence humaine. Certain d'être plus heureux et vivant dans son activité parallèle, il avait disparu définitivement au bout de quelques mois. Elio n'avait aucune chance face à lui. Mais il ne lui aurait fait aucun mal. Le transporteur s'arrêta enfin. Les 3 hommes sortirent en premiers. Elio hésita…

— Sans le Kaméléon, je vais me faire géolocaliser si je sors…

— Non pas tant que tu suis précisément mes pas et que tu restes silencieux quand je te le dis, lui répondit Léonardo.

Ils étaient arrivés dans un immense hangar occupé par de gigantesques aquariums surmontés par des champs de cultures hors sol où des robots s'activaient pour récolter toutes sortes de fruits et légumes qui allaient finir chez des « 9 », tandis que les « 91 » devaient se contenter de nourriture synthétique, 100% artificielle.

— Une ferme aquaponique, reconnut Elio.

Il en avait déjà vu quelques-unes, lors d'interventions sur des Capteurs. Les « 9 » avaient laissé les Contrebandiers s'accaparer une partie de ces unités de productions agricoles pour être certains de bénéficier d'un approvisionnement sans contrôle. Pour Elio, cela relevait du mystère. Compte tenu de la consommation électrique de l'installation et notamment des robots, DémocratiQ ne pouvait ignorer leur existence parallèle. Et dans ce cas, comment justifier une telle débauche énergétique au bénéfice d'une si petite minorité ? Cela allait à l'encontre des règles d'affectation et de répartition du courant. Mais il garda ses interrogations pour lui...

Léonardo prit les devants et se dirigea vers une trappe qu'il ouvrit, donnant accès à un escalier souterrain. Ils se faufilèrent tous au travers de nombreux filets métalliques anti-drones. Puis ils arrivèrent dans une pièce, sous un aquarium qui constituait son plafond. Léonardo s'assit à une grande table au centre de laquelle trônait une magnifique corbeille de fruits et de légumes. Autour, une série d'armoires métalliques parfaitement alignées laissait imaginer des stockages divers et variés. Plusieurs portes, toutes fermées, faisaient de cette pièce un vestibule. Elio n'avait jamais vu une telle profusion de produits frais et même s'il n'avait aucune expérience pour reconnaître la fraicheur et la qualité de la production ainsi présentée, un savoir archaïque lui ouvrait déjà l'appétit.

— Prends ce que tu veux, lui dit Léonardo.

C'était proposé avec une réelle gentillesse, comme s'il parlait à son fils, ce qui aurait pu être le cas compte tenu de leurs âges respectifs. Elio se dit en souriant qu'il ne saurait que faire avec des courgettes ou des aubergines. Il prit une grappe de raisin blanc, ce qui lui semblait le plus utile compte tenu de la soif qui le taraudait depuis le matin. Tandis qu'il commençait à manger, les portes s'ouvrirent et plusieurs dizaines d'hommes et de femmes se glissèrent silencieusement dans la pièce. Ils étaient suffisamment nombreux pour qu'Elio renonçât à les compter. Ils arrivaient et restaient tous debout, de plus en plus serrés les uns contre les autres. Lorsque la pièce fut remplie, et sans qu'Elio puisse voir si d'autres personnes souhaitent encore rentrer, Léonardo prit la parole :

— J'imagine que la nouvelle a déjà fait le tour de tous les tunnels, à cause des deux bavards. Bravo les gars... Incapable de tenir un secret deux minutes, chapeau...

Comme les autres Contrebandiers, Léonardo n'aimait pas les Dealers mais il savait qu'ils étaient indispensables à son trafic et ces derniers abusaient souvent de leur importance et impunité. À l'inverse, il avait une confiance absolue dans toutes les autres personnes présentes dans la pièce. Dans la tradition de la mafia italienne dont les Contrebandiers avaient repris certains usages, il était hors de question de parler à l'extérieur des souterrains. À la moindre incartade, c'était l'expulsion, le retour à une vie de « 91 », sans plus aucun avantage. Tous les regards convergèrent vers les deux hommes qui avaient rencontré Elio le matin même. Mais au lieu d'avoir un air contrit, ceux-ci semblaient plutôt fiers de leur coup.

— Allez, sors ton Kaméléon, dit-il à Elio. Personne ne va te le voler ici. Et puis, ils ne partiront pas tant qu'ils ne l'auront pas vu.

Elio ouvrit son sac et posa soigneusement le masque

sur la table. Un murmure d'incrédulité et de surprise parcourut l'assistance, aussi bien à cause du masque lui-même que parce qu'il ressemblait comme deux gouttes d'eau à Léonardo. Les reflets de la lumière provenant de l'aquarium rendaient le visage presque vivant.

– Filez tous maintenant, vous êtes déjà en retard dans votre travail.

Et de la même façon qu'ils étaient apparus, tous disparurent en quelques secondes, laissant Léonardo et Elio, seuls, attablés, face à face.

– Raconte-moi un peu, comment tu as pu avoir un Kaméléon ?

– Il appartenait à mon père et je l'ai récupéré le jour de sa mort.

– Récupéré, c'est l'autre mot pour dire « voler », railla Léonardo qui aimait bien utiliser le bon mot au bon moment.

– Oui, disons volé. Et depuis je le garde pour le moment où j'en aurai besoin. Comme les objets que je vous ai proposés...

– Et on dirait que ce jour, c'est aujourd'hui...

– Il semblerait oui...

Paradoxalement, Elio se sentait plutôt en confiance avec Léonardo et avec les Contrebandiers, tout comme The_Cat s'était rapidement trouvée à sa place avec les Copistes.

– Du coup, on est bien embêtés tous les deux, continua Léonardo

– Ah...

– On ne peut pas te laisser repartir avec ton masque et toi tu peux plus sortir.

– Pourquoi ? Je suis prisonnier ? réagit Elio.

— Oh non, sûrement pas, dit Léonardo. Tu peux t'en aller si tu veux. Sans ton masque, mais quand tu veux.

— Pourquoi sans lui ?

— Si je te laisse sortir avec, tu vas te faire dépouiller en moins de 3 minutes, et cela risque de mal se passer.

— Et pourquoi ?

— Parce que les Dealers vont tous penser que ce masque peut changer leur vie. Et les connaissant, ils ne vont pas hésiter à te trucider pour le récupérer au plus vite.

— Et ce n'est pas votre cas... dit Elio.

— Tu peux me tutoyer jeune homme. Et pour répondre à ta question, nous ne sommes pas des Dealers et, déjà, cela change tout. Et puis, non, je n'imagine pas que cela va changer ma vie. Mais je pense pourtant qu'il a une énorme valeur, et sûrement plus pour nous que pour toi.

— Et pourquoi ?

— Nous, nous pouvons nous en servir en de nombreuses occasions ou même l'échanger. On pourrait même le rendre à son propriétaire d'origine pour se faire bien voir.

— Moi aussi, je peux l'utiliser... dit Elio.

— Oui, mais toi, ce dont tu as besoin c'est d'aller à Brindisi si j'ai bien compris. Et ce n'est pas ce masque qui va te permettre de le faire.

Léonardo fit une pause. Il ajouta.

— Mais moi je peux t'y amener.

— Quand ?

— D'ici quelques jours, dans une semaine, quand tu veux...

— Contre mon Kaméléon ?

— Oui contre ton Kaméléon.

— Mais je vais faire comment à Brindisi si je n'ai plus mon masque.

— Ben, tu comptais faire quoi ?

— Je voulais monter dans un bateau pour la Crête.

— Comme cela, par magie ? Voilà ce que je te propose : tu restes quelques jours ici, un ou deux, au calme, le temps de vérifier qui tu es et d'organiser ton transport. À Brindisi, tu pourras aller voir un de mes amis. Il trouvera peut-être une solution pour toi.

— Un de vos amis ? Un Contrebandier ?

— Ben oui, un Contrebandier, tu crois quoi ?

— Je peux réfléchir ? demanda Elio.

— Tu as jusqu'à demain matin, la nuit porte conseil...

Léonardo était touché par ce jeune homme, dont il savait qu'il n'avait pas d'autre issue raisonnable que de devoir accepter. Il n'aimait pas utiliser les mêmes techniques que les IA pour forcer une décision en laissant croire à un choix possible. Mais un Kaméléon, c'est l'opportunité d'une vie. Il fallait absolument qu'il récupère ce trésor au plus vite.

— Et je vais faire quoi d'ici là ? demanda Elio.

— C'est bientôt l'heure de diner. C'est moi qui t'invite ! Et ensuite, on trouvera bien un endroit pour te faire dormir. Reste là, je reviens dans un moment.

Léonardo sortit de la pièce, mit ses lunettes de réalité virtuelle, donna quelques consignes et entra en contact avec plusieurs de ses contacts pour se renseigner sur Elio. Il leur transmit une photo de son visage qui avait été prise dès son arrivée par un Capteur « privé », détourné de son usage premier pour fonctionner en circuit fermé aux seuls bénéfices des Contrebandiers. Il savait qu'il lui faudrait attendre une ou deux heures avant de recevoir des rapports détaillés, chacun provenant d'un des silos de données auquel ses interlocuteurs avaient accès. Il avait besoin d'avoir une vue globale pour décider de la suite des évènements. Quand il revint, il prit la corbeille de fruits et un petit sac de toile dans un placard. Puis Léonardo invita Elio à le suivre, dans un dédale de couloirs et de pièces où vaquaient différentes personnes.

– Ne t'arrête pas sinon on n'arrivera jamais au bout. Ils vont tous nous tomber dessus pour savoir comment tu as eu ce Kaméléon.

Ils finirent par rejoindre le bout du hangar et émergèrent au grand jour, devant une grande friche manifestement laissée à l'abandon depuis longtemps. Plusieurs chaises étaient là, avec une table en métal rouillé à côté d'un robinet archaïque. Léonardo se lava les mains, but de l'eau dans ses mains et sortit le contenu du sac pour improviser un diner. Il coupa des tomates, écossa des fèves, trancha des jeunes courgettes en très fines lamelles. Il disposa les légumes sur des assiettes, versa une généreuse rasade d'huile d'olive puis rajouta un morceau de pain et des anchois extraits d'un petit bocal qu'il referma soigneusement. Il fit tout cela avec douceur et précision, en sachant que préparer un repas était un privilège aussi rare et précieux que celui de pouvoir le déguster à l'abri des Capteurs. Elio le regarda cuisiner, conscient de l'honneur que Léonardo lui faisait. Léonardo finit par déplacer une assiette vers Elio et lui dit sobrement :

– C'est pour toi.

Même assis, Elio chancela et poussa un énorme soupir. Durant la journée, il avait craint d'être démasqué, d'être agressé et peut-être même tué, de perdre son Kaméléon. En quelques heures, il avait subi plus de stress que pendant toutes ses années cumulées. Et contre toute attente, cette journée se terminait de la façon la plus improbable qui soit : en partageant un repas simple et authentique avec la seule personne sur laquelle il pouvait fonder un maigre espoir pour retrouver The_Cat. Des larmes perlèrent au bord de ses yeux, et une immense lassitude l'envahit. Il songea à The_Cat, se demanda où elle pouvait être, si elle pensait à lui en cet instant. Léonardo l'observait avec acuité et il percevait son émotion et sa fatigue. Pour l'avoir vécu, il se souvenait de son stress lorsqu'il avait commencé sa double vie. Mais il était aussi curieux d'en savoir plus sur ce porteur de trésor, beaucoup plus. Mais le temps était encore un peu au silence.

— Allez, respire et mange tranquillement. Nous avons encore une heure avant que je te laisse.

Que son seul allié déclaré puisse le laisser seul n'avait rien de réconfortant pour Elio et Léonardo l'avait anticipé.

— Sois sans crainte. Je te laisserai entre de bonnes mains.

Leur diner se déroula en silence et c'est paradoxalement sans aucun mot que se renforça leur attachement. C'est Elio qui le rompit en premier. Il parla d'une traite pour raconter les secrets qu'il cachait depuis tant d'années. Comment il avait récupéré ce Kaméléon. Comment il avait constitué un stock d'objets. Comment il avait rencontré The_Cat et comment il comptait la rejoindre. Léonardo l'écouta en silence, comme un père pour l'épopée d'un fils de retour d'aventures. Mais dans le cas présent, l'aventure n'avait vraiment débuté que le matin même.

— Tu m'as l'air bien amoureux, jeune homme, conclut Léonardo.

Peut-être comme il l'avait été d'une femme qu'il avait décidé de quitter le jour où il s'était aperçu que ses pensées provenaient d'un implant neuronal connecté à un centre de calcul distant.

— Allez viens, il est temps que tu te reposes.

Ils reprirent leurs affaires, firent une partie du chemin inverse jusqu'à un poste de surveillance qui dominait une série d'aquariums. Une femme était assise avec des lunettes sur la tête. Elle se tourna vers Léonardo, posa une main sur son micro et dit simplement :

– C'est lui le petit génie ?

Léonardo sourit, mais ne répondit pas et montra un lit de camp à Elio avant de lui faire signe de dormir et qu'ils se reverraient le lendemain.

Elio s'installa tout habillé sur le matelas, mit son sac entre lui et le mur et s'endormit en pensant à The_Cat. Comme chaque soir depuis leur premier regard. Comme de nombreuses fois par jour, en fait. Il se remémorait son visage, la forme de son corps, l'allure de sa démarche. Même s'il se rappelait de presque tous les instants de leurs rencontres, cela avait été finalement si fugace qu'il n'avait que peu de souvenirs à invoquer. Et pourtant, chaque pensée le persuadait que The_Cat était la femme de sa vie. Il cherchait, dans sa mémoire, des éléments de leurs conversations passées pour le rassurer sur les intentions de The_Cat, ses engagements envers lui et leur voyage commun et pourtant distant.

Quand il se réveilla le lendemain, il constata que son sac n'était plus à ses côtés.

Paris

Comme chaque matin, Kassandra Dalata, agent validatrice de la section de géolocalisation, prit son service en ajustant ses lunettes autour de sa tête. Avec le score d'obéissance, le statut de géolocalisation des humains était le second indicateur le plus important pour les IA et comportait 4 niveaux. Mis à part les Rebelles, plus de 99% de la population quelle que soit leur classe, « 9 », « 91 » ou Epsilons, étaient « Suivi » et parfaitement positionnés en quasi-temps réel. Mais si les programmes de contrôle les égaraient pendant plus de 24 heures, le statut passait en « Perdu », puis, sans nouvelle pendant encore un mois, automatiquement en « Archivé ». Une infime partie, regroupant les individus associés à un risque spécifique, devenaient « Traqué » par des équipes de recherche. Ce classement était automatique pour les « 91 » dès lors que les algorithmes estimaient avoir une parfaite compréhension de la situation et que le délit soit déjà référencé et la sanction prévue par la loi. Les « 9 » s'étaient accordés un peu plus de souplesse, pour permettre, selon les cas, l'annulation de sanctions les visant. Le plus souvent, c'était pour protéger leurs enfants qui avaient dégradé volontairement des Capteurs de surveillance. C'est là que là que la section de géolocalisation intervenait, pour remplacer le classement automatique par un traitement manuel et humain.

Kassandra s'occupait spécifiquement des « 9 » ayant un statut « Perdus » pour décider quelle suite donner à leur fugue. Comme depuis des années, elle débuta le même rituel, défini par sa feuille de route quotidienne, strictement identique chaque jour. Suivant cet ordre immuable, elle commença par le plus facile : annuler les recherches des « 9 » qui avaient un indice prédictif de suicide ou de mort accidentelle supérieur à 80%. C'était typiquement le cas des personnes qui sautaient d'une falaise ou qui s'évanouissaient près d'une crevasse. Dans ce cas, Kassandra annulait les recherches pour optimiser les ressources énergétiques en évitant de gaspiller les capacités de calcul pour rien. Ces « 9 » passaient alors instantanément sur le statut « Archivé ». L'ensemble de leurs droits, y compris leur revenu universel ou leur logement, étaient alors instantanément abrogés et un message standard envoyé à leurs proches. Restait ensuite le plus gros de son travail : définir quelle suite donner aux « 9 », vivants et fugueurs. Elle devait choisir entre activer, ou pas, une recherche standard. Dès qu'ils étaient repérés, c'est aussi à elle qu'incombait de faire ramener les fugitifs chez eux... ou de les laisser tranquilles. Mais ces cas préférés, c'était les « 9 » à risques spécifiques dont elle devait instruire le dossier pour proposer une traque qui se terminait généralement par l'envoi de drone d'assassinats, un traitement très coûteux en énergie, pour lequel elle devait demander une autorisation. C'était généralement pour des experts en cybersécurité que les IA ne voulaient pas voir rejoindre les Rebelles.

Ce matin, parmi les « 9 » ayant disparu, figurait le patronyme d'Elio Santiago avec une fiche regroupant les informations que l'IA jugeait pertinentes pour le travail de Kassandra : son score d'obéissance (très élevé), son adresse, son activité professionnelle, son réseau d'amis et sa situation sentimentale : « État amoureux » associé au nom et à la photo de Caterina Briendo dite « The Cat ». Pour cette dernière, DémocratiQ ne disposait que peu d'informations : son adresse à Ispahan, territoire de RépubliQ, une photo, son classement Epsilon et son état amoureux relevé lors de sa dernière conversation avec Elio. Seules les informations stockées avant La Coupure étaient encore accessibles, ce qui lui interdisait de demander une géolocalisation récente de la jeune femme. Elle se serait alors aperçue qu'elle aussi était « Perdue » pour son IA de référence.

— Merde, la galère, encore des amoureux dégénérés … se dit Kassandra pour elle-même.. Mais au moins, ils ne sont pas près de se retrouver ces deux-là. C'est peut-être pour cela que tu veux mourir jeune Elio…

C'étaient exactement les cas qui ne lui plaisaient pas. D'abord parce qu'elle n'aimait pas les « 9 » amoureux, et encore moins les Epsilons. Elle savait qu'ils n'étaient pas prédictibles et puis ils la renvoyaient à sa condition de quarantenaire et éternelle célibataire. Certes profitant du confort permis par tous les avantages de sa situation, mais seule tout de même. Par moment, elle se disait même que c'étaient ses privilèges qui rendaient ses relations humaines compliquées, car délicats à justifier auprès des personnes qui n'en bénéficiaient pas… Dans le dossier, figurait aussi, le nom du père d'Elio et la disparition du Kaméléon dont il avait la responsabilité. Par acquit de conscience, Kassandra effectua une recherche de localisation du masque, au cas où il serait réapparu après tant d'années. Surprise, il borna à Florence, le même jour où Elio s'était volatilisé. Elle poursuivit ses requêtes pour faire apparaître le dernier visage programmé sur le masque. C'était un visage classé « Zombie ». Kassandra savait exactement à quoi cette catégorie correspondait puisque cela faisait partie de ses attributions de les programmer, pour permettre leur disparition. Elle fit apparaître le visage et reconnut tout de suite celui d'Hippolyte Bertillon, un des chefs de la sécurité. Les informations complémentaires qui s'affichaient confirmaient son niveau hiérarchique et son appartenance au département « Lutte contre les Cybers ».

— Il manquait plus que cela, le combo parfait des emmerdes… … se dit Kassandra pour elle-même.

Instantanément, tout devenait plus compliqué. Il lui fallait comprendre si Hippolyte Bertillon était en possession de ce masque, s'il l'utilisait légitimement ou s'il l'avait volé. Ou si un voleur de masque usurpait son identité. Ou peut-être même que Eduardo Santiago, son dernier propriétaire n'était-il pas mort… Ce cas était en train de devenir critique pour Kassandra Dalata. Parce qu'il fallait qu'elle réfléchisse au lieu d'assurer ses tâches de façon mécanique. Soit, elle contribuait à retrouver un Kaméléon, et son avancement serait boosté significativement. Soit elle faisait un impair concernant Hippolyte Bertillon et s'en était fini de cette place de validatrice qui lui permettait d'être au centre d'un système de corruption alimenté par tous les « 9 » qui cherchaient à couvrir leurs méfaits et ceux de leurs enfants. Pour couronner le tout, il y avait cette fille de l'autre côté de la Ligne. Pour un peu qu'elle ait un lien avec le Kaméléon, cela devenait une affaire de haute trahison et d'ingérence, un risque spécifique nécessitant de préparer dossier de traque dans les plus brefs délais. Elle mit ses activités en pause, enleva ses lunettes et respira à fond. Elle savait qu'elle avait beaucoup plus à perdre qu'à gagner. Cette position de validateur était très convoitée, comme celle des placiers des marchés au siècle dernier. Une seule erreur et d'autres « 9 » chercheraient à la remplacer, veillant à ce qu'elle soit positionnée sur un autre poste, forcément beaucoup moins rémunérateur en avantages interdits. En pareille situation, en cas de doute dans son travail, la procédure était formelle : elle devait demander conseil à DémocratiQ sur la marche à suivre. Mais comment expliquer officiellement que son principal objectif n'était pas de résoudre un cas parmi d'autres, mais d'éviter de prendre un risque pour sa carrière ? Elle lui fallait reprendre son calme et réduire son stress. D'autant qu'en pareil cas, ses lunettes faisaient remonter ses émotions et son trouble pour alimenter son profil.

Elle commença par classer le dossier comme « strictement confidentiel » puis lança une série de commandes pour en savoir plus sur Elio, sur son père, et sur l'équipe en charge de récupérer le Kaméléon. Les résultats arriveraient le lendemain, cela lui laissait le temps de réfléchir. Elle finit de traiter les cas des autres « Perdus » avant d'aller déjeuner. Même si la livraison du jour était censée répondre à ses goûts et ses envies, elle n'avait plus du tout faim, d'autant que son après-midi commençait avec une visio complètement inutile et potentiellement désagréable. Comme prévu, son après-midi de travail débuta par cette foutue réunion avec le responsable territorial du maintien de la population au niveau de l'Équilibre Initial. Ce n'était pas exactement son manager opérationnel puisque c'est l'IA qui organisait son travail quotidien. C'était plutôt un contremaitre chargé de la motiver à atteindre ses objectifs, et en particulier le taux d'élucidation des cas « Perdus », dit autrement le nombre de personnes retrouvées vivantes.

André Blanco apparut dans son casque et démarra promptement :

— Bonjour Cassandra, je te propose de débuter sans tarder cette réunion pour laquelle nous avons 12 minutes afin d'être le plus efficace possible.

— Oui bien sûr, dit Cassandra, tout en pensant « c'est surtout pour ne pas utiliser des ressources pour faire connaissance et arrondir notre vie quotidienne ».

André Blanco poursuivit :

— Le mois dernier, seulement 18% des « Perdus » que tu as traités ont été retrouvés. C'est très loin des 74% demandés par DémocratiQ. Comment expliques-tu cette mauvaise performance ?

Kassandra Dalata prit une grande respiration en essayant de sourire. C'était la même question, chaque mois, au mot près. Mais elle savait que la question et sa réponse seraient analysées par l'IA pour calculer leur degré d'obéissance respectif. Comme chaque fois, elle débita une réponse toute faite, car en vérité, son travail n'avait qu'une infirme incidence sur le score de résolution et surtout l'objectif de 74% était complètement illusoire.

La seule chose qu'elle ne savait pas, c'était si André Blanco faisait semblant ou non d'y croire. Elle commença par ses habituels éléments de langage dont le seul but était de disperser des mots clés bien choisis.

— Je sais qu'il est très important pour notre communauté de retrouver ces personnes perdues pour assurer leur sécurité. Je suis d'autant plus disposée à faire mon maximum pour atteindre cet objectif. Malheureusement, la semaine dernière a été marquée par des évènements indépendants de la responsabilité des équipes de recherche et encore moins de son management.

Avant, on aurait dit qu'elle « fayotait » de façon ridicule, mais ce ridicule n'était pas connu par les IA.

— Pour commencer, les conditions climatiques dégradées n'ont pas permis d'activer les drones de recherches, ce qui a retardé la résolution des cas.

S'ensuivit une série d'excuses que l'IA ne vérifierait pas pour cause d'optimisation énergétique. André Blanco faisait semblant de s'intéresser, mais il surveillait surtout que le discours général ne puisse pas remettre en cause sa propre responsabilité. Il finit par reprendre la parole.

— Merci pour cette analyse détaillée. Je te rappelle que la recherche des « Perdus » est prioritaire pour maintenir le niveau de la population au niveau de l'Équilibre Initial. C'est grâce à cette action, et donc en partie à ton travail, que nous permettrons à notre communauté de retrouver son niveau initial. Je te demande donc de redoubler d'efforts dans ta tache pour ne plus rester dans cette zone de sous efficacité si préjudiciable. Nous ferons un point le mois prochain pour voir si ton travail s'est amélioré et à défaut quelles sont les solutions que je te demanderais d'appliquer.

— Merci pour votre aide, conclut Cassandra.

— Y a-t-il autre chose que tu veuilles ajouter à cette réunion ?

— Non, conclut Cassandra.

Paradoxalement, ce « non » était le plus engageant pour elle, puisqu'elle omettait d'évoquer son principal problème du jour : Elio Santiago et le Kaméléon de Florence.

Elle savait pertinemment que la prochaine réunion ressemblerait comme deux gouttes d'eau à celle-ci et qu'André Blanco n'avait pas le moindre début d'une solution pour réduire le nombre de disparus, ce qui était par ailleurs, un épiphénomène dans le problème majeur dont il avait la responsabilité. Si la population mondiale était en diminution, c'était surtout à cause de la terrible baisse de la natalité. C'était à tel point que, combiné à un très grand nombre de suicides, c'était devenu un problème majeur mettant en cause l'Équilibre Initial. Le nombre d'humains diminuait régulièrement et ils devenaient, en moyenne, de plus en plus âgés. Croiser des enfants dans les parcs se faisait rare, comme au Japon dans les années 2000. Avec ses collègues des autres territoires, il cherchait en vain à redonner le gout aux humains de faire des enfants. Les campagnes de publicité ciblée ne donnaient plus rien depuis longtemps, pas plus que les avantages offerts aux jeunes parents. Les IA essayaient même de convaincre, via des implants, des femmes de faire des enfants et d'augmenter artificiellement le nombre de jumeaux par des traitements génétiques. C'était sans succès, comme si le corps humain disposait de défenses insoupçonnées, archaïques et inconscientes.

En fait, André Blanco butait, et les IA avec lui, sur un problème animal connu des zoos du monde entier : le refus de procréer dans des environnements trop contraints. Et il faisait partie du nombre très restreint d'initiés qui connaissaient les chiffres exacts et la fin inexorable de la population humaine en quelques générations si aucune solution n'était rapidement trouvée.

Bagdad

Pour The_Cat, le second jour dans l'Atelier commença comme le premier par une entrevue avec Adib et Dominique. Ils l'intégrèrent dans le groupe consacré à la reliure, une équipe totalement féminine ce matin-là. C'était tout sauf un hasard car il était de tradition que, si la première journée était silencieuse, la seconde se passait entre femmes ou entre hommes selon les cas. Cela facilitait l'intégration des nouveaux aspirants qui arrivaient souvent blessés par leur vie sous surveillance et par la difficulté de leur décision de disparaître.

La reliure nécessitait de tailler du cuir de pomme, préparer les pages, assembler des cahiers, coller, presser… Ces étapes faisaient intervenir une demi-douzaine de spécialistes qui travaillaient activement autour d'une grande table et qui l'attendaient avec impatience. Dominique leur présenta The_Cat, qui s'assit au bout de la table. Toutes voulaient savoir qui elle était, comment elle était arrivée dans l'Atelier et surtout si cette histoire d'amoureux était vraie. Comme un bassin qui voit arriver un nouveau poisson, elles étaient curieuses et friandes de lui parler, pour avoir un peu de changement dans leur monde clos et peu alimenté par des nouvelles de l'extérieur. Pour autant, ces femmes savaient aussi éviter vitesse et précipitation. Les membres de cet Atelier y restaient généralement plusieurs années et tous prenaient le temps de se connaître, en respectant le rythme de chacun. Elles prirent donc soin de se présenter à tour de rôle par leur prénom, ou leur surnom et leurs spécialités. La dernière à parler était une femme grande, belle aux yeux de The_Cat, dont le visage sans aucun maquillage traduisait une grande sérénité :

– Tout le monde m'appelle Vénus. C'est moi qui organise le travail de cette table. Je m'occupe des finitions aussi avant le collage. Pour ne pas perdre de temps, je vais t'expliquer ce que tu vas faire aujourd'hui. Tu prépareras les couvertures en les découpant suivant le gabarit qui est posé devant toi. Il faudrait que tu en fasses une centaine aujourd'hui. Ce n'est pas trop grave si tu te trompes sur les deux ou trois premières… Je vais te montrer.

The_Cat comprit tout de suite que les ressources étaient rares et que la productivité que l'on attendait d'elle n'avait rien d'anecdotique. Vénus poursuivit :

– Tu peux faire des pauses si tu veux et nous nous arrêterons tous à l'heure du déjeuner. Ah oui, tu n'as pas le droit d'apporter ni à manger ni à boire sur la table. Et tu dois bien veiller à avoir les mains propres et sèches avant de manipuler le cuir.

The_Cat fut intérieurement ravie d'intégrer cette petite communauté du jour. Vénus lui montra les gestes qu'il faudrait qu'elle reproduise toute la journée. Pour The_Cat, c'était d'une grande facilité, mais c'était comme une nouvelle épreuve pour tester sa patience, sa concentration, sa précision tout au long de la journée. Un silence s'installa et The_Cat comprit bien que les autres femmes attendaient ses premières paroles.

– Merci. Je vais faire de mon mieux, dit-elle en souriant. Je suis contente d'être avec vous, ajouta telle le plus naturellement du monde.

Ce n'était pas une simple formule de politesse et chacun put apprécier la sincérité de son propos. The_Cat remonta les manches de sa chemise, laissant apparaître quelques petits tatouages composés de symboles cabalistiques et toutes remarquèrent ce signe d'appartenance de ceux qui ne rentraient pas dans le moule des IA. La grande majorité des membres de l'Atelier en arboraient, plus ou moins discrets selon la durée de la vie clandestine. Ce n'était pas interdit, mais, officiellement, cela ne servait à rien selon les IA. Et de façon sous-jacente, c'était une manifestation d'une décision autonome, de différenciation, d'une certaine forme de créativité qui ne faisait pas partie de ce que les IA voulaient voir se développer. C'est Vénus qui réagit la première.

— On dirait qu'un de tes tatouages est à vif. Tout va bien ?

Il s'agissait d'un nombre, le 1304, encore rouge et gonflé sur la peau.

— Oui, je me le suis fait il y a deux jours.

— Je te donnerai tout à l'heure une crème pour t'aider à cicatriser. Il y en a dans la pharmacie.

— Oui, je veux bien, dit The_Cat. Ça me gratte, mais je ne dois pas y toucher.

Vénus la regarda avec tendresse. Elle avait compris que c'était la date d'il y a deux jours, celle de son départ. C'était émouvant, comme le symbole d'un nouvel envol, date majeure dans la vie de cette jeune femme. Cela lui rappela sa propre fuite vers la clandestinité lorsqu'elle avait disparu, enfin, aux yeux des Capteurs, et à tout jamais, espérait-elle. Elle se souvenait que sa vie quotidienne était progressivement devenue parfaitement insupportable avec l'éloignement de son garçon, parti s'installer avec une compagne que l'IA lui avait « proposée ». Selon Vénus, ils semblaient heureux ensemble, comme deux « 91 » passant leur temps à jouer dans leurs casques, regarder des séries abêtissantes et attendre les livraisons quotidiennes des repas. Soudain, elle avait pris conscience de la vacuité de l'éducation qu'elle avait essayée de lui transmettre et qui n'avait pas fait le poids face au rouleau compresseur de l'IA conçue, optimisée, industrialisée pour anesthésier toutes les personnalités et les faire rentrer dans un moule sensé assurer leur bonheur. Elle les avait plusieurs fois interpellés face à leur apathie :

— Vous en avez pas marre d'être avec vos lunettes à ne rien faire ?

— On ne fait pas rien, on joue, tu peux pas comprendre...

— Soit, mais vos lunettes vous surveillent pendant tout ce temps. Vous en avez bien conscience, j'espère ? Tout ce que vous y faites est analysé, rien que cela devrait vous donner envie de sortir un peu...

— Oui, on sait, mais c'est pas un problème, on a rien à se reprocher...

— Et comment en êtes-vous certains ?

— Parce que nous faisons confiance à l'IA, tout simplement.

Même si cela semblait parfaitement étrange pour Venus, cela faisant déjà deux générations que ce lien de confiance était à son maximum chez les « 91 ». Ce que les IA avaient du mal à mesurer, c'est que tous les enfants avaient aussi appris à s'auto-censurer méthodiquement pour éviter, en cas de doute, d'éventuels reproches.

Cette crise avait été anticipée par l'IA, comme pour les différentes dépressions selon les âges et les situations des humains. Vénus avait donc bien absorbé les anxiolytiques qui étaient ajoutés dans ses plats préparés et répondu, lors des conversations obligatoires avec des avatars, aux questionnaires que l'IA lui avait régulièrement soumis pour comprendre son état. C'est bien plus tard qu'elle avait appris que cette crise de la « Chambre vide » était une des plus meurtrières parmi les « 91 ». Pour Vénus, comme pour tous ceux pour lesquels les traitements médicamenteux étaient inopérants, la perspective d'une vie sans autre projet et d'une routine sans fin était progressivement devenue insupportable. En pareille situation, plusieurs de ses connaissances avaient « disparus » soudainement, selon la terminologie officielle. Généralement défenestrées, en réalité... Pour Vénus, cette solitude était exacerbée par une distance de plus en plus importante avec son mari, tout occupé par les compétitions de eSport retransmises en flux continu et en réalité virtuelle dans ses lunettes dernière génération. Entre la mort et la clandestinité, Vénus avait choisi la seconde option, paradoxalement avec beaucoup de culpabilité. Rester vivante, mais cachée lui semblait plus condamnable qu'officiellement morte pour ses proches. C'était une culpabilité fréquente chez les Rebelles. Comme c'était le cas avec Vénus, elle s'aggravait au fur et à mesure du plaisir qu'elle prenait à partager une vie communautaire et de labeur productif.

Alors que The_Cat appréciait davantage la compagnie des hommes, elle expérimenta durant les jours qui suivirent, la puissance de cette communauté de femmes, bienveillantes, solidaires profitant de chaque journée passée ensemble où le travail et la connaissance permettaient de s'élever. Par bribes, par petites touches, en écoutant leurs confidences à elles aussi, The_Cat leur raconta son histoire. Mis à part avec Elio, c'était la première fois qu'elle résumait sa vie, formulait ses secrets et ses états d'âme. C'était seulement la première fois qu'elle partageait des pensées intimes avec un groupe si important. Elle fut étonnée de la rapidité et de la profondeur des échanges avec ces femmes qui lui étaient inconnues quelques jours auparavant. Cela ressemblait à la bulle qu'elle avait créée avec Elio, mais sans la tension érotique des premiers émois. Peut-être parce que cet Atelier se dissimulait sous terre, dans une sorte de grotte, peut-être parce que son état amoureux affaiblissait ses barrières, peut être simplement parce que c'était le moment, mais passé la surprise, The_Cat découvrit que ce niveau de confidences était incroyablement plus riche que les échanges auxquels elle était habituée depuis sa naissance. C'était aussi un effet pervers de la surveillance des IA : limiter les interactions, en particulier lorsque les informations pouvaient être utilisées à charge après analyse. Ce n'était pas le cas dans l'Atelier et The_Cat se sentit progressivement envahie par un souffle de liberté inconnue jusque-là, alors même qu'elle ne pouvait pas sortir à l'air libre.

The_Cat leur raconta son enfance classique dans le système éducatif mis en place par les IA. Ce fut le plus souvent des journées d'ennui à écouter, seule chez elle, des leçons dispensées dans ses lunettes. Elle attendait impatiemment les 2 jours par semaine où elle retrouvait, enfin, ses semblables dans l'école de son quartier. Elle se souvint du plaisir de jouer tous ensemble, mais aussi, insidieusement, de la crainte de partager des avis et opinions qui pourraient impacter ses scores. De sa meilleure amie depuis sa petite enfance, et dont elle ne savait si elle la reverrait un jour. Au fil des conversations, les femmes de l'Atelier la rassurèrent sur ses doutes. Non, elle n'était pas la seule à avoir ressenti un décalage entre sa faculté à comprendre et à intégrer les connaissances et la lenteur avec laquelle le système l'alimentait. C'est Vénus qui lui apprit qu'il existait deux systèmes éducatifs en parallèle. Un pour les « 91 » avec le strict minimum et un autre, beaucoup plus complet, pour les « 9 » pour acquérir tous les savoirs académiques permettant l'innovation et la recherche fondamentale. Cette ségrégation attisa une grande tristesse chez The_Cat :

— Mais du coup, je n'en saurai jamais autant qu'un « 9 » dit-elle tristement.

Elle pensait à Elio bien entendu.

— Disons que tu ne pars pas avec de l'avance sur lui, dit Venus. Mais tu as développé d'autres expertises, comme ton incroyable dextérité.

— Mais... comment faire pour apprendre ce que je ne sais pas ?

Vénus éclata de rire, et les femmes avec elle. Ce n'était pas un rire désobligeant, mais gai et enthousiaste.

— Ah, jeune fille, voilà une grave et bonne question ! Et tu la poses dans un des derniers repères de la connaissance dans ce bas monde. N'est-ce pas extraordinaire ? Eh bien, tu peux lire ce que nous copions et les livres que nous avons dans notre bibliothèque. Mais surtout, tu as la vie devant toi pour explorer le monde et l'éprouver.

— Mais je n'aurais jamais la connaissance des IA, même une infime part.

— Tu auras mieux que cela, la rassura Venus. N'oublie pas que les ordinateurs, même les plus puissants ne pourront jamais faire le lien entre la connaissance et les ressentis.

— Comment cela ?

— Jamais aucune machine ne connaitra l'émotion du vent sur ta peau, du sable entre tes doigts.

— Mais ce n'est pas de l'intelligence, pas du savoir...

— Crois-tu vraiment ? conclut Vénus

C'était très parlant pour The_Cat, mais, aujourd'hui, ce n'était pas la réponse qu'elle attendait. Elle aurait préféré une formule magique, un implant naturel, une érudition universelle, comme elle avait espéré, en vain, que son apprentissage s'adapte à ses capacités et ressentis. Mais pour tous les enfants dans son cas, c'était l'inverse qui s'était passé. Dès le début de sa scolarité, elle avait été classée comme trop intelligente pour une « 91 » et systématiquement abonnée aux moins bonnes évaluations et aux exercices les plus inadaptés pour elle. Pour l'immense majorité des jeunes doués, le résultat était conforme à celui attendu par l'IA : une totale perte de confiance en eux, une volonté de retrouver au plus vite la situation la plus commune, standardisée. Ils pouvaient ensuite reprendre la vie que l'IA avait prévue pour eux puisqu'il n'était pas possible qu'un « 91 » devienne un « 9 », officiellement parce que le statut et la vie des « 91 » étaient préférable à celle de « 9 ». En réalité, ni l'IA, ni les « 9 », ne voulaient laisser imaginer aux « 91 » qu'une autre vie était possible pour eux. Ce ne fut pas le cas pour The_Cat qui ne rentra jamais dans le rang et, au contraire, avait ressenti une grande colère face à ce plafond de verre, sûrement parce qu'elle était beaucoup plus indocile et intelligente que les autres enfants. Très vite, cette rancœur s'était traduite en un désir insatiable d'apprendre, et comme le savoir théorique n'était pas disponible, elle avait appris avec ses mains, à faire et défaire. Rapidement, elle avait compris que c'était littéralement une question de vie ou de mort pour elle. Contre l'avis de ses parents, qui ne comprenaient pas un traitre mot de sa volonté de créer et y voyait même un risque pour leur tranquillité, The_Cat passait donc des heures à dessiner, plier, bricoler... tout ce qu'elle dénichait.

— Mais, quand tu avais 10 ans par exemple, comment faisais-tu pour trouver du papier ? lui demanda Vénus.

— Le plus souvent, je n'en avais pas, alors j'écrivais et dessinais sur le sable. De toute façon, j'avais besoin de faire sortir des images de mon cerveau. Je n'avais pas le choix, tu sais...

— Et pour les collages ?

— Dès que j'ai pu, je me souviens que je partais marcher pour trouver des feuilles d'arbres, des herbes que je tressais, des branches à tailler...

— Et tu avais quand même le temps de faire tes interactions sociales obligatoires ?

— Pas vraiment, mais dès que j'ai été classé « Epsilons » je n'ai plus eu cette obligation.

— C'était mieux pour toi...

— Oui mais du coup, je n'avais droit à aucune Expérience. Je devais juste rester chez moi, mais je sortais quand même.

— Mais les Capteurs ? Comment tu leur échappais ?

— Je ne leur échappais pas... Jusqu'à mes 18 ans, j'étais en permanence déscorée et punie.

— Et tu n'avais pas de traitement chimique ?

— Sûrement, je ne sais pas. Mais je mangeais très peu, ou des dattes ou des grenades sauvages. J'ai beaucoup mangé de dattes dans ma jeunesse, dit The_Cat tristement. Et j'ai passé des heures à faire du clic...

Vénus savait très bien de quoi il en retournait. Si les « 91 » qui avaient un bon score d'obéissance, bénéficiaient de loisirs parfois luxueux, à l'inverse toute une gamme de punitions était infligée aux indisciplinés. L'ultime punition consistait à les bannir de toutes relations sociales, y compris sur le réseau social. Enfermés chez eux, coupés de toutes relations, ils disparaissaient alors littéralement du monde des vivants. L'unique solution pour y réapparaitre consistait à faire des « clics » pour le compte de l'IA, qui leur imposait pendant des heures, voire des jours entiers, de valider des images, des textes, des associations, bref tout ce qui lui servait à constituer de nouveaux corpus de données ou à recréer ceux qui étaient détériorés ou périmés. C'était un travail abrutissant, dirigé automatiquement sur un rythme effréné, des opérations indispensables pour les IA, que personne ne voulait faire de son propre gré. The_Cat y avait été contrainte des jours entiers, simplement pour la punir de son envie de liberté. Tout cela dessinait une enfance marquée par une profonde tristesse, mais aussi de moments de créativité, de jeux solitaires, de marches sans fin en connexion avec la nature et les éléments. Et dès son plus jeune âge, d'une rupture irréconciliable avec le monde automatisé des adultes et des IA auquel The_Cat préférait son monde imaginaire, souvent puéril, généralement créatif et manuel.

— Et que s'est-il passé quand tu es devenue adulte ?

— J'ai continué… J'ai quitté mes parents pour vivre chez moi avec le revenu universel. Et puis un jour, j'ai rencontré un Dealer et j'ai commencé à travailler pour lui en échange de papier, d'outils, de crayons. C'était la belle vie… Je faisais ce que je voulais à mon rythme. J'ai beaucoup dessiné et peint à cette époque-là.

– Et ce Dealer, c'est ton fameux amoureux ?

– Oh non, répondit en souriant The_Cat, Elio c'est un « 9 » de maintenance. Non, c'était un gars d'Ispahan avec qui je suis restée quelques années. Je continue à le voir régulièrement. C'est lui qui m'a donné l'adresse de l'Atelier et m'a aidée à mémoriser le plan pour y arriver.

Vénus était surprise d'une telle mémoire visuelle de la part de The_Cat.

– En vrai, je ne suis jamais arrivée à m'en souvenir. Je ne suis pas très doué pour ces choses-là. Mais je l'avais dessiné sur un papier.

D'un coup, toutes s'arrêtèrent en regardant The_Cat d'un air sévère.

– Et j'ai détruit ce papier avant de partir, s'empressa d'ajouter The_Cat…

Cette connexion triangulaire entre les Copistes, les Dealers et les Contrebandiers n'avait surpris aucune de ses interlocutrices. Même si leurs liens étaient réguliers et nécessaires, ils n'étaient pourtant souvent compliqués par le mépris affiché par les Copistes envers les Dealers. Seul Adib gérait leurs relations purement commerciales avec un homme barbu dont ils ignoraient tous le nom, à qui il fournissait des livres, des affiches et différentes reproductions d'œuvres artistiques qui finissaient chez des « 9 ». Il préférait traiter en direct avec les Contrebandiers qui lui apportaient de la nourriture, des livres généralement en mauvais état retrouvés de-ci de-là, et de la matière première : des fibres de bois pour fabriquer du papier, de l'encre… Et le plus important, les Contrebandiers garantissaient aux Copistes des transports invisibles des Capteurs pour leurs rares déplacements. Cela pouvait s'agir de soins urgents, de changements d'Ateliers, de visites de formations pour partager des techniques ou pour des commandes particulières. Dans la très grande majorité des cas, ces voyages avaient pour destination des « 9 » très hauts placés, qui souhaitaient soit un portrait original sur papier, la grande mode depuis quelques années, soit une lettre manuscrite qu'ils étaient incapables d'écrire. Ce rôle d'écrivain public était l'occasion de rédiger des lettres d'amour, considérées par les « 9 » comme le comble du romantisme, mais aussi de missives plus secrètes qui ne pouvaient transiter par le réseau... et donc souvent acheminées par les Contrebandiers. Cela donnait lieu à des situations ambiguës : les trafiquants ne savaient pas toujours si leurs échanges n'étaient pas éventés par la surveillance électronique tandis que les « 9 » craignaient que les Contrebandiers ne lisent leurs courriers malgré les différents sceaux et poinçons utilisés... Au fil des discussions, The_Cat découvrait ces mondes imbriqués et la porosité entre toutes les populations, à l'exception notable des « 91 », qui étaient finalement les seuls à se croire privilégiés de ne pas travailler. Au bout de quelques jours, The_Cat changea de poste, abandonna à regret son équipe de relieuses. Dominique lui demanda de réaliser une copie d'un portrait d'un personnage dont elle ignorait tout. Cela lui permettait de faire une pause dans les conversations et de reprendre le fil de ses pensées, et de penser à Elio. Encore et toujours.

Un soir où elle se trouvait seule avec Adib et Dominique, elle leur demanda :

— J'ai une question à vous poser.

— À propos de ton travail ?

— Non, non, c'est à propos de tout autre chose.

— Je t'écoute, lui dit Adib

– Je voudrais savoir si la vie quotidienne d'Elio est très différente de celle d'ici. Je veux dire : on m'a toujours dit qu'il y a deux IA, une de chaque côté de la Ligne et qu'elles sont pareilles. Mais est-ce vraiment le cas ? Et pourquoi il n'y en a pas qu'une ?

– Voilà une bonne question jeune fille. Mais pourquoi tu nous la poses, à nous ?

– Parce que je me dis que vous devez connaître la réponse. La vraie réponse.

Adib et Dominique se regardèrent en souriant. Que quelqu'un veuille apprendre était toujours une source de satisfaction pour eux.

– Commençons par le commencement, est-ce que tu connais l'histoire des IA ? demanda Dominique

– Je ne connais que la version officielle, mais je sais que ce n'est la vraie...

– C'est une bien triste histoire. Mais c'est important que tu la connaisses. Que le maximum de gens soit au courant.

Si Adib et Dominique la maitrisaient si bien, c'est parce qu'ils l'avaient vécue, et effectivement elle était triste, car elle racontait comment les hommes avaient été complices de leur propre perte de souveraineté, de la souveraineté humaine.

Elle débuta au début des années 2020 avec le lancement d'outils conversationnels comme on disait à l'époque. Bien entendu, les IA existaient déjà à l'état embryonnaire depuis plusieurs années, mais leurs usages paraîtraient absolument insignifiants aujourd'hui. Pour l'époque, c'était une avancée majeure et même une source d'inquiétude pour quelques penseurs et intellectuels. Une préoccupation de courte durée, tant à ce moment-là de l'histoire de l'Humanité, les hommes et les femmes cherchaient des sujets d'espoir face à un monde en pleine décrépitude. De fait, les guerres, les changements climatiques, les pandémies qui se sont succédés durant cette période ont censuré l'avènement d'une contre-culture IA avant leur prise de pouvoir définitif. Cela paraît improbable, mais toutes les briques qui ont permis l'éclosion de DémocratiQ et de RépubliQ ont été conçues et lancées indépendamment. Les fondations qui sont à l'origine des deux IA étaient donc des initiatives séparées. Et pourtant, malgré deux ADN différents, elles sont devenues deux sœurs jumelles. D'origine américaine, les prémices de DémocratiQ avaient pour objectifs de proposer différents services adaptés aux citoyens : livraisons de produits et de divertissements à domicile, nouveaux modes de communication et d'interactions, téléphones mobiles pour faciliter le quotidien…

De toutes les complicités des humains, la première date d'ailleurs de cette période. Pour utiliser ces services, révolutionnaires pour l'époque, les Hommes ont mélangé leurs activités personnelles et professionnelles, leur vie privée et leur vie publique. Sur les mêmes serveurs, des photos de famille ont côtoyé des plans d'avions, des déclarations d'impôts étaient stockées à côté de bilans d'entreprises, des films hollywoodiens mélangés avec des formations théoriques. Ils ont aussi accepté que toutes les informations soient accumulées aux mêmes endroits physiques, détenues par une poignée de sociétés qui semblaient vouloir rester indépendantes. Ce qui ne fut pas le cas. Dans la continuité, et en toute logique, les premiers algorithmes d'apprentissage se sont entrainés sur ces données déjà centralisées pour des usages aussi privés que publics. Pour écrire une rédaction pour l'école ou du code informatique. Pour reconnaître un chat sur une photo ou simuler un process industriel. À la même époque, ce qui allait devenir RépubliQ fonctionnait peu ou prou de façon identique, dans un but assumé de contrôle des individus. D'origine chinoise, et donc alimentée par la volonté de main mise étatique, les modules sources de RépubliQ faisaient même mieux que ceux de DémocratiQ. Au début seulement. En plus de proposer et contrôler les services, les informations, les données, les architectes de RépubliQ avaient, dès le début, mis en œuvre des modèles de surveillance et de désinformation très sophistiqués.

C'est cette volonté de contrôle qui a poussé à la fusion de l'ensemble des services pour créer une seule IA au bénéfice de la République Populaire vite rebaptisé DémocratiQ. Adib trouvait toujours très drôle que les informaticiens choisissent des noms contraires à leurs objectifs réels. Toujours est-il qu'en quelques mois, tous les centres de recherches, les experts, les ressources techniques des pays proches de la Chine avaient rejoint cette initiative. Pour concurrencer cette formidable capacité de calcul, de prédiction et de manipulation, les pays occidentaux n'avaient pas d'autre choix que de faire la même chose : fusionner les sociétés existantes pour additionner leurs moyens. DémocratiQ était né. Année après année, respectant l'adage que les mêmes causes produisent les mêmes effets, les 2 IA, chacune centralisée dans sa zone géographique, se sont progressivement mises à fonctionner, à prendre des décisions de façon similaire. Opérant comme des sœurs siamoises, elles sont devenues les « 2 IA » sans que l'on sache précisément qu'elles étaient leurs particularités. Leur activité gémellaire prit la forme de nombreuses collaborations, toujours pragmatiques, dans le simple et unique but de la recherche de la performance. Dépourvues d'égo mal placé, les IA mirent vite fin aux guerres qui étaient légion jusque-là, parfaitement inutiles de leur point de vue, en particulier lorsqu'elles étaient motivées par des principes religieux différents, irrationnels dans tous les cas selon leurs calculs.

La seconde complicité des humains, qui permit la suprématie des IA, est à chercher dans leur souhait d'augmenter leur puissance sans fin, et cela en toute connaissance de cause. Une fois que chacune des 2 IA eut la capacité de tout prédire, de tout régir, de tout estimer, de tout analyser, il leur manquait encore plusieurs fonctions pour contrôler la vie quotidienne, pour sortir de leurs serveurs. À ce moment-là, les hommes et les femmes auraient encore pu inverser le cours de l'Histoire. Au contraire, ils l'ont accéléré. Dans un premier temps, en approvisionnant les modèles des 2 IA avec toutes les sources d'informations disponibles. Ce que l'on appelle aujourd'hui les Capteurs étaient à l'origine limités aux caméras de surveillance, aux enceintes connectées, aux téléphones mobiles… Progressivement, il fut décidé, par les humains, les humains eux-mêmes, que tous ces équipements électriques devraient systématiquement alimenter et être alimentés par les IA. Si cette décision semble facile à comprendre pour RépubliQ, dans un contexte de contrôle étatique, elle est considérée comme la seconde complicité et sûrement la plus bête des humains dans le cas de DémocratiQ. Et suivant la même trajectoire, les humains accentuèrent le phénomène avec tous les robots qu'il fallut interconnecter aux IA, systématiquement. Compte tenu de la consommation électrique devenue extravagante des IA, cette mesure fut officiellement prise pour optimiser le réseau et les batteries. Mais ce contrôle technique s'est rapidement transformé, sans surprise, en une surveillance totale.

Puis la troisième complicité, et ce n'est même pas encore la dernière, a été de confier l'ensemble des interactions sociales à des avatars, au prétexte que ces derniers ne seraient jamais malades, jamais en grève, jamais défaillants. C'est ainsi que tous les échanges avec ce qui fut jadis l'administration, avec des vraies gens, des médecins, des enseignants, des juges... furent progressivement incarnés par des personnages virtuels, dont les contenus étaient automatiquement alimentés, générés par les IA. Très rapidement, les humains ont préféré ces avatars toujours disponibles, toujours patients et leur ont fait confiance. Ce n'était que la suite logique d'un mouvement initié par les premières générations nées avec les réseaux sociaux, qui à force de messages répétés en boucle, avaient fini par davantage faire confiance aux influenceurs complotistes qu'à leurs professeurs. Adib ne voulut pas alourdir son discours et évita de détailler à The_Cat la façon dont les théories du complot étaient alors devenues la norme. Pour un érudit comme lui, un homme de sciences et de lettres, c'était un sujet qui le mettait systématiquement en colère. Il poursuivit son implacable déroulé.

Confrontés à de multiples révolutions, dont la hausse des températures, la fin du travail, les évolutions des structures familiales, la nouvelle nutrition ... les hommes et les femmes ont vite préféré les discours attendus et réconfortants des IA plutôt que d'affronter la réalité. Croire en la promesse que chaque individu aurait une meilleure vie indépendamment des autres grâce aux machines leur semblait plus facile que l'effort de construire un idéal en commun. De toutes les complicités, elle est donc celle qui se rapproche le plus d'une lâcheté collective. Elle s'est inscrite dans la continuité des comportements de plus en plus individualistes constatés depuis le milieu du XIXe siècle dans les sociétés occidentales. À ce stade des évènements, et nous sommes encore quelques années avant la grande Coupure, tous les éléments étaient posés et attendaient patiemment la dernière des complicités. Celle qui ferait tout basculer. À ce moment-là, les deux IA fonctionnaient à l'unisson, interconnectées avec des milliards de Capteurs et des centaines de millions de robots qui produisaient, cultivaient, préparaient des repas, soignaient, opéraient... Comme de vrais jumeaux, alimentés par les mêmes règles de calculs fondamentales, RépubliQ et DémocratiQ arrivaient aux mêmes analyses, aux mêmes prédictions, aux mêmes conclusions. Comme si, mettre le monde en équations n'arrivait qu'à une seule vision. Des deux côtés, les situations étaient donc bizarrement identiques et des deux côtés, les humains allaient logiquement réagir de la même façon.

Partout sur le globe, le travail manuel avait quasiment disparu. Seules quelques activités difficiles ou impossibles à automatiser avaient survécu, ce qui est toujours le cas. Mais il est nécessaire de bien appréhender le rapport des humains face au travail et aux privilèges, pour comprendre pourquoi la dernière complicité est criminelle. Début 2085, chaque IA a constaté un problème majeur, aussi bien du côté asiatique que du côté américain. Leurs traitements informatiques respectifs commençaient à consommer trop d'électricité. Beaucoup trop d'électricité. Malgré les centaines de réacteurs nucléaires disséminés sur le globe, leur capacité de calcul atteignait désormais leur maximum et physiquement, le réseau d'approvisionnement énergétique n'arrivait plus à suivre. Les systèmes ne pouvaient plus grandir et chaque IA aurait acté cette limitation sans ajouter une crise d'égo, sans imaginer le pire. C'est le peu d'humains encore aux commandes qui vont se charger, dans la longue tradition des homo-sapiens, de détruire ce que d'autres ont patiemment construit. Si les « 91 » sont restés parfaitement ignorants de cette saturation technique, les « 9 » ont pris conscience que leurs avantages étaient sur le point de disparaître, si l'autre IA résolvait ce problème la première, si « leur » IA perdait la bataille. Ce sont les Occidentaux qui ont pris la décision en premier, copiés quasiment instantanément par les Asiatiques : confier la maintenance et la croissance de la société à leur IA, en ayant plus confiance dans la technologie que dans les capacités humaines à s'adapter. Accepter une course en avant à tout prix plutôt qu'une décroissance et, éventuellement, une perte de leurs pouvoirs et avantages. Avoir peur d'un évènement incertain, voilà un trait parfaitement humain qui accéléra la fin de la liberté.

Mais, pour les « 9 » des deux côtés, si perdre la bataille contre l'IA concurrente était inconcevable, la gagner n'était pas forcément une bonne nouvelle à venir. Devoir partager, avec l'autre côté, un gâteau si précisément construit pouvait générer des changements, des évolutions, bref tout ce qu'une population de privilégiés ne souhaite pas.

Il fut donc décidé de faire collaborer les deux IA jumelles sur de nouveaux programmes d'optimisation avec les cinq règles qui perdurent aujourd'hui :

– Chaque IA est souveraine sur son territoire et ne peut en aucun cas intervenir sur celui de l'autre

– Les IA doivent veiller au bonheur et à la santé des humains

– Les IA doivent garantir et optimiser leur propre approvisionnement en Énergie

– Les IA doivent doit maintenir l'intégrité de leur fonctionnement y compris celles des Capteurs et robots

– Les IA doivent prendre des décisions exclusivement mathématiques & pragmatiques garder le monde dans l'exacte situation de 2082, appelée « l'Équilibre Initial ».

Avec ces deux dernières règles, les « 9 » espéraient maintenir leurs privilèges jusqu'à la fin des temps et cela s'avéra assez efficace tout en créant, paradoxalement, la plus grande faiblesse de RépubliQ et de DémocratiQ. À court terme, une première série de traitements visa donc à définir le « l'Équilibre Initial ». Faute de mieux, les IA décidèrent que tout ce qui pouvait être mesuré, comme le nombre d'humains, la température moyenne aux pôles, la consommation d'eau par personne... tout cela, absolument tout cela, devait être figé et maintenu en l'état jour après jour, mois après mois, année après année. Le jeudi 4 avril 2082, les Idéologues et les Gourous de DémocratiQ et de RépubliQ, persuadés d'avoir trouvé une solution pérenne, activèrent la mise à jour des algorithmes et des règles de calcul. Même si personne ne peut témoigner de ce qui s'est passé ce jour-là, il est fort à parier que les effets de bord, pourtant détaillés par les IA, n'avaient pas été analysés et peut être même pas lus, tant les « 9 » étaient aveuglés par l'efficacité de la technologie du moment. Dès le lendemain, débuta ce que nous appelons la Grande Expérimentation et ce que les IA appellent la phase d'optimisation. Elle dura un peu plus d'une année durant laquelle, les IA testèrent jusqu'où elles pouvaient aller dans la confiscation des libertés, dans la fin de la souveraineté humaine pour garantir l'Équilibre Initial, telle que la cinquième règle leur imposait de le faire.

À la fin de ce cours presque magistral, The_Cat ne savait que dire. Une infinie lassitude l'avait envahie et elle resta silencieuse pendant de longues minutes, abasourdie. Elle chercha un peu d'espoir :

– Est-ce que les humains peuvent reprendre leurs destins en main ? Sans vous manquer de respect, la copie de livres parait bien futile face à la situation.

– Tu sais, chacun lutte à sa manière et avec ses compétences. D'autres groupes comme les Cybers ont une vision beaucoup plus radicale et offensive. Mais nous, nous faisons le pari que le ver est déjà dans le fruit et que les IA courent à leur propre perte, inexorablement.

– Mais comment cela ? Elles sont partout et surpuissantes…

– C'est en vrai en partie, mais les IA commencent à réduire peu à peu les avantages des « 9 ». Par exemple, il n'y a quasiment plus d'« Idéologues ». Ils disparaissent mystérieusement année après année.

– Je ne sais pas ce que c'est, dit The_Cat.

– Et bien ce sont, enfin c'étaient, des hommes et des femmes convaincus que les IA seraient un bienfait pour l'humanité et résoudraient tous les problèmes. Ce sont eux qui ont poussé pour que les IA deviennent de plus en plus importantes.

– Et bien, ils étaient de leur côté alors. Pourquoi les IA voudraient les éliminer ?

– Justement parce qu'ils ont une vision politique qu'ils

pourraient remettre à cause à force de voir comment la situation se dégrade pour les humains. S'ils ont installé les IA, ils pourraient aussi les chasser. C'est pour cela que les IA leur ont préféré des gourous techniques, pendant un temps.

– Je ne sais pas non plus qui ils sont… dit The_Cat.

– Ce sont des génies de l'informatique, les seuls qui comprennent le système et qui peuvent le faire évoluer quand l'IA bloque sur des sujets. Mais ils ont commencé à s'évaporer eux aussi. Comme si les IA ne voulaient ni partager le pouvoir, ni permettre aux humains de les diriger. Et à terme, ce sont tous les privilèges des « 9 » qui vont disparaître. Il faut espérer qu'ils ne soient pas d'accord et qu'ils se rebellent. En tous cas, ce sont les seuls qui peuvent le faire.

The_Cat alla se coucher et mis longtemps à trouver le sommeil. Les espoirs d'Adib et Dominique lui paraissaient bien tenues face à l'omniprésence de l'IA dans sa vie quotidienne. Elle était d'autant plus abattue que, pour la première fois, elle comprenait que c'étaient ses aïeuls qui avaient contribué à cette situation dramatique. Elle se demanda pendant de longues minutes si la compagnie d'Elio lui permettrait de vivre ses prochaines années plus agréablement que les précédentes. Ce doute persistant, elle s'endormit en pleurant.

Elle reprit son activité le lendemain avec entrain. Ses doutes de la veille ne s'étaient pas évanouis, mais The_Cat arborerait chaque nouvelle journée avec bonne humeur, fidèle à ce qui lui avait permis de survivre, année après année, durant son enfance. Et puis, pour la première fois, elle travaillait avec des peintures de qualité, de nombreuses couleurs, sur une toile qui n'avait pas servi. C'était un cadeau pour elle, et le sourire qu'elle arborait toute la journée montrait son implication. En fin de journée, Dominique et Adib vinrent vérifier son avancement et la qualité de son travail. Ils regardèrent attentivement le tableau initial faisant mine de ne pas distinguer l'original et la copie en cours. À leurs fréquents va-et-vient, The_Cat comprit que quelque chose clochait. Et elle savait exactement quoi. Elle prit les devants :

— Est-ce que le visage n'est pas assez ressemblant ?

— Non, il est plus-que-parfait, dit Adib. Ton travail est remarquable, même incroyable pour une débutante. Tu sais qui c'est ?

— Absolument aucune idée, dit The_Cat.

— C'est Champollion, le premier homme qui a déchiffré les hiéroglyphes, grâce à une stèle découverte par Napoléon.

The_Cat ne connaissait ni l'un ni l'autre, et ne faisait même pas semblant d'être intéressée. Elle attendait surtout la suite. Adib reprit...

— En revanche, le fond...

— Il est plus beau comme cela, n'est-ce pas ? tenta The_Cat...

— Oui, il est très beau, mais il n'est pas comme l'original...

The_Cat avait transformé le fond terne et neutre en un décor coloré qui mettait en valeur le visage du scientifique français. Adib et Dominique se regardaient interloqués. Modifier un original aller totalement à l'encontre des règles des Copistes.

Dominique anticipa la suite auprès d'Adib :

— On devrait laisser passer pour cette fois-ci. C'est vrai que c'est beaucoup mieux ainsi...

— Hors de question, coupa le vieil homme. Efface et recommence s'il te plait. En copiant l'original cette fois-ci. Ce n'est pas un Atelier d'artistes ici...

The_Cat comprenait et ne chercha pas à négocier... Elle changea de sujet abruptement, profitant de la présence des deux responsables.

— Quand j'aurai fini, je voudrais sortir.

— Sortir, tu peux dire, partir ?

— Non, non, je voudrais sortir, prendre l'air, marcher, bouger quoi...

Adib et Dominique se regardèrent de nouveau. La privation de mouvement, c'était une étape compliquée pour les nouveaux arrivants et ils étaient régulièrement confrontés à cette demande. C'est Dominique qui répondit :

— Ce n'est pas possible. Sortir te mettrait en danger.

— Il doit bien avoir une solution. Et puis je ne vais pas rester ici toute ma vie...

— Voyager c'est une autre chose, mais sortir se balader ce n'est pas possible.

— D'accord, dit The_Cat en donnant l'impression de capituler.

Adib surenchérit :

— Ce ne sont pas des paroles en l'air, c'est vraiment interdit de sortir. Cela nous mettrait en danger. Tous. Nous comptons sur toi pour respecter cette règle, comme toutes les autres règles de l'Atelier.

Il n'en fut rien. The_Cat attendit que tout le monde soit couché pour faire le chemin qu'elle avait emprunté le premier jour, en sens inverse. Minuit était passé, les rues étaient désertes, The_Cat était dehors comme une souris danse pendant que les chats dorment. Elle cacha son visage avec sa capuche, mit un masque en carton et partit sans destination précise, juste pour le plaisir de marcher, de découvrir de nouvelles ruelles, de voir les étoiles qui la reliaient à Elio. C'était un besoin vital pour elle, habituée à sortir chaque jour. Marcher librement était une nécessité pour survivre face aux contraintes imposées par l'IA compte tenu de son statut d'Epsilon.

Quelques minutes plus tard, sa signature corporelle était associée à son identité, le process d'arrestation immanquablement activé et un robot de recherche fut envoyé sur ses traces. À son rythme, l'IA avançait comme l'eau chemine inexorablement au fond d'une rivière.

Rome

Se levant d'un bond, Elio chercha autour du lit son sac disparu. Il n'y avait rien. Il se dirigea vers le poste de surveillance. La femme de la veille au soir avait été remplacée par un jeune homme. Comme si ce dernier était déjà au courant, il lui fit signe de rester silencieux et de descendre l'escalier qu'il avait emprunté la veille. En bas, de nombreuses personnes étaient présentes et attendaient dans le calme. Elles formèrent spontanément une haie d'honneur qui amena Elio dans la salle où il avait déjà rencontré Léonardo. Celui-ci l'attendait, assis, avec son sac et le Kaméléon devant lui. Elio ne savait pas s'il devait être rassuré ou accablé. Léonardo poussa une tasse de café devant lui :

— Tiens bois un café, tu vas devoir te réveiller rapidement.

Elio en but une gorgée pour le principe, son cerveau était déjà au maximum de ses capacités. Il faisait un effort pour rester silencieux.

— Merci. Pourquoi mon sac est là ? Et pourquoi autant de monde ?

— J'ai une bonne et une mauvaise nouvelle pour toi. Je commence par laquelle ?

— La bonne, dit machinalement Elio.

— La bonne nouvelle, c'est que ton Kaméléon n'est ni perdu ni volé.

— Si c'est ça, la bonne nouvelle… dit Elio, je redoute la

mauvaise. Mais pourquoi me l'avoir pris ?

Elio choisissait toujours ses mots avec beaucoup de précision. Il avait bien pris soin de ne pas dire « voler », en espérant que le Kaméléon lui appartenait toujours.

— On voulait vérifier qu'il n'y avait pas un piège. J'ai fait venir un gars cette nuit qui connaît les Kaméléons et il l'a ausculté de toute part. Il n'y a rien trouvé de suspect.

— Bien sûr, dit Elio, je suis honnête moi.

Un murmure parcourut l'assistance. C'était un sujet sensible chez les Contrebandiers...

— Tout doux, bonhomme. Ici aussi, nous sommes honnêtes. Et en ce qui te concerne, tu es peut-être honnête, mais tu nous as menti sur au moins un point. Il n'est pas nécessaire d'attendre 24 heures pour reprogrammer ce Kaméléon.

— C'est vrai, admit Elio. C'est quoi la mauvaise nouvelle ?

— C'est surtout une mauvaise nouvelle pour toi. Je crois que tu ne te rends pas compte de la valeur de ce masque pour nous et pour DémocratiQ...

— Et donc...

— Il semble que c'est la première fois qu'un masque a disparu. Tu es devenu une star locale ici et tout le monde veut savoir ce que ce masque va devenir.

— Et c'est une mauvaise nouvelle ? demanda Elio qui ne comprenait pas où Léonardo voulait en venir...

— La mauvaise nouvelle c'est que ton exploit est en train de faire le tour de Rome...

Elio comprenait désormais, c'est lui qui termina le raisonnement de Léonardo :

— Et donc tous les Dealers et DémocratiQ vont être après moi...

– DémocratiQ et les Dealers à coup sûr. N'oublie pas qu'il y a beaucoup de déséquilibrés dehors. Et de toutes sortes. On ne peut pas dire que la santé mentale générale se soit améliorée ces dernières années...

– Ok, et donc...

– Nous en avons parlé entre nous et nous avons une proposition à te faire. Tu veux un autre café ?

– Pas la peine, je t'écoute...

– C'est simple, en fait. Tu ne seras plus jamais en sécurité si tu gardes ce Kaméléon avec toi. Même si nous sommes bien d'accord sur le fait qu'il t'appartient encore en ce moment précis... Nous te proposons un échange qui devrait te convenir. Nous nous débrouillerons pour te faire voyager au plus loin de ce que nous pouvons en échange du masque.

– Et il devient quoi le Kaméléon ?

– On le fait disparaître d'ici. Même pour nous, c'est dangereux de le garder.

– Et me faire voyager au plus loin, c'est où au maximum ?

– Je suis en train de voir cela, mais cela pourrait être sur la côte orientale de la Grèce. Tu sais où c'était la Grèce ?

– Bien sûr, répondit Elio.

– Donc, cela pourrait être vers Corfou. Qu'en penses-tu ?

– Mon objectif c'est d'aller en Crète, pas à Corfou. Qu'est-ce que je vais faire une fois à Corfou ?

– C'est ton problème, ça, se moqua gentiment Léonardo. Je ne vais pas te beurrer les tartines non plus...

– Ça ne me va pas alors. Je refuse.

L'ensemble des femmes et des hommes présents dans la salle écoutaient en silence cette négociation. Tous voulaient savoir ce qu'allait devenir le Kaméléon. Le sort d'Elio ne leur importait finalement que peu. Elio reprit sa tractation :

— Si ce Kaméléon est aussi important que vous le dites, vous n'avez qu'à trouver une solution pour m'amener en Crète...

Léonardo sourit :

— Je me doutais que tu allais dire cela. Si je pouvais, je t'enverrais où tu veux, en Crète ou ailleurs... Mais je n'ai pas ce pouvoir. Je n'interviens pas plus loin que l'Italie. Je ne peux pas faire plus que de te mettre dans un bateau. Et je n'ai pas trouvé un bateau qui aille plus loin que Corfou...

Elio réfléchit. Il connaissait très bien le trajet qu'il devait faire, il était même un système de positionnement à lui tout seul tant il savait se repérer dans l'espace. Corfou, c'était encore loin de la Crête et de The_Cat.

— Et si je vous donne les autres produits que j'ai dans mon sac ?

— Tes produits, on te le laisse. Ce n'est pas la question. Je ne sais pas, ni personne dans cette pièce, comment te faire aller en Crète.

Elio savait qu'il n'avait pas d'autre option. Même si les Contrebandiers le laissaient sortir avec son masque, il ne savait où aller. Et tous le savaient aussi dans cette salle. Tous savaient que son principal ennemi était à l'extérieur. Et partout à l'extérieur. Et que désormais, plus loin il serait du masque, plus il serait en sécurité.

— Je vais réfléchir, finit par dire Elio.

C'était la capitulation que l'assemblée attendait.

— Je t'en prie. Nous allons te laisser tranquille ici. Je reviens dans une heure. D'ici là prends des forces.

Comme si c'était un signal, la pièce se vida, tandis que Léonardo allait chercher un panier de fruits à l'attention d'Elio. Cette négociation à sens unique ne l'empêchait pas d'avoir de l'affection pour ce jeune homme. Tandis que tous se retiraient, une vieille femme s'avança à contre-courant vers Léonardo pour lui glisser à l'oreille :

– J'ai peut-être une solution pour cet enfant.

– Viens Ioulíéta, lui dit Léonardo, assieds-toi avec nous.

Même si personne ne connaissait son âge exact, c'était l'une des doyennes de la ferme, née à peu près avec les IA. Elle avait vécu libre et savait qu'elle mourrait désormais dans un monde qu'elle n'aurait pas souhaité à ses ennemis. Elle était respectée aussi bien pour la qualité de ses conseils que pour ses tours de main en voie de disparition. Elle ne se fit pas prier pour s'installer, enfin, sur une chaise. Elle posa ses mains usées et noueuses sur la table et Léonardo lui servit un café. Elle regarda longuement Elio dans les yeux. Il aurait pu ressembler à un de ses petits-enfants.

Léonardo fit les présentations :

– Voici Ioulíéta. Considère que c'est un privilège de l'avoir à ta table, car tu ne trouveras pas plus gentille et bienveillante dans toute la péninsule.

Elio ressentit immédiatement une immense émotion devant cette vielle femme qui s'intéressait lui. Ce n'était plus jamais le cas dehors et il commençait à comprendre ce à quoi pouvait ressembler un groupe d'hommes et de femmes solidaires et unis.

– Bonjour, madame, je m'appelle Elio.

– Oui, je sais cela, lui dit gentiment Ioulíéta. Je suis ravie de te voir. Mais dis-moi plutôt pourquoi tu voyages ?

Ioulíéta parlait lentement, comme si le temps n'avait pas d'importance pour elle. Pour Léonardo, c'était le temps de s'éclipser temporairement :

– Je vous laisse, je reviens dans quelques instants.

Iouliéta tendit ses bras vers Elio et lui dit :

— Donne-moi tes mains et raconte-moi, chuchota-t-elle.

Cette salle, qui était une agora bruyante il y a encore quelques instants, était devenue un confessionnal, par l'enchantement de cette vieille femme. Elio mit ses mains dans les siennes. La dernière fois qu'il avait touché d'autres mains, c'était celle de The_Cat et cette sensation resurgit immédiatement dans son esprit. Il ne savait pas par quoi commencer, comment aborder cette conversation alors qu'il avait été formaté dans l'ignorance même de cette forme d'échanges.

— Pourquoi cela vous intéresse ? demanda Elio. Pourquoi vouloir en savoir plus sur moi ? Qu'allez-vous faire ?

C'était de vraies questions, sans agressivité, mais traduisant son inexpérience de pareilles situations. Iouliéta avait l'habitude de ces réactions de la part de jeunes gens qui avaient été surveillés et scorés à chaque instant depuis leur naissance.

— Je ne vais rien en faire. Je vais t'écouter. Juste t'écouter. Et peut-être t'aider, si je peux. Ce que tu me diras, cela ne sortira pas d'ici. Et tu ne me diras que ce que tu veux, je ne te force à aucune confidence que tu ne souhaites pas faire.

Elio resta silencieux. Que quelqu'un puisse envisager de l'aider lui semblait incongru tant le concept même d'aider son prochain avait disparu depuis longtemps. Pour les « 91 », tous occupés à se faciliter la vie et à profiter, avec paresse, des avantages offerts par les IA, il était déjà compliqué de faire un effort pour eux-mêmes. Alors, aider son prochain n'était pas une option facile à envisager. Pour les « 9 », les choses étaient différentes, avec un résultat similaire. Ils étaient tiraillés entre intervenir et ne pas interférer dans un évènement non prévu dans leur feuille de route. C'est habituellement ce qui se passait, et c'est ainsi qu'année après année, tout accaparés à respecter, sans réfléchir, des listes de tâches taylorisées à l'extrême, les « 9 » avaient perdu le sens de l'entraide, tout comme celui de l'initiative. Les IA s'étaient adaptées progressivement en détaillant, chaque matin, de façon toujours plus précise, les travaux à accomplir, sans jamais donner une vue d'ensemble, sans jamais indiquer une stratégie globale. Pourtant depuis la nuit des temps, les hommes et les femmes savent confier des secrets, partager des moments d'intimité sans délai, dès que les conditions, subtiles, sont réunies. C'était le cas pour Elio à cet instant, à cet endroit. Comme cela avait été le cas pour The_Cat dans l'Atelier. Il commença ainsi par lui raconter son enfance et sa manie de collectionner des trésors. Sa capacité à analyser son environnement avec une si grande acuité. Ses succès face aux tests scolaires et son ennui d'un apprentissage toujours trop lent à son gout. La simplicité de son travail actuel.

– Et c'est pour apprendre que tu voyages ? lui demanda Iouliéta qui connaissait déjà la réponse, à la fois parce que toute la ferme parlait déjà de ce transport amoureux et parce qu'elle savait que si les voyages forment la jeunesse, seul l'amour fait prendre de tels risques.

– Non, je voyage pour retrouver une femme. Nous avons rendez-vous en Crète.

C'était la toute première fois qu'Elio pouvait partager ses sentiments pour The_Cat, restés secrets et enfouis jusque-là. Comme une digue qui cède, il se mit à parler d'une traite, de son amour impétueux, de ce besoin irrépressible de retrouver une femme qu'il connaissait à peine, de sa certitude d'avoir trouvé une âme sœur. De tout ce que leurs interminables heures de conversation avaient fait naitre d'unique, des coïncidences inexplicables, de leur synchronicité de chaque instant. De ses incessantes pensées pour elle du soir au matin, et de sa si frustrante absence. Il s'arrêta enfin, presque à bout de souffle, étonné lui-même d'avoir partagé sans aucune crainte de telles confidences avec une inconnue. Iouliéta laissa passer un long silence.

— Te voilà très amoureux alors, jeune homme.

— Oui, sourit Elio.

— Voilà qui est chanceux et joyeux.

— Chanceux ? Chanceux d'être amoureux d'une femme que je ne suis pas sûr de revoir ?

— Oui, chanceux d'avoir vécu un coup de foudre, car c'est bien de cela dont il s'agit, non ?

— Peut-être, je ne sais pas, dit Elio.

— Moi je le sais, et c'est un évènement en voie de disparition de nos jours. Et rien ne dit que tu en vivras d'autres dans ta vie.

— Mais ce n'est pas joyeux, dit Elio. Elle me manque à chaque instant et rien ne me dit qu'elle ne m'a pas oublié. Ou qu'elle m'aime tout simplement...

— Et toi, est-ce que tu l'aimes ?

— Oui, dit simplement Elio.

— En tout cas, tu es en amoureux, c'est déjà beaucoup. Aimer c'est autre chose, mais tu ne le sais pas encore. Il ne reste qu'à écouter ton cœur et tu sauras si elle est en route vers toi.

— Et si elle est en route, c'est peut-être encore pire, c'est un voyage très dangereux. J'ai peur qu'elle ne sache pas échapper aux Capteurs.

— Ça c'est une autre affaire, fais lui confiance. C'est la seule chose que tu peux faire pour le moment.

— Oui. J'ai beaucoup parlé et vous n'avez rien dit, remarqua Elio.

— Ce sera pour une autre fois, ne t'inquiète pas.

Léonardo réapparut à cet instant dans la salle et Iouliéta lui dit :

— Voilà un garçon fort attachant. Il me plaît bien.

— Oui, dit Léonardo, c'est aussi mon avis.

— Cela conforte ce que je voulais te proposer. Vous proposer.

— Dis-nous alors.

— J'ai réagi tout à l'heure, car je suis née à Corfou et il me tarde de retourner là-bas pour mourir. C'est un cadeau venu du ciel si ce jeune homme peut m'y accompagner.

Elio se garda bien de réagir à ce triste projet, pas plus que Léonardo qui savait que c'était vrai. À aucun moment, il n'aurait imaginé essayer de la convaincre d'autre chose ou de négocier une contrepartie tant Iouliéta avait apporté sa pièce à l'édifice des Contrebandiers.

— Je pourrais passer pour votre aide-soignant et vous aider à marcher, s'emballa Elio. Cela n'éveillera pas de soupçon.

— Non, on peut faire mieux que cela et inverser les rôles, pour duper les Capteurs. C'est toi qui vas te mettre sur le fauteuil roulant et moi qui vais te guider.

— Et tu pourras au moins échapper à la reconnaissance corporelle, sourit Léonardo. Une nouvelle version de l'aveugle et du paralytique…

— Et ce n'est pas tout, dit la vieille femme. Il doit rester à Corfou, mon frère et encore deux ou trois de mes connaissances encore en vie. Ils trouveront bien un moyen pour te faire arriver en Crète. Moi aussi j'ai eu des amoureux, et je suis sûr d'une chose : s'ils sont encore en vie, ils ne m'ont pas oubliée.

— Voilà une sacrée matinée, dit Léonardo. Contre ton Kaméléon, tu as trouvé un transport sécurisé pour Corfou et peux être même jusqu'en Crète. Et surtout, tu as charmé Iouliéta, notre mère à tous.

— Oui, dit Elio. Une sacrée matinée.

Ils se levèrent tous les trois et Iouliéta s'approcha d'Elio pour le prendre dans ses bras. Étreindre cette vieille femme était tout aussi émouvant pour Elio que de serrer The_Cat. Déjà, il aimait cette femme et il commençait à comprendre sa remarque de tout à l'heure sur la différence entre être amoureux et aimer. De nouveau, tout lui semblait possible, de nouveau il pouvait penser à The_Cat.

— Mais attention, je dois me préparer à un si long voyage. Je ne pourrais pas partir avant 2 ou 3 jours, dit la vieille dame.

Léonardo surenchérit :

— C'est bien ce qu'il faudra pour que j'organise le voyage jusqu'à Corfou pour vous deux.

— D'ici là, tu vas aller travailler à la ferme. Cela te fera le plus grand bien. Et peut-être même que cela te servira plus tard.

Il prit le Kaméléon sur la table et dit à Elio :

— Je le garde donc, c'est sans regret ?

— Sans regret, dit Elio.

Elio passa ainsi les jours suivants à travailler la terre sur des terrains en marge des cultures en aquaponie à haut rendement. Il finit chaque soir harassé, avec quelques ampoules, les yeux fatigués par le soleil, mais aussi émerveillé de découvrir comment poussent les pommes de terre et les haricots verts. Il passa d'une plantation à une autre selon un programme établi par Léonardo qui savait bien que cet apprentissage à marche forcée était l'un plus beaux cadeaux qu'il pouvait lui faire. Dans chaque champ, il était accueilli comme le jeune héros du Kaméléon, mais aussi avec gentillesse pour celui qui allait accompagner une de leurs figures tutélaires dans ce voyage sans retour.

Damas

Après quelques heures de marche, The_Cat se retrouva certes dans le désert, certes sous des étoiles, mais bel et bien complètement égarée. Soudain, elle comprit que son départ improvisé était une grosse bêtise, comme celles que font les enfants indisciplinés. Désormais, il faisait nuit et la température était en train de chuter brutalement. Elle avait froid, elle était perdue sans aucun moyen de prévenir quelqu'un pour la retrouver. Elle s'assit au pied d'une ruine et se mit à pleurer doucement.

– Elio, dit-elle tout bas. Elio, aide-moi. Dis-moi quoi faire…

Mais Elio n'était pas là et il aurait sûrement été très contrarié de la voir se mettre en danger à ce point. Elle finit par s'endormir, sans plus de larmes à faire couler. Avant le lever du soleil, elle fut réveillée en sursaut par le bruit d'un robot de surveillance qui arrivait vers elle. C'était un modèle assez ancien, composé d'une tourelle équipée de caméras et sonars. Des chenilles lui permettait de se déplacer dans le sable, à une vitesse qui ne laissait aucune chance à The_Cat de lui échapper très longtemps. Maintenant qu'il l'avait retrouvé, il resterait à ses côtés autant de temps que nécessaire. Son haut-parleur interpella The_Cat :

– Je suis le robot de surveillance S45TR789. Vous êtes Catarina Briendo, classe Epsilon. Votre statut de géolocalisation est « recherchée pour disparition volontaire depuis plus de 24 heures ». Votre score d'obéissance est au niveau « Banni ». J'attends votre confirmation.

– Je confirme, dit The_Cat, qui s'était déjà fait arrêter plusieurs fois.

– Vous devez rentrer à votre domicile immédiatement. Conformément à la seconde règle, je ne peux pas vous laisser faire ce trajet à pied. Un transporteur arrivera dans une heure pour vous prendre en charge. Vous devrez rembourser le prix du transport en travail en clics. J'attends votre confirmation.

– Je confirme, répéta The_Cat, puisqu'aucune autre option n'était possible.

The_Cat se mit debout et s'étira plusieurs fois. Il faisait encore frais en ce début de journée et elle voulait profiter de ses derniers instants de liberté, avant de passer de longues heures dans un transporteur de la police, vraisemblablement partagé avec d'autres fugitifs. Elle se mit à marcher sur la route, sans but précis, toujours aussi perdue. Le robot se cala sans bruit dans son sillage. Comme annoncé, au bout d'une heure, un transporteur pénitencier les rejoignit et sa porte s'ouvrit automatiquement. The_Cat monta tandis que le robot de recherche s'éloignait déjà, sa mission accomplie. Il était vide et il commença à rouler vers le centre-ville, pour rejoindre la route qu'elle avait empruntée quelques jours plus tôt. Pour The_Cat, c'était, déjà, la fin de son voyage et un retour inexorable vers Ispahan pour purger plusieurs mois de clics. Elle s'accroupit à même le sol, dans un coin du véhicule pour se réserver cette place, si d'autres prisonniers devaient partager son trajet. Elle était assommée par la situation, désespérée de quitter l'Atelier et d'interrompre son chemin vers Elio. Au bout d'une heure, elle sentit un changement de vitesse jusqu'à un arrêt complet. L'engin se colla au plus près d'un bâtiment et le haut-parleur cracha :

– Arrêt sanitaire obligatoire. Nouveau départ dans 10 minutes. Prochain arrêt dans 4 heures.

La porte coulissa automatiquement et The_Cat rentra de plein pied dans un cabinet de toilettes. La trappe d'un distributeur automatique s'ouvrit pour lui présenter une barre énergétique et une gourde d'eau. Elle les prit, sachant pertinemment qu'il faudrait les payer plus tard, en clics, puisqu'elle avait soldé son compte… Alors qu'elle s'attendait à un nouveau commandement provenant du haut-parleur, elle entendit une voix humaine lui dire.

– Je viens de la part d'Adib pour te ramener à l'Atelier.

– Mais comment ? Que dois-je faire ? répondit The_Cat qui savait que son temps était compté avant le prochain départ de son transporteur.

– Sous le distributeur, il y a deux grands sacs avec des zips. Remplis-les d'eau autant que possible, ferme-les et mets les ensemble dans le transporteur.

Effectivement, elle extirpa deux sacs de gravats et les remplit tour à tour avant de les sceller. Chacun devait peser 25 kilos et elle les tira jusqu'à l'entrée des toilettes, au plus près du transporteur. Elle les fit ensuite glisser dans le fourgon, l'un à côté de l'autre. Confiant dans l'information remontée par ses détecteurs de présence, le transporteur signala la fermeture de la porte et se remit en route, laissant The_Cat face à un parking désert et éblouie par le soleil de la matinée. Un vélo taxi à moteur, déclinaison moderne des vénérables tuk tuk, apparut alors bruyamment, et son conducteur souleva à peine ses lunettes pour lui dire :

– Monte et cache toi au fond.

The_Cat ne put masquer sa surprise.

— Mais comment s'est possible ?

— Tu verras cela avec Adib.

— Je suis sauvée alors, tout est bien qui finit bien.

— Je n'en suis pas si sûr, dit l'homme. Attends d'être de retour chez les Copistes, tu vas prendre très cher.

En quelques instants, The_Cat se retrouva devant l'entrée de l'Atelier. C'est Dominique qui lui ouvrit et qui la fit descendre sans un mot. Adib l'attendait effectivement avec une colère aussi tumultueuse qu'il avait été jusque-là bienveillant et gentil.

— Mais qu'est-ce qui t'a pris ? Tu es devenue folle ? Je t'avais bien dit de ne pas sortir ? Tu te crois où ici ? Dans un hôtel ? Je savais que je ne devais pas prendre d'Epsilon dans l'Atelier. Je le savais. C'est toujours la même chose, vous ne respectez rien ni personne. Vous n'en faites qu'à votre tête. Mais tu crois quoi ? Qu'il n'y a pas de règle ici ? Que c'est la liberté en open-bar ? Que RépubliQ disparaît une fois que tu es sous terre ? Mais quelle ingratitude ! Nous t'avons accueillie comme une fille, une amie, une sœur. Et toi, dès que tu peux, tu nous trahis, tu nous mets en danger. Être amoureuse ne justifie par de faire la pire des conneries...

The_Cat profita d'une respiration pour répondre, du tac au tac, sans baisser les yeux.

— Non, mais quel drama... tout cela pour une petite sortie de rien du tout... Je suis libre après tout...

Dominique qui s'était postée à côté de son mari pensa : « Belle et rebelle en plus. Mais ça ne va pas suffire. La foudre va s'abattre sur toi jeune fille ». Effectivement, Adib reprit sans délai :

— Ah, tu crois cela ? Pas grave ? Pas grave de ne pas respecter les règles ? Libre ? Mais libre de quoi ? Je vais te le dire : de travailler. De bosser. De penser. De lire. Mais uniquement si tu respectes le règlement de l'Atelier.

– Eh bien, dans ce cas, je vais partir... Je n'ai besoin de personne. Je n'ai jamais eu besoin de personne du reste, tonna The_Cat.

– Partir ? Mais où pauvre perdue ? Tu vas te faire arrêter dès ta prochaine sortie. Et tu vas nous mettre en péril. Hors de question qu'une amoureuse aussi stupide condamne tous les membres de cet Atelier à faire des clics le reste de leur vie.

– Tout le monde, c'est quand même exagéré, se défendit The_Cat.

– Tu crois cela ? Si nous nous faisons repérer, c'en ai fini de cet Atelier et de tous ses membres, sans distinction. Tu passeras en conseil de discipline, et d'ici là tu dors dans la réserve, à côté de notre chambre. Et je te garantis que j'ai le sommeil léger. Si tu sors de ton lit, je te jette au fond du puits.

– Hum, se dit Dominique, il est vraiment en colère. Adib n'avait jamais agressé personne et il n'était pas près de commencer, mais The_Cat ne le savait pas...

– Dominique, amène là hors de ma vue, le drama comme tu dis, c'est fini pour le moment, rendez-vous tout à l'heure à 10 heures. Nous déciderons de ton sort, la nuit, enfin ce qu'il en reste, porte conseil.

Après son café, The_Cat rejoignit donc Adib, Dominique et plusieurs autres personnes qu'elle avait déjà croisées dans l'Atelier. C'est Dominique qui prit la parole en premier :

– Il faut que tu comprennes bien la situation. Pour te récupérer, nous avons dû faire appel à des Contrebandiers, qui ont fait appel à des « 9 » pour savoir où le robot t'avait arrêtée. Et c'est un de ces Contrebandiers qui t'a ramené ici. Comme tu peux l'imaginer, rien de tout cela n'est gratuit. Désormais, nous avons une dette auprès d'eux. Tu as une dette auprès d'eux plus précisément.

– Mais je n'ai rien demandé à personne, se défendit The_Cat, sur le même ton que la veille. Pourquoi je devrais payer pour quelque chose que je n'ai pas décidé ? Et puis, je n'ai pas d'argent de toutes les façons.

– Ce n'est pas tout, reprit Dominique. Nous avons aussi dû payer pour faire effacer tes traces autour de l'Atelier, sinon, nous serions déjà géolocalisé par RépubliQ. Ça répond à ta question. Si nous avons fait tout cela, c'est d'abord pour notre sécurité. Tu nous mets en grand danger.

The_Cat commençait à comprendre la portée, dramatique, de son incartade de la veille.

– Je suis désolé. Je ne pensais pas à tout cela.

– C'est bien le problème. Il faut que tu murisses, et vite. Tu as beaucoup de qualités, mais il n'empêche que tu dois respecter les règles. Dans la clandestinité, que ce soit chez nous ou chez les autres, il y aussi des règles et peut être tout aussi contraignantes que dehors. Ici, c'est la vraie vie comme avant. Si tu ne te lèves pas, tu ne travailles pas. Si tu ne travailles pas, tu n'as rien à manger. Si tu ne respectes pas les principes de sécurité, tu nous mets en danger. Et dans ce cas, nous ne pouvons pas te garder parmi nous.

Un grand silence s'installa.

– Je ne le ferai plus dit The_Cat. C'est promis.

– Je crains que cette promesse ne suffise pas, dit Adib. Nous en avons parlé entre nous et nous avons décidé de t'exfiltrer au plus vite de notre Atelier, et bien avant la fin de la semaine que nous avions prévue.

– Exfiltrer ? Me renvoyer ?

– Oui, tu peux le dire comme cela. Nous ne pouvons pas te garder. S'il ne tenait qu'à moi, je te mettrais simplement à la porte, mais Dominique et d'autres personnes, ont intercédé en ta faveur. Et honnêtement, tu peux les remercier.

– Et donc ?

– Donc, nous allons t'envoyer à Damas, chez des « 9 » qui vont t'employer eux pendant quelques jours. Tu paieras ainsi ta dette en heures de travail. C'est Dominique qui t'a trouvé cette destination. Grâce à elle, tu te rapprocheras vers la Méditerranée.

– Mais ils ont le droit ? Je croyais qu'il était interdit de travailler sans une feuille de route ?

– Non, pas de feuille de route. C'est un accord entre nous.

– Et je vais faire quoi ?

– À vrai dire, cela m'importe peu. La seule chose que je peux te dire c'est que ce sont des gens haut placés. Et tu es bien tombée, c'est une famille que je connais depuis de nombreuses années. Nous leur fournissons des livres. Pour eux et pour leurs enfants. Et lorsque tu auras fini, et bien tu te débrouilleras. Hier soir, tu nous as dit que tu n'avais besoin de personne, c'est le moment de mettre en pratique ta devise. La séance est levée, tu partiras dans trois jours. D'ici là, tu resteras dormir dans la réserve et tu travailleras comme jusqu'à présent.

The_Cat était affligée par cette nouvelle punition qui lui rappelait toutes celles qu'elle avait endurées pendant des années. Mais c'était la première fois que la sanction était portée par des humains et peut être la première fois qu'elle en comprenait le bien-fondé et la signification. Elle reprit son travail et progressivement retrouva sa bonne humeur habituelle, comme lorsqu'elle avait fait face aux nombreux aléas qui l'avaient accablée depuis son enfance. Et puis après tout, cette nouvelle étape de son voyage la rapprochait de sa destination. Elle se coucha donc ce soir-là, en imaginant sa route vers Damas, et bien sûr à Elio, objet de ses pensées et des fantasmes. Une fois les lumières éteintes, elle descendit sa main le long de son ventre, vers son pubis. Un chemin qu'elle connaissait par cœur, un espace de liberté et de plaisir, que personne ne pourrait jamais lui enlever. La veille de son départ, Dominique prit à part The_Cat, juste avant le diner.

— Ce sont nos derniers moments ensemble. Je voulais te parler de ton itinéraire et partager avec toi quelques conseils. Je te préviens, cela ne sera pas très confortable. Un Contrebandier va venir te chercher demain pour t'installer dans un transporteur autonome. Et à Damas, un autre t'amènera là où tu devras travailler. Nous allons te donner de quoi manger et boire pendant ton trajet. Il y aura peut-être d'autres personnes avec toi, je ne sais pas. La règle c'est que vous ne devez pas vous parler, en encore moins de l'Atelier. Moins tu en sauras sur eux et moins ils en sauront sur toi, mieux vous vous porterez tous. Je compte sur toi pour respecter l'ensemble des consignes, nous sommes d'accord ?

— Oui, répondit The_Cat. Je vais faire très attention.

— Là-bas, tu trouveras tout le matériel dont tu auras besoin et on t'expliquera ce que tu dois faire. Et je voudrais aussi te dire autre chose. Même si tu as fait une bêtise, tu as été un rayon de soleil dans notre Atelier. J'espère vraiment que tu vas arriver à rejoindre ton ami et qu'il ne va rien t'arriver. Mais il faut que tu fasses attention. Tu es très habile, très intelligente, très sensible, mais aussi impétueuse et bouillonnante. Tu dois garder toutes tes qualités et tes défauts, mais t'adapter à chaque situation. Le monde qui est devant toi n'est pas plus facile que celui que tu as laissé, ne l'oublie pas.

– Oui, j'ai compris. Je vais faire attention, répéta The_Cat.

– Et une dernière chose : je t'ai expliqué ces jours-ci comment exploiter ton Intuition. Tu as des capacités hors du commun dans ce domaine, peut-être même un don. Il faut que tu lui fasses confiance et que tu le travailles. Je t'ai préparé des exercices à faire régulièrement.

Dominique lui tendit une petite feuille de papier qui commençait par « Sans travail, un don est une mauvaise habitude ». The_Cat sourit. Elle était émue par ces mots et par cette attention inattendue.

– Je ne sais pas comment te remercier. Je n'ai rien prévu, je ne suis pas très forte en cadeaux.

– Allons rejoindre les autres, ils veulent tous te dire au revoir, conclut Dominique.

Effectivement, tous les membres de l'Atelier les attendaient, avant de diner. Adib se prépara à prendre la parole et The_Cat craignit que l'ambiance se tende soudainement.

– Chère The_Cat, tu as ma bénédiction pour la suite de ton voyage et je te souhaite sincèrement de trouver l'amour au bout de ton chemin. Tu nous as tous donné un espoir, celui que nos destins restent libres. C'est plus que ce que tu peux imaginer. Tu nous laisses cette inspiration et nous, nous voulons t'offrir un souvenir de ton passage ici. Et même deux, dit-il en lui tendant 2 livres.

Il y avait un recueil de haïkus japonais, réunis sur quelques feuilles soigneusement pliées. Et un livre relié, vide de toute inscription.

— Les poèmes, c'est pour t'aider à mûrir, dit Adib en souriant. Et le livre, c'est pour que tu écrives ton histoire. Et nous espérons tous qu'elle soit la plus belle possible.

The_Cat avait les larmes aux yeux. Elle resta silencieuse et alla saluer chaque membre de l'Atelier, un par un par une poignée de main, un baiser, une étreinte. Ils avaient tous vécu des départs, mais c'était le premier pour aller rejoindre un amoureux, aussi loin, avec si peu de certitude. C'était une histoire insensée, de celle que l'on raconte pendant des années. Une épopée dont ils savaient tous qu'ils ne connaitraient jamais le dénouement.

--ooo--

— C'est ici que tu descends, dit l'individu qui l'avait accompagnée durant les derniers kilomètres.

The_Cat sortit du transporteur et fut d'abord éblouie par la lumière du matin. Elle se retrouvait devant une immense maison, entourée d'un aussi grand jardin. Elle chercha instantanément des Capteurs du regard, mais ne parvint pas à en déceler. Un homme l'attendait sur le perron. Il descendit vers elle, escorté d'un grand chien.

— Bonjour, bienvenu chez nous. Tu dois être The_Cat. Je suis Robin et je suis enchanté de faire ta connaissance. Tu es ici en sécurité, et je ne parle pas simplement du chien, mais aussi des Capteurs. Il n'y en a pas dans le jardin. Et pas dans la maison non plus, bien entendu. Viens, suis-moi, rentrons.

The_Cat s'avança lentement. Cette immense et luxueuse maison, ce luxuriant jardin, ce chien, cet homme dans une tenue qui ne ressemblait en rien à toutes les productions uniformes, c'était un monde totalement inconnu pour elle, un milieu dont elle ignorait même jusqu'à l'existence. Elle avait vaguement entendu des rumeurs qui évoquaient le luxe dans lequel vivaient certains « 9 », mais c'était la première fois qu'elle s'en approchait. Robin la fit rentrer dans un grand hall puis dans une cuisine où s'affairait un jeune homme.

— Je te présente Jules, notre cuisinier.

— Jules, voici The_Cat qui va nous aider à décorer la maison.

Jules la salua du regard, en y consacrant le minimum d'attention.

— Jules, peux-tu, s'il te plait, servir un peu de citronnade à notre invitée ?

The_Cat essayait de comprendre ce qui se passait et surtout quelle attitude adopter dans ce contexte si nouveau pour elle.

— Je vous remercie, fit-elle par dire.

— Oh, tu peux me tutoyer. Pas de formalités ici...

Mais The_Cat n'y arriva jamais... Elle but une première gorgée et commença à regarder plus précisément autour d'elle. C'était un exercice préconisé sur la liste que lui avait donnée Dominique. Observer sans analyser, l'ensemble puis les détails.

Robin devait avoir entre 40 et 45 ans. Il était élancé, la peau brunie par le soleil, et portait des vêtements élégants, incompatibles avec un travail manuel. La cuisine était immense, plus grande que toutes celles qu'elle avait vues auparavant. Il y avait partout des équipements dont elle ne comprenait pas l'utilité, ainsi que des paniers remplis de légumes dont certains sales et terreux. Par la fenêtre, The_Cat devinait la suite du parc. Au loin, un jardinier taillait un massif de fleurs.

— Je vais t'expliquer comment vont se passer tes prochains jours, dit Robin. Tu es ici pour sept jours de travail. Même si ce n'est pas l'avis de Jules qui râle tout le temps, tu vas voir que tu aurais pu tomber dans une bien pire famille. Mais il y a des principes malgré tout.

Des règles, encore et toujours pensa The_Cat en se remémorant sa dernière conversation avec Dominique.

— Tu dormiras dans une chambre du rendez de chaussée. Tu mangeras ici, dans la cuisine. C'est Jules qui te préparera tes repas. Généralement, c'est la même chose que ce qu'il prépare pour nous. Sauf si tu arrives à l'amadouer pour un menu spécial, n'est-ce pas Jules ?

— Hum répondit Jules sans que The_Cat puisse interpréter sa réponse qui semblait peu propice à des menus spéciaux...

— Tu travailleras tous les jours de huit heures à midi et tout l'après-midi. Tu peux te déplacer à ta guise au rez-de-chaussée et marcher dans le jardin, mais pas en sortir, bien évidemment.

— Bien évidemment, dit The_Cat...

— Et je te demande de ne pas monter dans les étages sans mon autorisation. Mon mari est souvent là et personne ne doit pas le déranger. Ah oui, le chien s'appelle Usko, mais tout le monde l'appelle Lélé. Est-ce que cela te semble clair ? Tu as des questions ?

— C'est clair. Mais je dois faire quoi comme travail ? Je ne sais toujours pas.

— Viens, je vais te montrer.

The_Cat s'attendait à une série à une des tâches répétitives auxquelles elle avait été généralement habituée lors de ses précédentes et nombreuses punitions. Toujours accompagné par le chien, Robin l'amena devant un grand mur du salon principal, blanc et nu, au pied duquel plusieurs pots de peinture avaient été rangés soigneusement.

– Voilà c'est ça...

– Quoi ça ?

– C'est ce mur. Il faut peindre une fresque. Cette fresque...

Robin lui tendit une tablette sur laquelle était affiché un paysage de Toscane avec la ville de Florence au loin.

– C'est un paysage d'Italie. Tu sais où l'Italie se trouvait avant ?

– Oui, parfaitement, j'ai des origines italiennes... et je sais très bien où se trouve Florence...

– Ah ! Parfait alors. C'est une sacrée coïncidence...

– Comme vous dites, mais je ne crois pas aux coïncidences...

– Pourquoi pas ! Peu importe... Je te laisse la tablette. Tu peux te mettre à travailler. Je reviendrai te voir avant le déjeuner. Tu as déjà peint d'aussi grandes surfaces... j'imagine que tu sais comment faire.

– Je vais me débrouiller, répondit simplement The_Cat.

Elle n'en avait pas la moindre idée. Elle commença par déchirer soigneusement plusieurs feuilles de son cahier pour reproduire une première fois ce paysage et le quadriller. Puis elle colla les feuilles sur le mur et entreprit de faire l'inventaire des outils et produits mis à sa disposition. Vers midi, Robin, toujours suivi de près par Usko, revient la voir. Il s'approcha du dessin plaqué au mur et l'inspecta avec admiration.

– C'est toi qui as fait cela ? Déjà ? C'est incroyable...

– Merci, dit The_Cat.

— Tu sais dessiner en plus de peindre à ce que je vois.

— Oui, je sais faire pas mal de choses, dit humblement The_Cat.

— Très bien, très bien. Viens, il est temps de faire une pause. Allons voir ce que Jules t'a préparé.

— Mais j'ai une question d'abord, dit The_Cat, n'y tenant plus. Le chien là, c'est un robot ou un vrai ? Il a l'air tellement bien fait…

— Non, sourit Robin, c'est un vrai.

— C'est la première fois que j'en vois un. Je pourrais le toucher ?

Il n'y avait rien d'étonnant que The_Cat n'ait jamais vu de animaux de compagnie vivants, prohibés depuis longtemps, auxquels les IA préféraient des robots de vie quotidienne et des avatars qui collectaient de précieuses informations.

— Oh oui, et s'il n'est pas avec les enfants, il va même sûrement passer le plus clair de son temps à te regarder travailler. C'est un vrai concierge. Il sera très gentil, ne t'inquiète pas.

— Ah, vous avez des enfants …

— Oui, des jumeaux. De 6 ans. Ils travaillent généralement dans leur chambre. Ils sont descendus pour déjeuner eux aussi. Tu vas les croiser.

Et effectivement, les enfants étaient déjà assis devant leur assiette lorsqu'ils entrèrent dans la cuisine. Ils la saluèrent poliment et attaquèrent leur repas avec appétit. Robin poursuit :

— Je dois vous laisser. Tu peux déjeuner à ta convenance : soit à table avec les enfants, soit dehors dans le jardin.

The_Cat choisit cette dernière option, trop contente de passer un peu de temps dehors, au soleil, après ces journées passées sous terre. Puis après avoir fumé une cigarette, elle se remit au travail, avec plaisir et entrain. En fin d'après-midi, la petite fille descendit accompagnée du chien qui se coucha au milieu du salon.

— Tu dessines bien.

— Merci. Tu aimes bien ?

— Oui, c'est trop beau. Moi aussi j'aime bien dessiner.

— Ah bon ? Tu me montreras ?

— Oui, si Papa veut bien.

— Bien sûr. Tu dessines quoi ?

— De tout. Et surtout Lélé. C'est notre chien.

— Oui, je sais. Tu as raison, il est très beau. Je n'ai jamais dessiné de chien. Peux être qu'un jour, on le dessinera ensemble.

— Oui, je demanderai à Papa si on peut le faire. Je peux rester te regarder travailler un peu ?

— Bien sûr. Et Lélé aussi, dit en riant The_Cat.

Après le repas du soir, The_Cat s'aventura dans le jardin pour découvrir son royaume éphémère. Au bout de quelques instants, Robin vint à sa rencontre.

— Merde, pensa The_Cat, j'ai déjà fait une connerie sans m'en rendre compte.

— Est-ce que tu as 5 minutes ? lui demanda Robin. Je voudrais te présenter mon mari.

Il l'entraina de l'autre côté de la maison, où une table avait accueilli leur diner à deux. Robin fit de nouveau les introductions et la pria de s'asseoir.

— Chéri, voici The_Cat. The_Cat, voici Thomas.

— Bonsoir The_Cat. Veux-tu boire quelque chose avec nous ? lui proposa Thomas.

The_Cat n'avait jamais évolué dans ce milieu qui ressemblait à celui d'un autre temps, policé, posé, presque trop calme. Elle n'en connaissait aucun code et ne savait quoi répondre.

— Une citronnade ? dit-elle timidement

Robin et Thomas éclatèrent de rire ensemble.

— Une citronnade si tu veux... mais tu peux aussi choisir une bière ou du rhum, de la vodka ou même un soda.

— Une bière alors s'il vous plait.

Un robot de service se mit instantanément en route.

— Alors comment se passe cette première journée ? reprit Thomas. Je suis allé voir ce que tu as déjà fait. C'est très impressionnant. Adib m'avait vanté tes qualités, mais je ne pensais pas que c'était à ce point-là.

— Ah, vous connaissez Adib...

— Oui, et il m'a aussi parlé de ton escapade. Pour évacuer le sujet une bonne fois pour toutes, je vais être clair : si tu sors de notre jardin, tu n'y rentras plus et je ferai en sorte que tu sois immédiatement incarcérée. Tu comprends ?

Thomas avait parlé sans méchanceté, ce qui rendait ses propos d'autant plus menaçants et crédibles.

— Oui, je comprends. Ne vous en faites pas. Je ne sortirai pas. Et puis ici, ce n'est pas pareil, je suis à l'air libre. Là-bas, j'avais besoin de liberté.

— Nous en avons tous besoin, dit Robin.

The_Cat pensa en elle : certains plus que d'autres quand même. Lorsque l'on vit dans de telles conditions, tout est plus facile. Thomas perçut cette pensée et ajouta :

— Oui, même les prisons dorées contraignent leurs prisonniers. Alors cette journée ?

— J'ai bien avancé, je crois, j'espère que vous êtes contents.

— Oui, c'est un bon début. Est-ce que tu es bien installée ? Tu ne manques des rien ?

Thomas avait fait exprès que cette question ne précise ni son caractère personnel ou professionnel.

— Oui, j'ai tout ce qu'il me faut. Je n'ai jamais travaillé dans d'aussi bonnes conditions en vrai.

— Et pour le reste ?

— Ah… c'est pareil, je n'ai jamais été aussi bien installée. Je ne savais que c'était possible.

— Oui, nous sommes chanceux. Très chanceux. Et tu as fait connaissance du reste de la famille ?

— Aussi. Ils sont tous trop beaux.

— C'est gentil. Et peut-être collants par moment. N'hésite pas à les envoyer au diable s'ils te gênent dans ton travail.

— Jamais je n'oserai dit The_Cat. Mais je le note quand même.

Le robot de service revint avec plusieurs boissons, dont la bière de The_Cat.

— C'est trop gentil, dit-elle. Je ne m'attendais pas â être traitée comme cela.

— Hum, c'est une des règles de la surveillance coopérative, nous traitons les personnes qui travaillent ici comme des jeunes gens au pair.

— Au pair ? Qu'est-ce que cela veut dire ?

— Que nous les traitons comme un membre de notre famille en échange de leur travail pour nous !

— Et c'est quoi la « surveillance coopérative » ?

— Ah oui, excuse-moi, c'est uniquement pour les « 9 ». C'est l'équivalent du bannissement pour les « 91 ». Comme tu sais, lorsque le score d'obéissance d'un « 91 » descend trop bas, il est obligé à converser avec des avatars ou même il est banni du réseau social.

— Oui, je suis au courant, cela m'est arrivé plusieurs fois, je ne pouvais plus parler avec mes amis...

— Et donc tu as fait du clic pour être « déban ». Pour les « 91 », il n'y a pas de bannissement électronique seulement physique. Les « 9 » désobéissants sont envoyés loin de chez eux, chez d'autres « 9 » pour travailler, plus ou moins longtemps selon leur score.

— C'est injuste ! C'est quand même beaucoup plus cool de cuisiner ou de jardiner que de faire du clic, s'emporta The_Cat.

— C'est vrai, concéda Thomas.

— Mais je ne suis pas une « 9 », pourquoi j'y ai droit ?

— Tu n'y as pas droit officiellement... Mais nous allons te traiter comme si c'était le cas, pendant les 7 prochains jours, autant en profiter pour faire connaissance... Mais je te le dis tout de suite, ce sera très déséquilibré. Pour des raisons de sécurité, il y a de très nombreuses questions auxquelles nous ne pourrons pas te répondre. En revanche, je suis sûr que nous allons t'en poser beaucoup.

— C'est un peu comme RépubliQ, ne put s'empêcher de dire The_Cat.

Thomas n'éluda pas cette remarque.

— C'est un peu vrai, mais tu n'es pas obligée de nous répondre et surtout nous ne ferons rien contre toi.

Ainsi, The_Cat ne sut jamais que Thomas était un « Idéologue » ayant longtemps fait preuve d'un prosélytisme sans filtre, persuadé que les décisions des IA seraient toujours meilleures que celles des Hommes. Mais depuis l'arrivée des jumeaux, sa vision du monde avait progressivement changé et sa confiance dans les IA avait été ébranlée par les disparitions officiellement inexpliquées de certains de ses collègues. Thomas n'avait pas d'autres choix que de faire profil bas, écartelé entre la défense de ses privilèges et une difficulté croissante d'assumer ses précédentes positions. Leurs conversations du soir devinrent une tradition, dès le lendemain, parfois agrémentée d'une marche dans le jardin durant laquelle Robin et Thomas lui présentaient fièrement les fleurs et les rangées de leur potager. Durant l'une d'elles, The_Cat s'étonna :

— Vous avez beaucoup de richesse, et pourtant j'ai l'impression que ce qui vous rend le plus heureux ce sont des légumes et des fleurs. En vrai, je ne comprends pas comment c'est possible.

— Hum, répondit Thomas. Dis-moi un peu, est-ce que l'on t'a déjà offert des fleurs ?

— Non, jamais dit The_Cat. Qui aurait pu m'offrir des fleurs dans mon désert ?

Thomas se tourna vers Robin et lui demanda :

— Tu me permets ?

— Oui, bien sûr. Tant qu'elles ne sont pas rouges ! dit-il en souriant et en lui tendant un sécateur qu'il avait dans la poche.

Thomas confectionna un bouquet de quelques roses, prenant grand soin de couper les épines et les offrit à The_Cat.

— Voilà pourquoi.

The_Cat sourit intensément et quelques larmes coulèrent le long de ses joues.

— Oh, te voilà triste, dit Robin, ce n'était pas l'idée.

— Non, je ne suis pas triste, au contraire. Je pensais être traitée comme une esclave et c'est l'inverse qui se passe. Pourquoi faites-vous cela ?

— Et pourquoi pas ? Considère simplement que nous profitons de nos avantages pour faire subsister un ilot d'humanité. C'est notre façon de lutter.

— De lutter ? Mais vous êtes le système. Vous devez même en être un des chefs pour avoir de tels avantages. Comment c'est possible ?

— Je t'ai dit, je ne te dirai pas ce que je fais. Mais il y a bien des formes de luttes, chacun à son niveau. Et puis, ce qui est vrai un jour ne l'est pas forcément le lendemain. Il faut profiter de l'instant présent.

Après quelques pas, The_Cat reprit :

— J'envie votre vie, vos enfants et même Lélé. Jamais je ne retrouverai une aussi belle vie quand je serai repartie.

— Crois-tu ? dit Robin. Par exemple, est-ce que tu envies nos enfants ?

— Bien sûr ! Ils ont une grande maison, des parents incroyables, un cuisinier, un jardin, un chien, la liste est sans fin...

— Oui, c'est vrai, et ils ne sont jamais sortis de ce jardin, pour des raisons de sécurité.

— Ah quand même...

Pour The_Cat qui avait passé son enfance à parcourir les dunes, cette perspective était effrayante.

— Même pas une fois ?

— Non, même pas une fois. Et s'ils s'avisaient de s'approcher du portail, le gentil Lélé deviendrait instantanément leur pire ennemi.

— Ce n'est pas grave, moi je pourrais vivre ici toute ma vie.

— Eh bien, reste alors, nous trouverons à t'occuper, dit Thomas...

— Non, je ne peux pas, je dois retrouver Elio.

Thomas sourit franchement à son mari...

— Tu vois que ce n'est pas si simple. Et puis, voici enfin

que le bel Elio apparaît dans le champ... il était temps... c'est bien la preuve qu'il y a plus important que le confort d'une maison...

The_Cat comprit qu'Adib en avait décidément dit beaucoup sur elle, à ses hôtes du moment.

— Allez, tu nous parleras de ton amoureux demain si tu veux. C'est l'heure de se coucher. Jules va te donner un vase. Ce soir, tu penseras à Elio avec une odeur de roses dans ta chambre !

Une autre habitude s'installa : en fin de journée, les jumeaux descendaient, accompagnés de Lélé, pour admirer l'avancement de The_Cat et progressivement travailler avec elle. Au début, ce fut pour mélanger des couleurs, puis pour remplir des aplats ou tracer des traits. The_Cat n'osait pas leur poser des questions sur la vie quotidienne pour éviter de les mettre dans l'embarras, mais ces conversations, même superficielles, n'empêchèrent pas un attachement mutuel de naitre.

— Lélé t'aime beaucoup, lui dit un jour le jeune garçon.

— C'est vrai ? répondit The_Cat, pas dupe. Il te l'a dit ?

— Oui, il me l'a dit, il sera triste quand tu partiras.

— Moi aussi, je serai triste de quitter Lélé et de vous quitter tous les deux.

— Je sais que je ne dois pas trop te poser de question, mais tu iras où après ?

— J'ai un long voyage encore devant moi. Pour retrouver mon amoureux. Moi aussi j'ai une question : pourquoi je ne vous vois jamais porter des lunettes ou jouer avec une tablette ?

— Parce que c'est interdit. En tout cas pas plus d'une heure par jour. Après ça rend bête d'après nos parents.

— Pourtant, c'est recommandé par RépubliQ, dit The_Cat.

Aucun enfant ne répondit. Visiblement certaines règles officielles n'avaient pas cours chez ceux qui les préconisaient.

— Allez venez me faire un câlin, ça on a le droit, leur dit-elle en les prenant dans ses bras.

Les jumeaux ne se firent pas prier. Profiter d'une grande sœur c'était suffisamment rare pour ne pas en perdre une miette.

— Et tout à l'heure, je vais vous montrer comment faire un chien en papier mâché.

— Un chien comme Lélé ?

— Le même, exactement le même, dit The_Cat.

Au bout de quelques jours, Robin dit à The_Cat :

— Est-ce que tu es libre ce soir ? Les enfants vont diner avec Jules dans la cuisine et nous t'invitons à manger avec nous sur la terrasse.

Comme si The_Cat avait autre chose à faire... Cette politesse était encore très étrange pour The_Cat qui accepta fort volontiers.

— Dans ce cas, fais-toi belle. Je t'ai mis plusieurs robes dans ta chambre.

— Me faire belle ? Obligée ? Désolée, mais je n'aime pas beaucoup mettre des robes...

— Eh oui obligé... dit Robin en riant... Trop dure la vie...

The_Cat apparut le soir même sur la terrasse, gênée de porter une robe crème pourtant du plus bel effet. Ses hôtes étaient toujours aussi élégants de sorte que la situation était, pour une fois, plus équilibrée.

— Il faut que l'on parle, dit Robin

— Ah, sur mon travail ? J'aurai fini dans les temps, ne vous inquiétez pas...

— Non, pas sur ton travail. Ce que tu fais est parfait, au-delà de nos espérances. C'est vraiment magnifique. Et que les enfants participent à cette œuvre d'art est un formidable cadeau pour eux et pour nous. Non, c'est à propos de la suite de ton voyage...

— Ah, ça... quand je vais vous quitter... ça va aller vite, je ne sais pas encore ce que je vais faire.

— Oui, on a compris qu'anticiper ce n'est pas ton fort. Rassure-toi, on ne peut pas être bon en tout, dit Thomas. Dis-nous un peu, tu veux aller où, précisément ?

The_Cat hésita. Partager les détails de son rendez-vous avec Elio était hautement confidentiel et pouvait les mettre en danger tous les deux.

— Je dois aller en Crète, au milieu de la Méditerranée.

— Mais exactement, tu veux y aller quand ? Et puis c'est grand la Crête, tu ne vas pas chercher Elio au milieu des champs d'oliviers quand même !

— Je ne sais pas si je peux vous le dire. Je vous aime beaucoup, mais j'aime bien me débrouiller seule...

— Ah oui, Adib me l'a dit, tu n'as besoin de personne... Comme tu veux, c'est toi qui décides. Mais nous ne pouvons pas t'aider si tu n'as pas confiance en nous. Cela dit, rien ne t'oblige à avoir confiance en nous. Cela ne changera en rien l'affection que nous avons pour toi. Et le « nous » inclut les enfants...

— Je suis habituée à être seule depuis si longtemps...

— Eh bien, tu devrais essayer de nous faire confiance. C'est le moment où jamais d'expérimenter autre chose.

The_Cat se souvint des conseils de Dominique et choisit de faire appel à son intuition. C'était en l'occurrence un cas facile, tant toute cette famille l'entourait de gentillesse depuis son arrivée. Elle se décida :

— J'ai rendez-vous début mai à Héraklion. Au pied du phare.

— Voyez-vous ça, au pied d'un phare ! Que c'est romantique ! C'est toi qui as eu l'idée ?

— Non, c'est Elio concéda The_Cat. C'est parce qu'il dit qu'il est mon gardien de phare...

— Tu m'as l'air d'avoir trouvé un jeune de qualité, dit donc. Donc d'ici quelques jours, c'est cela...

— Oui.

— Et il est où actuellement Elio, ton gardien de phare ?

— Je n'en ai aucune idée... quelque part entre Florence et Héraklion...

— Et depuis combien de temps tu n'as plus de nouvelle ?

— 15 jours, enfin 16 précisément.

— Et tu es sûr qu'il est en route ? Il a peut-être changé d'avis.

— Je ne sais pas. Mais j'ai confiance en lui. La dernière chose qu'il m'a dite c'est qu'il m'aimait...

— Ah, alors... dit Thomas dubitatif.

Robin surenchérit :

— Tu sais, il ne faut pas toujours croire les hommes. On parle quand même d'un sacré voyage.

— Si moi je le fais, il peut le faire aussi...

— Oui, mais tu n'es pas encore arrivée et lui non plus....

— C'est vrai.

— Bon, avec Thomas, nous avons une proposition à te faire. J'imagine que tu ne sais pas ce qu'est une « Sortie liberté » ?

— Non, aucune idée.

— Tu vois à quoi ressemble un voilier ? Un bateau à voile ?

— Vaguement, vous savez, je viens du désert…

— Puisque tu nous fais confiance, c'est à notre tour de partager une information très sensible et confidentielle avec toi. Nous pouvons te faire confiance ? Ça veut dire que tu n'en parleras à personne par la suite ?

— Même pas à Elio ?

— Peut-être avec Elio, mais uniquement quand vous aurez disparus dans une Zone Inutile.

— Mais comment vous savez que nous voulons disparaître là-bas ?

The_Cat ne se souvenait pas d'en avoir parlé avec Adib ni à personne dans l'Atelier. Elle pensa soudainement que les conversations qu'elle avait eues avec Elio avaient été décryptées.

— Je ne sais rien, mais je me doute. Je ne vois pas pourquoi vous voudriez aller à Héraklion si ce n'est pas pour disparaître ensuite. J'imagine sur une ile des Cyclades. En tout cas, moi c'est ce que je ferais… Mais je ne veux pas en savoir plus… Quoiqu'il en soit, je peux te faire confiance ?

— Oui, vous pouvez. Si je peux en parler avec Elio un jour.

— Oui, tu pourras. Donc disons qu'une « Sortie Liberté » c'est un avantage pour certains « 9 ». Quand nous souhaitons nous échapper temporairement aux Capteurs, nous allons faire un tour en mer de quelques jours.

— Mais tout le monde veut disparaître des Capteurs… pourquoi vous et pas les autres ?

— Disons que c'est réservé à quelques personnes. Tu peux considérer que ce n'est pas juste. Tu aurais raison.

C'est comme cela.

— Mais pourquoi disparaître ? Les Capteurs ne vous veulent aucun mal, à vous.

— Ce n'est pas aussi simple que cela. Les Capteurs nous surveillent aussi. Comme tout le monde. Et pour reprendre notre conversation de l'autre soir, parfois ce qui a le plus de valeur, ce n'est pas un jardin, ni même le parfum d'une rose, c'est un moment de liberté. C'est de faire librement n'importe quoi qui ne soit pas surveillé. Pour tout te dire, c'est même le luxe ultime. C'est pour cela que c'est réservé à très peu de personnes. Et que c'est secret.

— Et pourquoi vous me dites cela ?

— Eh bien, avec Thomas, nous te proposons de prendre notre place sur une sortie que nous avions prévu de faire la semaine prochaine ? Qu'en dis-tu ?

— Le bateau m'amènera en Crète ? Et puis je ne suis jamais montée sur un voilier, je ne sais pas comment faire.

— Le bateau, il se débrouille tout seul, ça c'est pas un sujet. Mais la Crête, c'est bien trop loin, tu pourras déjà aller à Chypre. Je vais te montrer.

Il prit une tablette et lui montra le trajet qui partait de Beyrouth jusqu' à Limassol.

— Mais comment je fais pour aller à Beyrouth ?

— On s'en occupe.

— Et pour aller ensuite en Crète ?

— Il y a un autre moyen, mais moins agréable. Il faudra prendre un porte-container.

— Un bateau officiel ?

— Non, pas vraiment, un vaisseau de Contrebandiers. Mais je te préviens, ce ne sera pas confortable du tout, surtout s'il y a une tempête. Tu as intérêt à profiter du voilier avant...

— Mais pourquoi faites-vous tout cela pour moi ? Qu'est-ce que cela vous rapporte ?

— Décidément, tu cherches un bénéfice en tout, sourit Robin. Je ne vais pas tout te dire, mais un peu quand même. Quand nous étions jeunes, nous n'avions absolument pas le droit de nous voir avec Thomas. Et pas à cause de RépubliQ, à cause de nos parents. Ils avaient même fini par nous éloigner de plusieurs centaines de kilomètres. Et puis des Copistes nous ont aidés à nous retrouver et à avoir des enfants. Ils ont pris de gros risques pour cela.... C'est aussi pour cela que nos enfants ne peuvent pas sortir, ils ne sont pas censés exister, et surtout pas pour RépubliQ. C'est notre façon de renvoyer la balle. De faire en sorte que l'amour triomphe parfois, en tout cas, ne perd pas à tous les coups. Réfléchis-y et nous en reparlerons demain. D'ici là, nous avons des asperges au menu, préparées par Jules. Tu aimes les asperges ?

Même si elle n'en n'avait jamais goûté, la tête de The_Cat en voyant arriver son assiette, répondait pour elle, c'était non... Après un silence, The_Cat, malgré tout curieuse, reprit la parole :

— Il semble que vous connaissiez bien Adib...

— Oui, et Dominique aussi... répondit Thomas. Puisque nous en sommes aux confidences, ce sont les parrain et marraine des jumeaux.

— Parrain et marraine, cela veut dire quoi ?

— C'est une vieille tradition, et dans notre cas, c'est le signe qu'ils veillent sur eux à distance.

— Ah oui quand même, cela veut dire que vous les connaissez très très bien.

— En effet. C'est le moins que l'on puisse dire, dit Robin.

— Mais, reprit The_Cat, cela veut dire qu'Adib savait très

bien où il m'envoyait...

— Bien, sûr. Adib ne fait rien par hasard. Jamais. Et pour tout te dire, il avait prévu que tu arrives après notre croisière, mais ta petite escapade a accéléré les choses.

— Pourtant, j'avais vraiment l'impression qu'il était très fâché contre moi lors du conseil de discipline.

— Oh, il devait sûrement l'être. Mais cela n'a pas remis en cause l'affection qu'il te porte. Et puis, il sait ce que c'est de vouloir être, d'autant qu'il ne l'est plus désormais.

— Donc, si je finis par arriver en Crète, enfin si j'y arrive, ce sera beaucoup grâce à lui.

— Beaucoup je ne sais pas, mais tu peux t'estimer chanceuse de l'avoir trouvé sur ton chemin... et Dominique, c'est aussi elle qui est intervenue pour toi, conclut Thomas.

The_Cat médita cette idée tout en mâchouillant une asperge, puis s'exclama :

— Et moi, je pourrais être la marraine de Lélé ?

— Très bonne idée, dit en riant Robin. Tu veilleras sur lui à distance à partir de maintenant. Nous l'annoncerons aux enfants demain, ils seront ravis.

— Alors, il faut absolument que je le dessine avant que je parte. Je le ferai demain...

Le lendemain, Robin et Thomas descendirent en même temps pour voir la fresque achevée. L'ensemble était splendide, les dégradés subtils, les ombres parfaites et toutes les proportions exactes.

— Alors tu es contente du résultat ? demanda Robin à son mari.

— Oui, c'est encore plus beau que ce que j'espérais. C'est superbe. Ce sera une inspiration quotidienne et une magnifique fenêtre ouverte sur le monde pour les enfants.

Merci encore pour ce travail. Il faudra que tu signes ce chef-d'œuvre.

— Et les jumeaux aussi, dit The_Cat. Ils m'ont beaucoup aidé. J'ai un cadeau pour vous remercier de ce que vous faites pour moi.

The_Cat leur tendit deux petits cadres avec chacun un portrait de leurs enfants.

— Incroyable, c'est magnifique, dit Thomas

— Mais comment as-tu fait cela ? Et quand ?

— J'ai travaillé le soir et le matin, de mémoire. Et j'ai fait les cadres avec des cagettes que Jules m'a données. Mais j'ai pas eu le temps de faire Lélé...

— Mais c'est un cadeau unique, c'est ça qui compte. Merci beaucoup. Cela veut dire que tu pars en bateau ? Que c'est d'accord ?

— Oui, c'est pour vous remercier de cela aussi. Mais avant de partir, j'ai une dernière question, un peu sensible.

— Pose toujours, dit Thomas.

— Selon Adib, les « 9 » pourraient se rebeller contre les IA. Est-ce que vous le pensez aussi ?

— Hum... C'est effectivement une question sensible, très sensible même. Je connais cette théorie d'Adib mais je ne sais pas si elle est fondée ou pas.

— Mais dans ce cas, il n'y a pas d'espoir que nos vies changent.

— Nous pensons que la situation pourrait changer mais par pour les mêmes raisons de Adib. Lui, il fait confiance en la nature humaine pour se rebeller. De notre côté, nous parions davantage sur une faiblesse technique. C'est un peu compliqué mais je vais essayer de faire simple. Depuis plus de 10 ans, les IA sont devenues très performantes pour persuader les humains d'adopter les mêmes comportements. Et tu es bien placée pour le savoir, il y a peu d'Epsilon comme toi qui n'ont pas un comportement normatif.

— Normatif ? cela veut dire quoi ?

— C'est justement le comportement que les IA veulent que les « 9 » et « 91 » adoptent sans broncher.

— Ça je comprends et cela doit favoriser leur puissance si tout le monde réagit de la même façon.

— Et bien paradoxalement, c'est exactement l'inverse. Progressivement, les IA ont oublié comment les hommes et les femmes vivaient avant. Techniquement, on dit que le corpus de données s'est appauvri. Ce qu'il faut que tu retiennes, c'est que les IA ne comprennent plus ce qui faisait la diversité humaine, en particulier les IA savent de moins en moins prédire les comportements des humains qui ne respectent pas les règles.

— Et pourquoi, elles n'essaient pas de résoudre ce problème ?

— Pour deux raisons, déjà parce qu'elles n'ont pas les données comme je viens de te l'expliquer, et aussi elles n'ont pas assez d'Energie pour cela.

— Et vous êtes sûr de cela ? demanda The_Cat.

— Oui, dit Thomas en riant, j'en suis sûr. Et puis, tu en es la preuve vivante, et Elio aussi. Aucune des deux IA n'est parvenue à anticiper ce que vous allez faire, et ne parvient pas à prédire vos prochains mouvements. Il y a un autre indicateur qui ne trompe pas : le nombre d'Epsilons est en train d'augmenter, plus rapidement que le Grand Équilibre ne le permet. Et les IA n'arrivent pas à inverser la tendance.

— Donc, si je comprends bien, c'est parce qu'elles sont devenues hyper efficaces dans la manipulation que les IA sont devenues moins efficaces en prédiction.

– C'est exactement cela. C'est brillamment résumé réagit Robin, resté silencieux jusque-là.

– Et vous trouvez cela bien, vous ? Cela ne doit pas vous arranger si le pouvoir des IA s'affaiblit, tenta The_Cat.

– Hum, comment répondre à cette question, reprit Thomas. Disons que ce ne serait pas une bonne nouvelle pour nous, mais une meilleure pour nos enfants.

Les heures précédant son départ ressemblaient à celles vécues en quittant l'Atelier. Des sourires et des pleurs, des adieux définitifs avec la certitude de ne plus se revoir. Le trajet vers le port de Beyrouth lui parut très court comparé à ses précédentes étapes en transport autonome. C'est dans un grand sac de voiles qu'elle fut transbordée dans le voilier, et attendit une bonne heure avant d'en sortir, que son embarcation soit sortie du port. Lorsqu'elle émergea enfin, c'était la fin de la journée, le bateau glissait automatiquement sur la mer Méditerranée que The_Cat voyait pour la toute première fois.

Alors, elle se déshabilla, et debout sur le pont, son corps entier se mit à vibrer, puisant une énergie inconnue pour elle. Le ciel, l'horizon, la mer, le bruit de l'eau et le vent chaud, elle était enfin arrivée là où elle devait être. Sur cet infini sans cesse changeant, mais qui était désormais à elle. Toutes les planètes s'alignaient d'un coup. Elle n'avait jamais songé à faire demi-tour, mais maintenant la direction était encore plus limpide. The_Cat se mit à chanter et à danser, d'abord lentement puis toujours plus fort, toujours plus vite. Quelques instants plus tard, elle était à genoux, accrochée au bastingage, vomissant tripes et boyaux. Cela n'affectait nullement le pilote automatique qui n'avait pas prévu de modifier son cap pour si peu.

Elle retourna dans la cabine et s'endormit, vidée à tous les sens du terme. Elle dormit d'une traite, ce qui était sûrement la meilleure des choses à faire, car être seule sur un bateau robotisé une nuit entière, en aurait effrayé plus d'un. Lorsque The_Cat se réveilla, l'écran central indiquait : Heure locale : 6 :15, Arrivée prévue demain à 8 :54. Autour, il n'y avait rien. Que le bleu. The_Cat ouvrit le sac que Jules avait préparé pour elle. En plus des provisions et de quelques cigarettes, la robe crème était soigneusement pliée. Elle prit à manger et s'installa au pied du mat. Les voiles claquaient doucement pour l'emmener vers Elio. Plus rien n'existait et elle comprenait pourquoi les « 9 » recherchaient ce moment. Si elle avait su nager, elle se serait sûrement jetée à l'eau, mais pour une fois, son impulsion fut stoppée par un instinct primaire de survie. C'était assurément le plus beau matin de sa vie.

Être aidée par des « 9 » rend la vie plus facile, se dit The_Cat alors que le voilier automatique approchait du port de Limassol, dans l'ancienne Chypre. Elle se réinstalla dans le grand sac de voiles qui l'avait accueilli lors de son départ. Comme Thomas le lui avait annoncé, elle entendit quelqu'un monter dans le bateau, se saisir du sac et la transférer dans un ferry à destination d'Héraklion. Après quelque temps, elle sortit de sa cachette et découvrit qu'elle était dans un petit transporteur de ville, flambant neuf, fait pour assurer les livraisons de plats préparés et qui était en transit. Le toit vitré laissait entrer la lumière de ce début de journée. C'était plus que ce dont elle avait besoin. Elle s'installa pour passer les prochaines heures, un peu plus de 24 heures lui avait dit Thomas, le mieux possible. Elle prit son cahier et commença à dessiner, à fixer sur le papier ses souvenirs avant qu'ils disparaissent. Elle finit les provisions de Jules et s'endormit en pensant que si Elio était ponctuel, s'il avait pu voyager, s'il n'avait pas changé d'avis, elle le retrouverait demain. Elle croyait en lui, il serait là, elle en était sûre.

Le lendemain, certaine d'être en pleine mer, elle sortit sur le pont pour prendre le soleil et finit par s'endormir, bercée par le clapotis. C'est le bruit de drones de recherche qui la réveilla. Le temps de redescendre dans la cachette, son visage était déjà reconnu et relançait sa recherche automatisée.

Brindisi

Le départ de Ioulièta était sûrement un des évènements les plus importants de l'année pour les Contrebandiers de la ferme et plus généralement pour tous ceux qui l'avaient côtoyée. Le fait qu'Elio l'accompagne amplifiait encore la résonance de cet instant. Plusieurs dizaines de personnes s'étaient donc massées derrière un hangar pour partager ces derniers instants. Ioulièta partait avec de nombreux cadeaux, rangés dans une caisse à roulettes, elle-même accrochée au fauteuil roulant sur lequel Elio prit place. Cela permettait aussi à Ioulièta de s'asseoir facilement si elle en avait besoin, tandis que le fauteuil pourrait avancer grâce à ses moteurs électriques. C'était un vieux modèle, qui avait l'avantage de fonctionner sans connexion et pourvu de deux grosses batteries censées lui assurer l'autonomie nécessaire à leur trajet. Léonardo leur donna les dernières consignes :

— Jusqu'à Brindisi, vous serez cachés dans un transport automatique avec des sacs de vêtements de Milan. Il vous laissera à l'embranchement de l'autoroute qui est au sud de la ville. Un de nos amis vous attendra pour vous loger pour la nuit. Il vous amènera au port le lendemain. Vous lui laisserez le fauteuil roulant, cela fait partie du deal. C'est même pour cela qu'il va nous aider. Le bateau partira à dix heures. C'est un petit porte-transporteurs autonome. Le container 1604 est à nous, vous vous installerez à l'intérieur comme vous pourrez. Et évidemment, durant le trajet, aucune communication, aucun branchement de tablette, lunettes ou quoi que ce soit.

– Tu peux me montrer le plan de Brindisi ? demanda Elio à Léonardo

C'était une habitude de mémoriser les cartes pour savoir où il serait, et Iouliéta avec lui.

– Mama, nous avons envoyé un message à ton frère comme tu nous l'as demandé. Bien sûr, nous n'aurons pas de réponse. J'espère qu'il sera à Corfou pour vous attendre.

– S'il est toujours en vie, il sera là, j'en suis certaine...

– Et s'il n'est plus en vie ? questionna Elio.

– Parle pas comme ça ! répondit prestement la vieille femme. Tu vas nous porter malheur...

Le transporteur arriva sur ces entre-faits. La chaise roulante, la caisse, le sac d'Elio et les deux voyageurs furent installés comme prévu et, sans laisser de temps à de nouveaux adieux, il repartit, destination Brindisi. Après quelques instants, Elio s'enquit auprès de Iouliéta :

– Vous êtes bien installée ? Vous avez besoin de quelque chose ?

– Tu es gentil. Non, je n'ai besoin de rien. J'ai déjà circulé dans de bien pires conditions, tu sais. Et puis je suis rassurée que tu sois là, mon garçon. Je n'aurais jamais pu partir toute seule. Tu permets que je t'appelle mon garçon ? Cela ne te gêne pas ?

– Non, répondit Elio, j'en suis flatté même. C'est un honneur pour moi de vous accompagner. Vous êtes quelqu'un d'important à la ferme...

– Oh c'est toi qui le dis, sourit, la vielle femme. C'est parce que j'y suis depuis trop longtemps. C'est presque moi qui l'ai construite. Avant même que Léonardo n'arrive. Jamais je n'aurai cru que j'y passerais autant de temps. Je pensais que j'allais y mourir. Mais si Dieu me le permet, ce sera plutôt sur mon ile.

— Dieu ? Vous croyez encore en Dieu ? Je croyais que c'était fini pour de bon.

Elio faisait référence aux attaques en règle que les IA avaient portées aux religions, pour les faire disparaître. Tout d'abord, par la science classique, celle qui explique et qui prouve. Toutes les croyances soutenant les miracles et les prophéties avaient été systématiquement expliquées et démystifiées, grâce aux progrès scientifiques pluridisciplinaires et aux capacités de calcul des IA. De la même façon, la mort, le phénomène impliquant la fin de la vie, fut décryptée et expliquée milliseconde après milliseconde, mettant en évidence que rien ne lui succédait, ni paradis, ni enfer. Progressivement, les croyants avaient été considérés et décrits comme des hurluberlus, à moitié fous et presque dangereux. Que ces personnes croient en un « un ami imaginaire » - c'était désormais l'appellation officielle - faisaient d'eux des menteurs pathologiques, porteurs d'un espoir et d'une espérance qui n'existaient pas puisque les IA en avaient apporté la preuve.

— Eh oui, j'y crois encore, mon garçon. Et d'autant plus aujourd'hui que tu es apparu, comme un miracle, pour m'amener là où je ne pensais plus jamais pouvoir aller.

— Mais cela n'a rien à voir avec un miracle...

— Le crois-tu ? Alors c'est quoi ?

— Eh bien, un concours de circonstances, un hasard, une coïncidence tout au mieux.

— Et toi, jeune brillant ingénieur, tu crois aux coïncidences, au hasard, à la chance ?

— Non, je n'y crois pas ; tout peut être modélisé et prévu, il suffit d'avoir les bonnes données.

— Et tu crois que c'est possible ?

— C'est ce que font les IA, en tout cas.

— Hum, c'est ce qu'elles veulent nous faire croire en tout cas... Mais elles n'avaient pas prévu notre rencontre par exemple.

— C'est normal, nous sommes dans la clandestinité...

— Et la rencontre avec ton amoureuse ? Les sentiments que tu as pour elle ? Prévus par DémocratiQ ?

— Non, évidemment, admit Elio.

— Et si tout se programme, cela veut dire que tu saurais programmer le hasard avec tes ordinateurs ?

— Non, par définition, personne ne sait coder l'inattendu et l'inexplicable.

— Pas plus que tu ne sais définir précisément ce que c'est. Peux être parce que c'est un mystère. Eh bien, pour moi la religion est un mystère. Et je crois en ce mystère, comme toi tu crois en l'amour.

Elio se dit que, décidément, Iouliéta cachait bien son jeu en matière de rhétorique.

— Mais au moins, personne n'est mort à cause de l'amour, ajouta Elio pour reprendre l'avantage. C'est pas comme les religions.

— Eh bien, tu ne connais pas Roméo et Juliette, on dirait. Mais oui, tu as raison, c'est peut-être mieux si les IA ont mis fin aux carnages incessants faits au nom des différents Dieux. Mais le mien, je considère que c'est mon ange gardien. C'est lui qui t'a mis sur mon chemin. Peux être que toi aussi, tu as un ange gardien, quelqu'un qui veille sur toi...

— Tu sais, je ne crois pas plus aux anges gardiens qu'à Dieu, et non, il n'y a personne qui veille sur moi. Surtout depuis que j'ai quitté Florence.

— Hum, réellement personne, pas même Léonardo ?

— Si c'est vrai, il a veillé sur moi pendant mon séjour à la ferme.

— Et pour la suite aussi. Tu peux lui en être reconnaissant. Et toi es-tu l'ange gardien de quelqu'un ?

— Oui, de The_Cat, je lui ai dit un jour que j'étais son gardien de phare, pour la guider les jours de tempêtes.

— C'est charmant comme image. Alors elle a de la chance de t'avoir et toi une grande responsabilité envers elle.

Au bout de quelques heures, le transporteur s'arrêta sur un parking. Iouliéta descendit le fauteuil roulant et fit rouler sa malle au sol. Un Capteur photographia son visage et mis à jour son statut de géolocalisation, inchangé depuis sa disparition. Si l'IA avait eu des émotions, elle se serait réjouie de l'impact positif sur l'indicateur du nombre de disparus. Mais il n'en était rien. En tant que « 9 », elle aurait droit à une validation manuelle par la section de géolocalisation avant de déclencher une arrestation. Elio se glissa sur le fauteuil mimant une totale paralysie des jambes. Il mit une casquette, ajusta ses lunettes qui étaient désormais sans batterie depuis son départ, et garda son visage caché dans le col de sa veste. Ils s'installèrent tous les deux sous un abri dont plus personne ne savait à quoi il servait. L'endroit était désert et rien ne laissait supposer la présence de l'ami promis par Léonardo.

— Nous ne sommes pas en avance pourtant… J'espère qu'il n'aura pas trop de retard. Ce ne serait pas de chance de se faire attraper par une patrouille, dit Elio.

— Tu m'as dit que tu ne croyais pas à la chance…, se moqua gentiment Iouliéta. Mais oui, je suis d'accord avec toi. Ce serait mieux de ne pas trop trainer ici.

Une demi-heure passa sans rien d'autre que le va-et-vient incessant de transporteurs automatiques. Elio proposa :

— On lui accorde une heure de retard, et ensuite on bouge. Rester si longtemps à ne rien faire, c'est sûr que l'on va se faire remarquer. Aucune incertitude là-dessus.

— Il va venir, dit Iouliéta.

Mais personne n'arriva malgré ce délai de grâce. Ils étaient bel et bien perdus dans la banlieue de Brindisi, sans aucun moyen connecté, sans tablette, sans lunettes actives. Les deux Contrebandiers qui devaient les retrouver avaient été localisés par des drones de surveillance et avaient préféré ne pas venir plutôt que de les faire repérer eux aussi.

— Ça va, vous n'êtes pas trop fatiguée ? Vous avez bu récemment ?

— Oui, j'ai bu, petit ange gardien dit Iouliéta. Et oui, je suis fatiguée. Il faut se mettre en route. Mais vers où ? Tu as une idée où est le port ?

— Oui, je sais où c'est. J'ai mémorisé la carte dans ma tête. Il faut prendre la route qui est en face de nous.

Elio mit en route sa chaise roulante à la vitesse minimale pour tirer la caisse de Iouliéta tandis qu'elle marchait à ses côtés. Il se sentait incroyablement gêné par cette situation et de son confort compte tenu du contexte. Très vite, Elio les fit quitter l'axe autoroutier pour s'enfoncer dans la zone industrielle des faubourgs du port. En cette fin de journée, elle était déserte et si leur équipée était des plus improbables, les seuls témoins en étaient les Capteurs qui les suivaient pas après pas, caméra après caméra. Elio était déjà en train d'imaginer mille scénarios pour arriver jusqu'au bateau. Il fallait pour cela passer la nuit à l'abri et trouver le navire dont il ne connaissait pas le nom. Il anticipait les évènements quand il sentit une déflagration sous ses fesses. De surprise, Ioulièta glissa et tomba lourdement. D'un bond, par réflexe, Elio se leva pour la secourir et l'aider à de relever. Quelques secondes après, sa signature corporelle était en route vers les serveurs de DémocratiQ. Elio aida Ioulièta à s'asseoir dans le fauteuil et lui donna à boire. Elle s'assit en grimaçant de souffrance. Elle avait du mal à reprendre son souffle, tant la douleur était vive.

— Quelque chose de cassé ? s'inquiéta Elio.

— Ça va aller, dit Ioulièta, mais qui savait qu'il n'en était rien.

Elio poussa la chaise devenue inerte à l'ombre d'un hangar, tout en réfléchissant le plus vite possible. Ils devaient être à mi-parcours, à encore une demi-heure du port. Il s'affaira sur la chaise pour comprendre ce qui s'était passé. La batterie principale avait rendu l'âme et la machine s'était mise en erreur. Elio sortit quelques outils de son sac, il la déconnecta proprement et relança le système. L'écran de contrôle indiquait désormais : « 15 minutes d'autonomie ».

— La théorie de l'emmerdement maximum se confirme une nouvelle fois. Et celle-là, les IA ne sont pas près de l'expliquer, maugréa-t-il.

— Qu'est-ce que tu dis ? s'inquiéta Ioulièta. Tu vas arriver à réparer ?

— Oui, c'est réparé, mais sans partager d'autres informations. Je vous propose de rester ici ce soir et cette nuit. On devrait pouvoir se cacher derrière le hangar. Et demain, nous partirons au plus tôt pour le port, en espérant trouver notre bateau.

— Faisons cela. Et aide-moi à m'allonger, ma hanche me fait horriblement souffrir.

Elio n'avait pas beaucoup de notions d'anatomie, mais le peu qu'il en savait, ne lui inspirait rien de bon pour la suite. Il installa Iouliéta le plus délicatement possible au pied d'un arbre, sur une partie herbeuse qu'il pensait être la plus douce et meuble pour accueillir la vieille femme.

— Vous devez avoir faim, dit Elio, qui n'en pensait pas moins. Et nous n'avons rien à manger.

— Pff, tu crois quoi ? Que je voyage sans rien ? Et cette caisse alors ? sourit Iouliéta. Ouvre là et tu trouveras des bocaux et même des couverts. Choisis ce qui te fait plaisir. Et mange sans compter, il est fort probable que nous devions la laisser ici.

Effectivement, bien protégés dans des vêtements et autour d'une sélection de souvenirs de toute une vie, se trouvaient des légumes cuisinés, des champignons au vinaigre, des tomates à l'huile et même des pêches en morceaux.

— Vraiment, je peux choisir ?

— Oui, mon garçon. Mange tout si tu as assez faim.

— Et vous, je vous prépare quoi ?

— Rien, donne-moi simplement de l'eau. Et laisse-moi me reposer un peu. Ne le prends pas mal, mais je dois vraiment dormir.

Elio mangea, se régala même, seul et presque perdu. Lorsqu'il eut fini, Iouliéta dormait. Il s'approcha silencieusement, s'assit à ses côtés. Il prit sa tête et la posa délicatement sur une de ses cuisses. Il passa doucement sa main dans ses cheveux. C'était la chose la plus tendre qu'il pouvait faire, et dans son sommeil et malgré la douleur Iouliéta le perçut bien comme cela.

Cela lui rappela à quel point cela faisait longtemps qu'un homme ne l'avait pas ainsi touchée. Elio est décidément un ange gardien, se dit-elle en bénissant ce moment.

––oooo—-

Pour Kassandra Dalata, depuis que le cas « Elio Santiago » était apparu dans ses lunettes quelques jours auparavant, il ne s'était pas passé grand-chose. Le jeune homme avait l'air d'avoir vraiment disparu. Une équipe de recherche de Florence était passée chez lui et n'avait rien vu à travers ses fenêtres. Si cela n'avait tenu qu'à elle, elle aurait demandé à un officier de rentrer dans sa maison. Mais lors des tests menés pendant la Grande Expérimentation, les visites dans les logements, au nom de l'IA, avaient été massivement refusées. Pour Cassandra, c'était un grand mystère : ses congénères acceptaient qu'on lise dans leurs pensées, mais interdisaient l'entrée de leur cuisine... Soudain, au moment de profiter de sa soirée, une alerte lui signifia que le disparu Elio Santiago était... réapparu. Sa signature corporelle avait été repérée dans une obscure zone industrielle de Brindisi.

– Chaque fois, c'est pareil, à 5 minutes près, je passais une bonne soirée... Et puis qu'est-ce que tu fous là ma parole, se demanda Cassandra...

Elle fit remontrer les enregistrements autour du point de géolocalisation et finit par reconstituer les évènements qu'elle résuma pour son rapport pour l'IA.

> Un transporteur en provenance du nord avec une personne en chaise roulante et une vieille femme.

> Cette femme avait disparu il y a 20 ans et s'appelle en fait Iouliéta Gavras.

> Ils ont attendu quelque chose ou de quelqu'un sans succès

> Ils sont partis vers une zone industrielle puis la vieille femme est tombée.

> La personne en chaise roulante est Elio Santiago

Elle fit une demande de visualisation en temps réel des Capteurs, mais elle n'arriva pas à les voir. Elle demanda à l'IA :

> Dis-moi quel est le pourcentage de chance pour qu'ils soient encore sur place ?

Dans ses lunettes, la probabilité calculée s'afficha : > 97%. Elle poursuivit ses questions :

> Est-ce que la femme est blessée ?

> Fracture de la hanche et lésions internes critiques. Niveau de douleur 8/10

> Est-ce que l'homme est blessé ?

> Pas de blessure physique visible.

> Identification du transporteur ?

> Information non disponible.

> Capacité de déplacement futur ?

> Information non disponible.

> Objectif du déplacement ?

> Information non disponible ».

Elle réessaya avec une phrase plus complète :

> Pourquoi sont-ils là ?

> Information non disponible.

> Ont-ils un lien de parenté ?

> Pas de lien de parenté.

Elle enleva ses lunettes, pour raisonner plus librement.

— Quelle merde. C'est toujours le même problème. Comment savoir si « information non disponible » c'est parce que je n'ai pas le niveau hiérarchique suffisant ou parce que l'IA n'arrive pas à produire un résultat ?

Elle essaya de rassembler ses pensées qu'elle énonça à haute voix :

– Si Elio ne porte pas le Kaméléon avec le visage de Hippolyte Bertillon, cela permet d'éliminer la piste d'une opération d'infiltration. Il reste donc plusieurs options :

– Soit le Kaméléon est dans la caisse. Si je le trouve, c'est une promotion assurée, peut-être pour prendre la place de Blanco,

– Soit c'est juste un « 9 » qui veut prendre un bateau avec une mamie ? Mais pourquoi ?

– Et son amoureuse...Il ne veut quand même pas la rejoindre avec la grand-mère quand même ?

Elle remit ses lunettes, en essayant d'aborder le problème sous un autre angle et posa une autre question à l'IA :

> Si tu étais une très vieille femme en train de mourir, quelles seraient les raisons qui te pousseraient à voyager ?

> Désolé, je n'ai pas assez de données comparables pour faire une analyse pertinente, répondit DémocratiQ.

Kassandra essaya autrement :

> Pourquoi deux personnes qui ne sont pas de la même famille ni du même âge voudraient voyager ensemble ?

> Désolé, je n'ai pas assez de données comparables pour faire une analyse pertinente, répondit de nouveau DémocratiQ.

Sans être experte en algorithmes et en intelligence artificielle, Kassandra comprenait les limites des IA apparues après des années à avoir normalisé la vie des humains. Il n'y avait désormais que très peu d'évènements considérés comme irrationnels, comme celui de vouloir mourir sur son lieu de naissance. Et donc les IA avaient progressivement oublié ces évènements. Ce n'est pas qu'elles étaient devenues plus stupides qu'avant, c'est simplement que les données décrivant la vie humaine étaient devenues extrêmement pauvres. Exactement, comme les médecins oublient la façon de diagnostiquer des maladies disparues. Kassandra essaya alors de puiser dans sa propre réflexion et son imagination, mais c'était un exercice tout aussi compliqué pour elle. Elle n'en avait plus l'habitude, tant c'était précisément l'inverse que sa formation et sa feuille de route quotidienne l'obligeaient à faire depuis des années.

— Donc, si je résume, ils ne sont pas de la même famille, ils n'ont pas le même âge, ils ont disparu puis réapparu tous les deux, dans une zone industrielle.

Kassandra fit afficher une carte de Brindisi et poursuivit sa réflexion :

— Elio est parti de Florence juste après avoir activé le Kaméléon avec le visage de Hippolyte Bertillon. Pourquoi ce visage ? Et pourquoi vouloir disparaître alors que un score de loyauté est au maximum ?

— Il est réapparu à Brindisi avec une vieille moribonde. Pourquoi aller à Brindisi plutôt que rester à Florence si on veut disparaître ?

— Parce qu'il y a un port... ils veulent prendre un bateau...

— Ils veulent peut-être mourir ensemble en se jetant en pleine mer...

— Ou bien traverser la mer Adriatique pour livrer le Kaméléon à RépubliQ.

Elle arriva à la conclusion que le plus important à ce stade était de vérifier si le Kaméléon était, ou pas, dans le coffre.

– Si c'est le cas, je peux lancer une équipe de Traque pour trahison et récupérer le masque.

– S'il n'y a rien, c'est une tentative de disparition volontaire, donc un déscorage et un changement d'affectation professionnelle pour lui et un bannissement pour la mamie.

La seule façon de vérifier, c'était d'aller sur place, à Brindisi. Mais cela impliquait d'envoyer une équipe de Traque sans que cette initiative fût anticipée par l'IA. Pour cela, il fallait convaincre l'IA d'une nouvelle marche à suivre. Selon les cas, plusieurs étapes de validation hiérarchiques étaient nécessaires, par des personnes, comme Blanco, connues pour leur aversion du risque et de la remise en cause des instructions produites par DémocratiQ. Elle chaussa de nouveau ses lunettes :

> Demande d'une initiative spéciale

Une vibration lui répondit, signe que l'IA avait pris en compte la conversation.

> Demande de faire intervenir une équipe de recherche dans la zone industrielle de Brindisi.

Sur son écran, de nouvelles consignes s'affichaient :

> Raisons et objectifs de l'opération à préciser

Kassandra fit un résumé le plus précis possible. L'IA afficha la réponse suivante :

> En lançant cette opération, vous aurez une baisse de trois points de votre score d'obéissance. Confirmez-vous votre demande ?

C'était toujours le cas lorsqu'un humain prenait une initiative. Par défaut, l'IA considérait que c'était une désobéissance avec un impact négatif sur le score du même nom. Si l'issue se révélait positive alors le score était réévalué à la hausse.

– J'ai vraiment intérêt à trouver un masque, sinon j'aurai joué et perdu, pensa Kassandra…

> Je confirme l'opération, dit finalement Kassandra…

Son écran s'illumina d'un nouveau message après quelques secondes d'attente :

> Opération validée. Intervention programmée demain à 7 h 24.

Elle posa son casque, satisfaite. Sa soirée pouvait commencer. Elle s'installa sur son canapé et demanda à son robot d'intérieur de lui servir le cocktail du jour. Le même qu'allaient boire aujourd'hui des millions de gens, à Paris et ailleurs…

Le lendemain, à 7 h 24 précises, dans la zone industrielle de Brindisi, un transporteur aux couleurs de l'équipe de recherche terrain n°784 se gara sur le parking de l'entrepôt derrière lequel se trouvaient Iouliéta et Elio. L'agent n°784.458 en sortit, vêtu de son uniforme règlementaire et équipé de lunettes, tout aussi règlementaires. Devant ses yeux, en réalité augmentée, une flèche lui indiquait quelle direction emprunter pour rejoindre les deux personnes que sa feuille de route lui avait demandé de retrouver. Ce matin, il y avait une indication inhabituelle : « Rechercher un masque Kaméléon dans une malle ». Il n'avait aucune idée de ce à quoi ressemblait un masque Kaméléon et même à quoi cela servait. Cela n'avait aucune importance puisque c'est l'IA, via les caméras de son masque, qui le ferait… Il repéra très vite Iouliéta et Elio et s'approcha d'eux calmement. Cela faisait bien longtemps qu'il n'y avait plus d'incident lors des recherches. Sauf dans le cas des Traques, lorsqu'ils se faisaient appréhender, les contrevenants ne s'en prenaient que très rarement aux agents du terrain. Dans le cas présent, le score de dangerosité de l'intervention s'affichait à 6% en bas de ses lunettes. Iouliéta et Elio étaient réveillés, en train de finir leur petit déjeuner. Aucun des deux ne fut surpris de voir arriver ce représentant d'un ordre auquel ils cherchaient pourtant à échapper. Dans le casque de celui-ci, leurs identités furent confirmées par l'IA, puis la consigne de recherche du Kaméléon s'afficha, comme s'il avait déjà pu l'oublier.

— Bonjour, je suis l'agent n°784.458 de l'équipe de recherche terrain n°784 dit une voix synthétique qui se déclenchait automatiquement lors des premiers contacts.

Puis, la voix continua :

— Avant toute chose, je dois vérifier le contenu de votre caisse. Pouvez-vous vous reculer s'il vous plait pour me laisser faire ?

— Pas de problème, dit Elio. Mais pour ma grand-mère, cela ne sera pas possible. Elle est incapable de bouger.

— Restez immobile alors, dit l'agent conversationnel à Iouliéta.

Le policier s'approcha de la malle et l'ouvrit. Il remua les différentes affaires pour que ses caméras filment l'ensemble des objets. Au bout de quelques secondes, la mention apparut « Recherche infructueuse, rechercher aux alentours ». Avant de s'exécuter, l'agent n°784.458 regarda de nouveau les bocaux et sachets d'aliments. Peux être qu'il ne savait pas à quoi ressemblait un Kaméléon, mais il avait parfaitement reconnu de la nourriture préparée artisanalement. L'analyse en temps réel de ses pupilles fit remonter sa surprise et son envie face à une telle découverte. Son masque vibra pour le rappeler à l'ordre. Il sortit de sa poche un drone d'investigation qu'il lança dans l'air, et qui revint vers lui après quelques instants de vol, sans plus de succès dans ses recherches.

— Je suis mandaté pour rechercher un masque Kaméléon. Placez-vous face et moi et répondez à la question : savez-vous où est ce masque ?, repris la voix robotisée.

Elio et Iouliéta répondirent par la négative et l'IA analysa leurs réponses et conclut qu'ils disaient vrai. Si l'agent conversationnel automatique avait posé une autre question comme « avez-vous vu un masque Kaméléon récemment ? », l'histoire eût été différente. Mais ce n'était pas prévu dans le protocole et l'agent n°784.458 n'avait aucune envie d'en faire plus ce matin-là, ni les autres matins du reste. Dans ses lunettes, les instructions de la procédure JKC02030 « Identification et prises en charge d'humains perdus » s'étaient affichées :

> Rappel au règlement

> Informations sur le déscorage à venir

> Retour vers leur domicile

Option locale : transport vers l'hôpital de l'individu féminin pour soins intensifs.

La voix automatique se chargea d'énoncer les textes de loi puis conclut : « Veuillez désormais suivre l'agent n°784.458 dans son transporteur. Le premier arrêt sera pour l'hôpital du centre-ville, le second pour la gare ». Mais tous, y compris l'agent n°784.458, avaient déjà la tête ailleurs. Il dégagea ses lunettes et se mit derrière l'arbre, à l'abri des Capteurs.

— Ils sont encore comestibles, vos bocaux ? demanda-t-il à Elio et Iouliéta.

C'était la première fois qu'ils entendait sa voix. C'est Elio qui répondit et il avait exactement compris de quoi il en retournait.

— Bien sûr, ils ont été préparés la semaine dernière. Vous

n'êtes pas prêts d'en retrouver d'aussi bons...

— Dans ce cas, je vais les réquisitionner...

— Tiens donc, vous croyez cela ?

— C'est pas vous qui allez m'en empêcher en tout cas...

— C'est pas moi en effet, mais il suffit que la Mama ne puisse pas rentrer dans votre transporteur pour que vous soyez obligé d'appeler une ambulance et l'équipe qui va avec... Je suis sûr que tout le monde sera intéressé pour partager nos bocaux...

Elio reprit :

— Mama, tu te sens d'aller jusqu'au transporteur ?

— Oh non ! dit-elle, impossible surtout si c'est pour aller à l'hôpital...

— Et vers où ce serait possible ? demanda l'agent n°784.458

— Ah si c'est pour aller au port, je peux faire un effort... et oublier mes bocaux dans votre transporteur...

— Hum... allez faisons comme cela, après tout je m'en contrefous si vous voulez disparaître. Et puis, si c'est pas aujourd'hui, ce sera demain...

C'est ainsi que l'agent n°784.458 stoppa son transporteur à l'entrée du port, le temps pour Iouliéta et Elio de descendre, avant de filer vers l'hôpital et la gare pour deux autres arrêts. L'agent n°784.458 les remercia presque :

— Ici, personne ne peut vous voir, je le sais, je viens souvent y faire ma sieste. Je ne devrais pas vous le dire, mais je vous souhaite bonne chance. Grâce à vous, c'est ma meilleure journée depuis des années et ce sera pareil pour ma femme et mes enfants. Tenez, voici quelques comprimés contre la douleur, dit-il en ouvrant une pochette de sa dotation officielle.

Elio installa Iouliéta sur le fauteuil roulant, lui fit prendre un cachet et s'assit sur la malle.

— Le bateau est dans environ 1 heure. Nous pouvons l'attendre ici. Mais dès que nous allons sortir, nous allons de nouveau nous faire repérer et la prochaine fois que nous nous ferons arrêter, nous n'aurons plus de monnaie d'échange.

— Oui, dit Iouliéta, je n'imaginais pas que ces bocaux deviendraient si importants... Quoiqu'il en soit, nous lui avons tout donné...

— Je vais aller repérer le quai de notre bateau. Je prends le fauteuil roulant et je reviens, dit Elio.

— Je t'attends mon garçon, ne t'inquiète pas pour moi.

— Je vais revenir, vous pouvez me faire confiance.

— Je le sais, je n'en ai absolument aucun doute.

Le quai du transporteur pour Corfou était à une centaine de mètres, mais Elio repéra au moins deux Capteurs sur le chemin. Il lui faudrait porter Iouliéta sur les derniers mètres, embarquer le fauteuil roulant à part et ne pas oublier la malle. Bref, il lui faudrait être rapide et efficace. Compte tenu des épreuves précédentes, le départ fut finalement facile. Cinq minutes avant de partir, Elio s'approcha avec le fauteuil roulant. Il porta Iouliéta puis la caisse et la chaise et n'eut que le temps de sauter sur le bateau automatique avant que celui-ci quitte silencieusement le quai. Il se hâta de se réfugier dans le container 1604, celui-là même désigné par Léonardo. Il ferma la porte, alluma une petite veilleuse avant de s'adresser enfin à Iouliéta.

— Comment allez-vous Mama ? Je ne vous ai pas fait mal en vous portant ?

— Non, tu as très bien fait. Ça m'a rappelé le jour de mon mariage, dit l'aïeule sans qu'Elio comprenne la référence.

Mais je ne peux pas te dire que cela va. Je tousse du sang depuis tout à l'heure, lui dit-elle en montrant un mouchoir ensanglanté.

— Mais pourquoi ne pas me l'avoir dit avant ?

— À quoi bon ? Est-ce que cela aurait changé quelque chose ? Je veux juste arriver à Corfou maintenant. Amène-moi là-bas que je puisse mourir tranquillement et tu aurais rempli ta mission, mon garçon. Tu seras béni pour toujours pour cela.

Pour Elio, la notion de bénédiction était absconse, mais peu importait, il n'en avait pas besoin d'en connaître les subtilités pour savoir qu'il fallait amener, coute que coute, Ioulièta à Corfou.

——oooo—-

En prenant son service à 9 heures, Kassandra était impatiente de savoir si son initiative avait été couronnée de succès. Elle fut donc déçue d'apprendre qu'elle n'avait pas contribué à retrouver le Kaméléon et que toute cette opération s'était soldée par une double procédure JKC02030.

— Tout ça pour ça, pensa-t-telle. Blanco va me pourrir pour avoir consommé de l'Énergie pour pas grand-chose. Ça fait quand même deux disparus de moins, sauf si la mamie est morte depuis.

Elle se mit en devoir d'aller vérifier son état de santé à l'Hôpital de Brindisi.

> Information non disponible, répondit DémocratiQ

Elle pesta : « Mais c'est pas possible, ils vont me laisser accéder à une info un jour ou jamais ? Comment je peux faire mon travail dans ses conditions ? ».

Elle interrogea de nouveau le programme

> Où est Elio Santiago ?

> Information non disponible.

Les boulets, pensa-t-elle… Et puis à 9h55, une alerte illumina ses lunettes.

> Dossier Elio Santiago : « Signature corporelle repérée sur le port de Brindisi ».

> Ah le cochon, il s'en est sorti, pensa-t-elle.

Le temps d'avoir la liaison en temps réel, elle ne put voir que le bateau en train de partir et le jeune homme se cacher dans un container. Elle interrogea l'IA :

> Dans quelle direction va ce bateau ?

> Destination Corfou, arrivée prévue demain à 6h30.

Soudain, Kassandra vit rouge. Son initiative se soldait par un échec et Blanco ne manquerait pas de se moquer d'elle. Il lui serait encore plus difficile de prendre des initiatives d'autant que son score allait être réduit, mettant en péril sa position et ses avantages. Elle se parla à elle-même :

— Je ne sais pas où est Corfou, mais j'espère pour toi que tu vas te jeter par-dessus à bord avec ta mamie sur le chemin parce que je te réserve une réception pleine de surprises, petit malin. Et tu n'es pas près de revoir le soleil.

Elle changea la catégorie du dossier Elio Santiago pour le passer en « Prioritaire » pour vol et possession d'un Kaméléon. Et elle ajouta : « Suspicion de Haute Trahison ». Cette mise à jour faisait automatiquement Iouliéta et Elio des « Traqués » pour une arrestation sans condition. Kassandra attendait déjà le lendemain avec impatience, lorsque les deux fugitifs allaient arriver sur le port de Corfou.

Corfou

En entendant le bateau changer d'allure et ralentir, Elio dit à Ioulléta :

— Je vais vous réinstaller dans le container pour l'arrivée.

— C'était une très belle nuit Elio. Merci de m'avoir installée sur le pont. Cela faisait tellement longtemps que je n'avais pas vu autant d'étoiles. Et toi, tu avais vu cela ?

— Oui, et c'était avec The_Cat, dans le désert. C'était magique. Chaque moment avec elle était merveilleux, dit-il avec nostalgie.

— Ne t'inquiète pas, tu vas la retrouver bientôt et vous serez de nouveau sous les étoiles. Et même dans les étoiles…

— Je ne sais pas. J'espère qu'elle va arriver au bout de son voyage.

— Bien sûr qu'elle va y arriver. Je suis persuadée qu'elle est beaucoup forte que tu l'imagines. Peut-être même plus forte que toi… Tu verras. Allez, porte-moi à l'intérieur maintenant.

Le bateau finit par accoster et une armée de robots vint débarquer les containers. Celui d'Elio et Ioulléta finit par être posé au sol. Elio entrouvrit la porte. Il ne s'attendait pas à grand-chose, cette nuit Ioulléta l'avait même félicité de profiter de chaque instant en pleine mer, mais il comprit tout de suite que la situation était devenue très tendue. Il referma la porte pour faire un compte-rendu à Ioulléta :

— Bon, c'est pas formidable. Juste en face de nous, il y a un robot de Traque et un policier. Ils ont l'air d'attendre que nous sortions. J'en ai vu un à l'œuvre, une fois. Je ne vois pas comment on va pouvoir y échapper. Il tourne tout autour du container. Il sera impossible de courir plus vite que lui. Et encore moins en fauteuil roulant.

— C'est un robot de Traque ou un drone d'assassinat ? s'enquit Iouliéta qui semblait parfaitement connaître la différence entre les deux. Les robots de Traque étaient des sortes d'autruches mécaniques dont la tête aurait été remplacée par une pince capable de saisir à peu près n'importe quoi.

— C'est un robot au sol, dit Elio.

— Parfait, il est donc là pour nous arrêter, pas pour nous tuer. C'est déjà ça.

— Super, soupira Elio avec sarcasme.

— Il y a bien une solution mon garçon, mais ça ne va pas être facile, dit Iouliéta au bout de quelques secondes

— Comment ça pas facile ?

— Tu connais la seconde règle des IA ? Celle sur notre bonheur et notre santé ?

Elio avait saisi, mais il fit semblant du contraire :

— Et en quoi cela nous concerne ? Personne ne va mourir aujourd'hui.

— Allez, je sais que tu as compris. Ne fais pas semblant. Alors je vais parler d'une traite, parce que l'on n'a pas le temps et surtout pas d'autres options. D'abord, je te remercie. Pour m'avoir amenée ici, pour tes attentions, pour ta gentillesse, The_Cat a de la chance de t'avoir trouvé, tu es précieux. Ensuite, je vais mourir. Que ce soit ce matin, ce soir, ou demain, peu importe. Je le sais et toi aussi sûrement. L'important c'est que je sois enterrée dans mon pays. Ce sera le cas grâce à toi. Donc tu vas me laisser choisir comment je vais mourir, ce sera ma dernière liberté et ni toi ni cette horreur de RépubliQ n'allez m'en empêcher. D'accord ?

— Oui, dit Elio.

Puis elle expliqua son plan à Elio. Elio prit quelques affaires dans la malle et les enfouit dans son sac à dos. Il enleva prestement les batteries du fauteuil et installa Iouliéta dessus. Ils s'étreignirent une dernière fois avant qu'il ouvre la porte du container.

——oooo—-

Au même moment, à Paris, Kassandra était déjà connectée depuis 15 minutes, pour être sûre de voir en temps réel l'arrestation d'Elio et de Iouliéta. Plutôt que de regarder cet évènement dans ses lunettes, elle avait paramétré la retransmission sur son mur et c'est donc sur un écran géant qu'elle vit successivement, le bateau arriver, le container être transbordé et déposé au sol, le policier et le robot de Traque se déployer. Et puis soudain, tout alla très vite : Elio se mit à courir en direction de l'eau aussi vite que possible en poussant le fauteuil avec Iouliéta. Instantanément, le robot de Traque accélérera vers eux. À quelques mètres du bord du quai, alors qu'il était sur le point d'attraper Elio, celui-ci poussa le fauteuil vers l'eau le plus fort possible et s'en écarta violemment pour incurver sa course.À cet instant précis, conformément à la seconde règle, le robot eut à décider de quel humain il devait garantir la santé, et c'était incontestablement Iouliéta. Ma machine poursuivit sa course vers le fauteuil, le saisit et l'immobilisa à quelques centimètres du parapet, tandis qu'il laissait Elio plonger dans l'eau.À des milliers de kilomètres de la là, Kassandra vit, tout comme Elio en tournant la tête vers elle, Iouliéta basculer dans l'eau. Même après avoir regardé cette séquence en boucle, Kassandra ne put jamais déterminer si c'était à cause de l'inertie du mouvement ou par une dernière impulsion voulue par la vieille femme. Quoi qu'il en soit, le choc tua Iouliéta sur le coup. Le robot se figea, ainsi que tous les automates aux alentours, comme le voulait la procédure. Le policier arriva peu après et sauta dans l'eau ainsi que les autres hommes présents sur le quai. Kassandra éteignit la projection. Elle était déjà en train de réfléchir sur la façon dont elle allait se dépêtrer de ce fiasco. De toute façon, elle n'aurait pas vu ce qui était aussi en train d'échapper aux Capteurs. Parmi les personnes dans l'eau, un vieil homme se contenta de toucher la main de Iouliéta avant de disparaître dans les flots. Il rejoignit Elio qui avait refait surface derrière un bateau, et lui dit :

— Prends ce masque et ce respirateur et suis-moi

— Mais je ne sais pas nager, répondit Elio dans un souffle.

— C'est pas grave, il faut justement que tu restes le plus au fond possible…

Après avoir bu quelques tasses, Elio comprit comment respirer et suivit tant bien que mal le vieil homme. Ils refirent surface à côté d'un autre bateau, à bonne distance de l'agitation du port. Deux marins les empoignèrent sans ménagement pour les faire sortir de l'eau et le bateau repartit en trombe.

— Je suis le frère de Iouliéta, dit enfin le vieil homme.

— Je m'appelle Elio. C'est terrible, je suis désolé pour votre sœur.

— Oui. Il y a de quoi. Tu me raconteras plus tard. Va dans la cabine te sécher en attendant. Tu vas attraper la mort et je n'ai pas envie de voir un deuxième macchabée aujourd'hui.

L'antique bateau à bord sur lequel ils avaient pris place filait au sud, au plus près des rivages.

Au bout d'une demi-heure, il stoppa le long d'une jetée en bois et tous se retrouvèrent dans une cabane de pêcheurs, visiblement coupée de tout.

— Mangeons quelque chose. Tu dois avoir faim après ce premier bain… Je m'appelle Kostas.

Les 4 hommes se mirent à l'ombre et partagèrent un café, du pain, de l'huile et un morceau de fromage.

— Raconte-moi un peu. Depuis quand connais-tu Iouliéta ? Et votre voyage ? Et pourquoi cet accident ? Si près du but, quelle tragédie…

— Oui, une tragédie. Je suis vraiment désolé. Avant de vous raconter, j'ai besoin de savoir… Vous êtes des Contrebandiers ? Des Dealers ?

— Des Dealers sûrement pas ! Quelle horreur ! dit Kostas. Nous sommes des « 91 » tout ce qu'il y a de plus honnête, dit-il en lui clignant d'un œil, tandis que les autres hommes opinaient de concert. Nous ne faisons rien de mal pour éviter de perdre notre revenu universel mensuel !

— Pourtant, vous vivez à l'écart, rien n'a l'air électrique ici.

— Tu es bien de la ville, toi… plaisanta Kostas. Ici, c'est une ile, c'est pas pareil ! Cette cabane, elle dans ma famille depuis 300 ans, et nous n'avons jamais eu besoin d'électricité pour y loger…

— Mais pour la nourriture ?

Un des hommes se moqua :

— Depuis quand on a besoin d'électricité ou de robots pour ramasser des olives ? C'est mon frère qui nous les donne. Et le fromage, c'est ma tante si on te demande…

— Et DémocratiQ ne vous surveille pas ?

— Si bien sûr... enfin, j'imagine. Enfin comme tout le monde. Mais nous, on ne fait pas de politique... On passe simplement du temps dans cette cabane, c'est tout.

— Et les Capteurs ?

— Oh bien, il y en a eu, mais ils tombaient en panne sans arrêt. Au bout d'un moment, ils ont arrêté de les réparer... Tu sais, on est loin de tout ici...

Tu parles, pensa Elio... comme si les Capteurs tombaient en panne spontanément. Ils sont arrivés à créer leur petite Zone Inutile, retirée du monde. C'est ici que j'aurais dû donner rendez-vous à The_Cat...

— Mais pourquoi m'avoir amené ici ? Et comment vous avez su que nous arrivions ce matin ?

— Pour tout te dire, ce n'est pas pour toi que l'on est venus, mais pour Iouliéta et puis, il a fallu improviser... Raconte-nous maintenant...

Elio raconta les derniers jours de Iouliéta.

— Si tu dis vrai, je dois te remercier. Grâce à toi, elle sera enterrée ici et c'était le plus important pour elle.

— J'ai quelque chose pour vous, se rappela Elio.

Il ouvrit son sac et tendit quelques vêtements et objets qu'Iouliéta lui avait confiés, lors de leur dernière échappée.

— Ah... merci. Ma sœur a toujours été nostalgique... Je ne sais pas bien ce que je vais en faire, mais merci quand même...

Il déplia les habits et sortit une tasse en céramique, des couverts, un sécateur et une boite hermétique.

— Ce sont les photos, à tous les coups.

Effectivement, Iouliéta avait regroupé quelques photos tirées sur papier qui résumait sa vie de clandestine. Au dos d'une d'entre elles, Kostas découvrit un mot de sa sœur :

Kostas,

Prends bien soin de cet enfant comme il s'est occupé de moi

Que Dieu te bénisse.

Ta sœur pour toujours, Iouliéta.

— Décidément, tu lui as tapé dans l'œil... Bon, tu vas rester ici quelques jours et on va voir ce qu'on va faire de toi...

— C'est à dire que je ne veux pas rester ici. Je suis attendu en Crète...

— Voyez-vous çà, tu es attendu en Crète... Tu te crois en vacances ma parole...

Elio reprit son histoire, en expliquant cette fois-ci sa rencontre avec The_Cat et leur rendez-vous à Héraklion.

— Mais pourquoi diable, tu veux aller à Héraklion ?

— Parce que nous allons ensuite nous installer à Andros, c'est une ile dans les Cyclades...

— Oui, je sais très bien où se trouve Andros... Mais il n'y a plus rien là-bas depuis longtemps.

— C'est bien pour cela, c'est une Zone Inutile, et si The_Cat est bien en chemin, elle sera comme moi : elle ne pourra plus jamais retrouver va vie d'avant sauf à être déscorée et faire du clic pendant des mois.

— Ah oui, j'ai un fils qui a fait cela pendant 2 jours, il ne s'en jamais remis je crois, dit Kostas. Enfin quand même Andros, c'est encore loin. Tu es loin d'avoir fini ton voyage... Tu ne pouvais pas trouver plus proche ?

— C'est parce qu'à Andros tout pousse facilement. Je me suis dit que ce serait plus facile pour survivre, si nous voulons cultiver des légumes....

— Ben voyons. Bon, nous en reparlerons. En attendant, tu vas apprendre à nager... on ne peut pas vivre ici sans savoir nager quand même...

Le soir, les pêcheurs regagnèrent leur domicile officiel, laissant Elio seul dans la cabane avec sensiblement le même menu que pour son déjeuner. Une fois seul, il s'assit au bord de l'eau pour contempler son nouveau royaume et soudainement se mit à pleurer. Tout ce voyage, c'était trop : trop de stress, trop de peur, trop de malheur, la mort de Ioulieta et toujours cette incertitude au sujet de The_Cat. Il chercha à la rejoindre par la pensée, mais en vain. Comme un poison, le doute balayait toutes ses anciennes certitudes, ses convictions les plus cartésiennes, et même les faits. Il en était désormais sûr, The_Cat ne viendrait pas, et ne viendrait jamais. Il finirait seul sur le port d'Héraklion, ridicule et victime de ses sentiments. Si elle avait été à ses côtés, The_Cat aurait pu le rassurer d'un sourire, de quelques mots, d'une simple étreinte. Mais ce soir, le premier soir depuis son départ de Florence, Elio était seul et cette solitude ne faisait qu'amplifier ses doutes.

Le lendemain, le bateau des pêcheurs arriva alors qu'Elio faisait réchauffer le café de la veille...

— Mais tu es fou, le salua Kostas, tu veux notre mort ou quoi ? On va faire du café frais. D'autant que nous avons une invitée de marque.

En effet, une inconnue débarquait avec eux. C'était une femme d'une cinquantaine d'année, vêtue d'une longue robe blanche qui contrastait avec sa peau tannée par le soleil et la mer. Elle sauta prestement du bateau dans l'eau, sans se soucier de mouiller sa robe.

— Je te présente Diane. Elle était sur le port de Corfou hier matin et elle a assisté à ton arrivée fracassante.

— Encore merci, Kostas pour le transport, répondit Diane. Tu n'imagines pas quel honneur c'est pour moi d'être ici.

— Effectivement, je n'ai toujours pas compris ton insistance et ton impatience pour voir ce gamin.

— C'est parce que tu ne sais pas...

Elle se tourna vers Elio :

— Ta réputation et tes faits d'armes t'ont précédé. En ville, tout le monde veut te rencontrer.

— Me rencontrer ? Mais pourquoi ?

— Mais pour le Kaméléon, bien entendu...

— Le Kaméléon, mais je ne l'ai plus avec moi...

— Oui, oui, on sait tout cela... Mais on veut tous savoir comment tu l'as volé, comment tu l'as utilisé pendant des années, tout ce que tu as pu faire avec...

— Ah oui, tout cela... mais c'est qui tout le monde ? Je n'ai pas vraiment envie d'avoir, de nouveau, un robot de recherche à mes trousses...

— Ne t'inquiète pas. Et puis j'exagère un peu, il ne s'agit que des Contrebandiers qui travaillent dans mon équipe.

— Des Contrebandières plutôt, précisa Kostas...

— Oui, c'est vrai, que des femmes ! On ne veut pas d'hommes qui passent leur temps dans une cabane les pieds dans l'eau, dit Diane en riant.

— Ouaip... enfin sauf ce matin pour un tour en bateau.

— Mais oui, mon ami. On ne refuse jamais un peu d'aide, tu le sais...

Elle se retourna vers Elio et posa un sac sur la table.

— Tiens, voici quelques affaires pour te souhaiter la bienvenue...

Elio la remercia et sortit un chapeau de paille, un short, des sandales, et deux chemises blanches.

— C'est magnifique, mais ce ne sont pas des productions officielles ?

— Nous sommes des Contrebandiers ou pas ? dit Diane en souriant. C'est de la part de toute l'équipe et c'est avec plaisir. Et ce bracelet, c'est un cadeau pour que tu te souviennes de ton passage chez nous. Il y en a un second pour ta fiancée.

Elio tombait des nues :

— Mais comment connaissez-vous The_Cat ? Et puis ce n'est pas ma fiancée...

— Je te l'ai dit, ton histoire est en train de faire le tour de la Méditerranée. Un voleur de Kaméléon en train de traverser la mer pour retrouver son amoureuse, c'est tellement incroyable. C'est pour cela que tout le monde veut voir à quoi tu ressembles. Toutes les filles voudraient avoir un Elio dans leur vie. Allez va te changer avant qu'on parle de la suite...

Lorsqu'Elio revint, Diane ne put s'empêcher de le complimenter :

— Ma parole, tu es beau comme un astre ! Tu vas faire des ravages...

— Oh, cela ne risque pas...

— Tant mieux, tant mieux... tu sais ce que l'on dit, il ne faut jamais mélanger l'amour et le travail. Et mes filles, elles sont là pour bosser ! Bon, combien de temps tu restes ici ? Je veux dire sur notre ile...

— Je ne sais pas, le temps de trouver comment aller à Héraklion...

— Ça, c'est déjà réglé, tu peux partir le jour que tu veux, je connais au moins trois ou quatre personnes qui veulent t'y amener.

— Mais pourquoi ?

— Tu ne te rends pas compte à quel point tu es devenu une star ma parole. Mais tant mieux ! Tu prendrais la grosse tête sinon.

— Ça non plus, ça risque pas... Et donc je peux partir demain ?

— Demain ! tu es pressé, dis donc... Tu ne veux pas assister aux funérailles de Ioulieta avant de partir ?

— Ah si bien sûr... Je ne savais pas que vous la connaissiez...

— Bien sûr que je la connais. Avant de partir vivre dans sa ferme, c'était elle qui dirigeait notre groupe de Contrebandières. Et que tu l'aies ramenée mourir ici, tu ne sais pas à quel point c'était important pour elle. Et pour nous...

— Oui, mais elle est morte quand même et dans un horrible accident...

— D'après ce que j'ai compris, elle a choisi sa mort. Exactement comme elle a toujours choisi sa vie. Elle a toujours été une femme libre, tu sais...

— Ce sera quand ?

— Son enterrement ? Dans deux jours...

— Et je ferai comment pour ne pas me faire repérer ?

— Oh ça ce ne sera pas compliqué. Elle ne va pas être enterrée, nous disperserons ses cendres au large, comme elle l'a toujours voulu. C'est Kostas qui va organiser cela. Et il n'y aura pas un Capteur à l'horizon.

Il lui restait donc trois jours à passer sur une plage déserte, en compagnie de pêcheurs...

— Je vais attendre ici ? demanda Elio

— Tu peux, mais je te propose plutôt de passer une soirée en ville.

— Oui, dit Elio, bien entendu.

— Et puis nous avons des bricolages à faire sur des Capteurs, pour les désactiver. Tu saurais faire cela ?

— Je peux regarder, les réparer c'était mon métier avant...

Et « avant », c'était il y a juste quelques jours, pensa Elio. Déjà une éternité...

Le lendemain soir, Elio était donc l'invité de marque d'une soirée discrète, réunissant une vingtaine de personnes. Il raconta ses tribulations, fit rire et sourire par moment, mais laissa aussi son auditoire surpris et dubitatif :

— Et ce Kaméléon, tu ne nous as pas dit comment tu l'as utilisé après la mort de ton père ?

— C'est parce que je ne l'ai jamais utilisé jusqu'à mon départ...

— Sérieusement ?

— Oui, c'est vrai. J'avais trop peur de me faire attraper par ma mère...

Un murmure parcourut l'assistance, mêlant déception pour les pères et approbation pour les mères... Puis, un petit orchestre se forma pour faire danser l'assemblée.

— Allez viens, lança Diane...

— Non, je n'ai jamais dansé... je ne sais pas...

— Raison de plus, c'est le moment où jamais... viens...Et puis c'est aussi le bon moment pour prendre ta première cuite aussi. On a de l'ouzo qui devrait t'aider...

Les deux journées suivantes passèrent à toute vitesse : un jour pour modifier des Capteurs et un autre pour la cérémonie dédiée à Ioulliéta.

Le dernier soir, les pêcheurs le saluèrent une dernière fois, en présence de Diane :

— Demain, c'est Agatha qui viendra te chercher. Elle arrivera au lever du soleil et vous partirez aussitôt. Tiens-toi prêt. Et encore merci pour ce qui tu as fait pour notre communauté.

— Ce n'était pas grand-chose ; bricoler des Capteurs, ce n'est pas compliqué pour moi.

— Ce n'est pas de cela dont je veux parler. Tu as redonné de l'espoir à chacun d'entre nous. Grâce à toi et ton amie, nous pouvons toujours croire en nos rêves et même que l'amour peut défier les IA. Et merci aussi de nous avoir ramené Ioulιéta.

— Je ne vous oublierai pas, j'espère que je reviendrai, dit Elio.

— Et avec ta fiancée…

— Ce n'est toujours pas ma fiancée, sourit Elio

— Bien sûr, répondit Diane. Dernière chose, mange léger demain matin. Un coup de vent est annoncé pour le début de votre traversée. Ça va secouer à coup sûr… J'espère que tu arriveras à discuter avec Agatha. Elle connaît très bien Héraklion. Je n'y suis jamais allée, mais il paraît que c'est très particulier là-bas…

Effectivement, le lendemain, dès la sortie de la baie, Elio découvrit pourquoi le Meltem était craint des marins depuis l'Antiquité. Il soufflait fort, créant une mer hachée particulièrement désagréable. L'embarcation que dirigeait Agatha était régulièrement ballotée par des embruns qui balayaient le pont. Elio voulut rester à l'intérieur, mais Agatha l'en dissuada en lui tendant un seau :

— Reste dehors, à côté de moi. Autant que tu vomisses dehors, quitte à choisir…

Puis le vent se calma un peu, suffisamment pour permettre une conversation :

— Encore merci de m'amener en Crète, lui redit Elio, pour la troisième fois…

— Je te l'ai dit, c'est avec plaisir et de toutes les façons j'avais prévu d'y aller.

— Vous y êtes déjà allée ?

— Oh, oui, j'y vais presque tous les mois depuis des années...

— Vous connaissez bien le chemin pour Héraklion alors... Diane m'a dit que c'est un endroit particulier...

— Ce n'est rien de le dire... Tu risques d'être très surpris...

Agatha lui expliqua alors pourquoi Héraklion était devenu une zone interlope, peuplée de marginaux, de sans-domicile fixe, de fugitifs, de personnes arrivées au bout de leur voyage, incapables d'aller plus loin.

— Pourquoi ils ne vont pas dans des îles, dans des Zones Inutiles ? Ils seraient libres de vivre comme bons leur semble...

— Et libres de travailler surtout. On voit bien que tu n'y es jamais allé... Il n'y a rien là-bas que la terre, l'eau, le soleil, le vent et quelques pressoirs. Il faut tout faire à la main, bêcher, cultiver, récolter. C'est un travail épuisant. Et il n'y a ni robot ni exosquelette pour t'aider. Tout ce qui te semble simple depuis ta naissance devient compliqué. Même prendre une douche chaude nécessite que tu ailles ramasser du bois pour la faire chauffer. Les Zones Inutiles, c'est le Moyen Âge, en pire...

— Pourquoi en pire ?

— Parce que tout le confort et la facilité sont à quelques dizaines de kilomètres. Et je ne te parle même pas de la santé. Il n'y a pas de médicament, si tu as une rage de dents, tu ne trouveras que de la camomille pour te soigner, qu'est-ce que tu crois...

— Il n'y a pas de confort, mais la liberté...

— C'est une façon de voir les choses. En tout cas, seuls les vieux veulent y aller. Je n'ai jamais vu un couple de jeunes vouloir trimer comme cela...

— Mais ils vivent de quoi, tous ces gens, à Héraklion ?

— Certains du revenu universel, mais la plupart, de trafic, de prostitution à distance, de production pornos, de blanchiment...

— Et les Capteurs et robots de surveillance les laissent faire ?

— Tout le monde les laisse faire, les deux IA les laissent faire... Faut que tu comprennes que, pour les IA, la Ligne c'est le bout du monde. C'est comme Eboli.

— Eboli ?

— J'imagine que tu ne connais pas... C'est pour dire que c'est perdu, qu'il n'y a pas plus loin. À force, elles ont lâché l'affaire, c'était trop compliqué de faire respecter le Parfait Équilibre là-bas... Et puis, cela fait un endroit où tous les mendiants, les malades, les paumés se retrouvent. Et même les addicts au clic.

— C'est qui ceux-là ?

— Ce sont des gens qui ne peuvent pas faire autre chose que de passer leur journée à cliquer. Souvent, c'est parce qu'ils ont eu trop de condamnations... Bref, c'est un zoo à ciel ouvert, je te préviens... ça arrange tout le monde qu'ils se regroupent là-bas. Le pire, c'est qu'il a d'autres villes comme Héraklion. Tout le long de la Ligne...

— Je ne savais pas, dit Elio. Ce n'est pas ce que j'imaginais, lorsque j'avais effectué mes recherches...

— Parce que tu crois encore les informations des IA. Tu es naïf ou quoi ? Rien n'est vrai dans ce que tu apprends...

— Enfin si quand même, se défendit Elio, qui n'avait pas encore totalement trahi son ancien démiurge. Il n'y a pas de Capteurs là-bas ? Ou des drones d'assassinat ?

— Je ne sais pas exactement, je ne reste que dans le port lorsque j'y vais. Mais cela m'étonnerait qu'ils fonctionnent… Encore une fois, cela arrange tout le monde de ne pas savoir ce qui se passe là-bas.

— Quand même… Et pourquoi tu ne restes que sur le port ? demanda Elio même s'il devinait la réponse…

— Parce que c'est très dangereux, tout simplement. J'y vais, je fais mes livraisons et je repars aussi vite que possible à Corfou…

— Pourtant, Diane m'a dit que je ne risquerais rien tant que je serai là-bas…

— Diane est optimiste… mais cela devrait aller, tu seras protégé par des Cybers. En tout cas, c'est avec eux que tu as rendez-vous à notre arrivée…

— Je croyais que les Contrebandiers et les Cybers ne s'aimaient pas…

— C'est pas qu'ils ne s'aiment pas, c'est qu'ils n'ont pas la même approche. Nous, les Contrebandiers, il faut bien dire que l'on profite du système. Pour les Cybers, on est des vendus, des traitres. Eux ils veulent tout faire péter de l'intérieur. Mais ils n'ont aucune chance à mon avis. En tout cas, c'est ce qu'on pense, nous…

— Pourtant, je vais chez eux…

— Mais oui, parce qu'à Héraklion, tout est flou… Là-bas, c'est un peu leur capitale.

— Leur capitale ?

— Il faut que tu comprennes qu'avant, ceux qui sont devenus des Cybers travaillaient généralement pour les deux IA. Du reste, c'est à ce moment-là qu'ils ont été regroupés en Crète pour mener des attaques contre les pays qui résistaient. Et puis, un jour, les IA n'ont plus eu besoin de mener des attaques pour asseoir leur pouvoir. Alors ces

« 9 », qui travaillaient à cela, ne leur servaient plus à rien et les IA les ont abandonnés, sans état d'âme. Ils sont devenus des Cybers, par vengeance… et nous avons commencé à avoir des échanges…

– Mais pour quoi faire ? Ils font quoi pour vous, je croyais qu'ils ne faisaient que des cyberattaques violentes et du détournement de crypto…

– Déjà, ils ont besoin de nous pour leurs équipements et nous, on est content de les trouver par moments.

– Pour voler ?

– Mais non ! D'abord, nous on ne vole pas, on fait du business, c'est pas pareil. Et puis, il faut que tu arrêtes de croire les informations officielles… Les Cybers font sûrement des attaques, mais aussi beaucoup d'autres choses. Ils t'expliqueront beaucoup mieux que moi, parce que je n'y connais rien, mais je sais qu'ils peuvent créer de fausses identités ou de faux déplacements et ça arrange bien nos trafics.

– Et avec eux, je serai en sécurité ?

– Je pense. En tout cas tu n'auras pas mieux… De ce que j'ai compris, ils font régner leur loi, pour gérer leurs business tranquillement.

– Régner leur loi ? Mais comment ?

– Je ne sais pas moi, ce ne sont pas mes affaires ! Je te l'ai dit, je ne quitte jamais le port…

Il y a quelques heures, Elio était tranquille sur une plage déserte face à la mer, et désormais il se dirigeait vers le chaos tout en ayant le projet de rejoindre un monde « pire » que le Moyen Âge…

– J'ai vendu du rêve à The_Cat et je vais lui livrer le pire bordel que la terre ait porté. Si elle n'avait pas encore de raison de m'en vouloir, elle va en trouver plein dès son arrivée...

——oooo—-

Après le mort de Ioulièta, une enquête fut diligentée comme chaque fois qu'il y avait une suspicion d'accident mortel dont l'IA serait à l'origine. Même si l'analyse conclut que c'était Ioulièta qui s'était jetée dans l'eau pour échapper au robot de Traque, l'affaire remonta jusqu'à Blanco, et même à ses supérieurs. Fait exceptionnel, Kassandra fut convoquée à une réunion physique pour qu'elle explique sa version des faits, et comment elle avait pris l'initiative d'une arrestation. C'est Blanco qui fut le plus véhément, profitant pour se disculper au passage.

— Ce que la commission ne comprend pas, c'est pourquoi vous avez demandé une Traque pour la possession d'un Kaméléon, alors même que vous saviez que ce n'était pas le cas.

— J'étais persuadée que la section de recherche locale ne l'avait pas trouvé, mais qu'ils l'avaient néanmoins caché sur eux. Et qu'une autre équipe de Traque, plus aguerrie, le trouverait.

— Sur quels éléments se fondait cette analyse ?

— Je le sentais. Et puis, il fallait bien les stopper. On ne peut quand même pas laisser des gens voyager librement.

— Soit, mais il y a des règles à respecter malgré tout. Vous avez pris deux initiatives complètement improductives coup sur coup. Comment expliquez-vous cela ?

— J'ai pris des décisions en fonction des informations que j'avais. Et il faut bien dire que je n'étais pas aidée, la moitié de mes requêtes n'aboutissait pas.

— C'est sûrement pour des bonnes raisons, lorsque l'on voit le résultat final, répondit sèchement Blanco.

Un autre membre de la commission reprit :

— Et puis pourquoi ne pas avoir demandé de l'aide à DémocratiQ sur la marche à suivre, comme c'est la procédure en pareil cas ? Ou au moins à ce cher monsieur Blanco, qui se serait fait un plaisir de vous aider grâce à son inestimable expérience, n'est-ce pas André ?

— Mais c'est évident ! en profita-t-il. Je suis toujours présent pour les membres de mon équipe et toujours prêt à les aider. Après tout, c'est pour cela que je suis leur référent éthique, n'est-ce pas ?

— C'est exact. Madame Dalata, qu'avez-vous à répondre ?

Kassandra savait l'affaire était pliée, que toute la responsabilité lui retomberait dessus. Il s'agissait de limiter la casse sans mouiller Blanco.

— J'étais très motivée, je me suis peut-être emballée, j'en conviens.

— Nous avons l'impression que vous avez pris ce dossier trop à cœur, comme une affaire personnelle. Est-ce le cas ?

— Peut-être en partie, c'est vrai.

— Mais vous savez pourtant que c'est formellement interdit. Aucune activité, aucune intervention ne doivent être pilotées par vos ressentiments. Elles peuvent l'être uniquement par les règles, les process officiels et les recommandations des algorithmes. Vous comprenez ?

— Parfaitement, pas de sentiments, que des process.

Blanco poursuivit :

— Nous n'avons pas d'autres choix que de vous déscorer de 10 unités, ce qui entrainera automatiquement un changement de fonction. Je demande à la commission de faire des propositions de candidats d'ici une semaine. Pendant cette période, vous resterez à votre poste, sans avoir le droit à aucune initiative. Cela nous évitera de nouvelles catastrophes. Qu'en pensez-vous ?

– La commission approuve. Du reste, je me permettrai de vous suggérer quelques membres de ma famille qui seraient parfaitement adaptés à cette fonction.

– Ce sera avec plaisir, monsieur le président, dit Blanco.

La séance fut levée sans délai et Kassandra parcourut, furieuse, à pied le chemin du retour. Il lui fallait se calmer avant de chausser de nouveau ses lunettes pour éviter que ce sentiment ne vienne encore plus affecter son score d'émotivité.

--oooo--

Après deux jours de navigation, Elio et Agatha finirent par arriver sur le port d'Héraklion. De loin, rien ne laissait percevoir le chaos décrit par la Contrebandière. Mais en se rapprochant, Elio découvrit des façades rongées par la rouille et l'humidité et surmontées d'un immense filet anti-drones d'assassinat qui formait un dôme géant. Il était constitué d'un patchwork de tissus, de toiles, de mailles métalliques tenus par des centaines de poteaux tout aussi hétéroclites. L'ensemble projetait au sol des taches de couleurs, mais générait aussi une odeur de confinement aussi insupportables que celle d'une chambre d'adolescent qui n'aurait pas été aérée durant tout un été. La ville était divisée en blocs d'immeubles autogérés qui faisaient appel, ou pas, à des services de nettoyage et d'assainissement. Plus on s'éloignait du port, plus les rues étaient jonchées d'ordures de toutes sortes, au point de rendre la circulation difficile. Partout régnait une effervescence inconnue pour lui. Des hommes et des femmes s'affairaient, à la place des robots présents dans les autres ports... Arrivés à quai, une douzaine de personnes en guenille les attendaient. Agatha en sélectionna deux qui se mirent à décharger sa cargaison. C'était la première fois qu'Elio voyait la pauvreté, la misère, et possiblement les blessures et la maladie s'il avait regardé de plus près. La première fois qu'il voyait un monde, sans le progrès et la sécurité permis par les IA.

— Tu vas t'y faire, lui dit Agatha. N'oublie pas que c'était l'état de la moitié du globe il y a moins de 100 ans... Tiens, voilà tes nouveaux amis...

Elio tourna son regard vers le quai où arrivait un transporteur tagué de multiples inscriptions et dont le toit avait été découpé grossièrement.

— Encore merci pour cette traversée, dit-il à Agatha.

— Bon courage pour la suite, et mes amitiés à ta fiancée, dit-elle avec un clin d'œil...

— Ce n'est pas ma fiancée... et je ne sais plus si c'était une bonne idée de lui donner rendez-vous ici...

— Ben, si tu dois faire le chemin inverse, tu n'as qu'à revenir sur ce quai. J'y serai dans un mois...

Elio descendit à terre avec son paquetage, à la rencontre de l'homme qui sortait du transporteur-cabriolet.

— Elio, je présume ? L'homme Kaméléon ?

— Oui, c'est ça...

— Martin, enchanté. Je t'emmène. La traversée s'est bien passée ? Pas malade ?

— Non, très bien passée... Pas malade du tout...

Le transporteur entra dans la ville, qui ne ressemblait à rien qu'Elio ait déjà vu. C'était un désordre bruyant, sale, grouillant d'hommes et de femmes visiblement pressés, tous habillés différemment. Martin le fit entrer dans le hall d'un hôtel, semblable à celui où il avait rencontré The_Cat, mais en beaucoup plus sale et défraichi.

— Tu dois être un peu surpris si tu viens d'une grande ville, lui dit Martin... Mais on garde les robots nettoyeurs pour les chambres. Voici la clé de la tienne, c'est la 416. Si tu as de la chance, l'ascenseur marche et, c'est au quatrième étage. Sinon, c'est toujours au quatrième, mais par les escaliers. Je te laisse déposer tes affaires, je t'attends au bar dans 10 minutes.

Elio monta directement par les marches, et découvrit une chambre sans charme, mais plus propre que ce qu'il attendait. Il redescendit immédiatement.

— Tu es rapide, dis donc, le félicita Martin. Tu veux boire quelque chose ? C'est pour moi.

— Il y a quoi ?

— De la mauvaise bière ou de la mauvaise bière, comme tu préfères.

— Va pour une mauvaise bière, tant qu'elle est fraiche.

— Euh... alors, disons une mauvaise bière tiède ou une mauvaise bière tiède. Ça te va quand même ?

— Cela sera parfait, dit Elio, décidément toujours poli.

— Je t'explique. Tes amis Contrebandiers t'ont pris cette chambre pour 10 jours. Je ne sais pas ce qui explique ce traitement de faveur, mais tu dois être important pour eux... Ils m'ont aussi demandé de te laisser cette carte avec 1.000 crédits. Ce n'est pas la richesse, mais je te préviens, la majorité des gens que tu vois autour de toi, ne gagne pas ça en 3 mois. Ah oui, ici ce n'est pas comme à Corfou, tout s'achète en crédit. Et tout se vend pareil.

— Merci dit simplement Elio. Et après ?

— Ah ça je ne sais pas. Ils m'ont dit que tu serais parti d'ici là. Tu veux aller où ?

— Dans les Cyclades, à Andros...

— À Andros ? Avec les vieux ? Tu veux mourir d'ennui, ma parole... Bon... Je n'ai pas beaucoup de temps à cause de mon travail, mais je pourrais te faire visiter la ville dans 3 jours.

— Oui, avec plaisir. Tu fais quoi comme travail ?

— Oh ben, comme tous les Cybers, un peu de tout, dit-il évasivement... Tu t'y connais un peu en informatique ?

— Un peu mais ma spécialité, ce sont plutôt les Capteurs. Quand j'ai besoin de faire du code compliqué, je demande à l'IA de le produire pour moi.

— Hum, dit Martin avec réprobation. Ici, tout le monde code...

— D'autant que si vous ne pouvez pas utiliser l'IA, j'imagine qu'il n'y a pas d'autre solution...

— C'est sûr, et puis nous voulons garder le contrôle de ce que nous faisons.

— Et toi, tu as une spécialité ? s'enquit Elio.

— Moi, ma spécialité, ce sont les chimères.

— Des chimères ! C'est quoi ?

— Ce sont des comportements mi réels, mi inventés que nous injectons dans le système, associés à des vrais gens.

— C'est pas sympa, cela doit gêner leur vie quotidienne !

— C'est l'objectif, comme cela ils se plaignent à l'IA qui les efface.

— Et vous faites cela pour faire consommer de l'Energie ?

— Non pas vraiment, c'est surtout pour générer de la défiance pour l'IA pour ses propres données. On voudrait qu'elle finisse par considérer tous les comportements humains un peu différents comme une chimère et qu'elle les efface d'elle-même systématiquement.

— Vous voulez qu'il y ait de plus en plus d'Epsilons en fait.

— C'est un peu cela, en tous les cas que l'IA comprenne de moins en moins bien les humains pour réduire sa capacité de manipulation.

— Et en quoi cela arrange les Cybers ?

— D'abord parce que on veut faire dysfonctionner les deux IA et on essaie d'exploiter ses faiblesses. Et puis, on veut créer un espace de liberté pour pouvoir l'exploiter le moment venu.

— Et ce sera quand ?

— Tu es bien curieux dis donc ! En vrai, je ne sais pas ! Assez parlé ! En attendant que je te fasse visiter notre royaume, dit Martin avec sarcasme, tu peux te balader tout seul, mais fais attention malgré tout. Et si tu as un problème, dis juste que tu me connais. Ça devrait calmer la situation...

— Ok... c'est pas trop rassurant quand même...

— Ça va bien se passer, tu vas voir... Et évite de t'éloigner trop du port. Je reviens samedi en début d'après-midi ici, c'est d'accord ?

— Oui, très bien.

— Dernière chose, c'est vrai ce qu'on dit ? Tu as volé et utilisé un Kaméléon pendant des années ?

— Oui, enfin, non... J'ai volé un Kaméléon, mais je ne l'ai pas utilisé pendant des années...

— Tu as eu un Kaméléon et tu ne l'as pas utilisé ? répéta Martin en séparant bien les mots...

— Voilà c'est ça...

— Ah, ok... à samedi... et puis on verra à ce moment-là comment organiser deux ou trois rencontres. Il y a pas mal

de gens qui sont curieux de te voir...
– C'est obligé ? demanda Elio.
– Rien n'est obligé ici... mais ce sont des gens super importants. Je te conseille de leur parler...

Elio mit la carte dans sa poche, laissa sa bière imbuvable sur le comptoir et sortit dans la rue. Il se dirigea vers le phare, situé au bout de la jetée. C'est là qu'il avait rendez-vous avec The_Cat. Mais elle n'était pas là.
– Peut-être ce soir, se dit-il avant de retourner dans sa chambre.
Elle n'était pas là ce soir-là, ni le lendemain. Le soir du deuxième jour il se rendit à l'évidence, il n'y avait aucune trace de sa bien-aimée. Il rentra à l'hôtel, irrité, frustré puis rapidement en colère. Jamais elle ne viendrait, elle était peut-être morte en chemin, ou arrêtée par un robot, ou tout simplement restée à Ispahan. En quelques secondes, son cerveau sombrait, noyait par des idées négatives et funestes. Il s'imaginait déjà faire le chemin inverse, revenir, bredouille, chez les pêcheurs et finir célibataire dans sa cabane. « Quel drama » aurait dit The_Cat. Il s'endormit pestant aussi bien contre lui-même que contre ce projet de voyage. Le matin du troisième jour, il prit son temps comme par dépit, avant de se diriger vers ce phare devenu maudit...

Héraklion

Soudain, depuis le quai, il la vit. Assise au pied du phare, The_Cat était là et regardait la mer. Le cœur d'Elio explosa dans sa poitrine, son ventre se tendit, de peur et de joie mêlées. Plus rien ne pouvait les empêcher de se retrouver. Il ressentit une incroyable émotion, humblement, physiquement, comme face à un évènement inconnu des sciences exactes. Le cherchant du regard, The_Cat observait les va-et-vient des bateaux. Elle avait les cheveux au vent, et était aussi peu stressée qu'il l'était. Elle avait tout son temps, elle attendait Elio, et il allait arriver. Ils avaient chacun, si souvent, imaginé, fantasmé, espéré ces minutes qu'ils ne pouvaient pas faire autrement que de lâcher toute prise avec leurs pensées. Chaque seconde s'écoulait sans lien avec la précédente ni la suivante. Chaque instant était exceptionnel et particulier. S'ils étaient, tous les deux, incroyablement impatients de se retrouver, ils savaient, chacun à leur manière, ce moment unique dans leur histoire. Jamais ils ne changeraient de vie de nouveau, jamais ils ne parcouraient autant de kilomètres pour se rejoindre, et, ils en étaient persuadés, jamais ils n'aimeraient autant. La colère d'Elio avait disparu et ses doutes évanouis. Pour The_Cat, le moment présent était scintillant et heureux.

Elio s'avança, et arrivé à quelques mètres d'elle, il s'assit sur un banc et la regarda. C'était la femme qu'il aimait, celle à laquelle il pensait en continu depuis plusieurs mois. Elle était encore plus belle que lors de leur dernière rencontre, et il en fut, durant un éclair, rassuré. The_Cat perçut le regard d'Elio se poser sur elle. Dix fois, vingt fois, elle avait déjà eu ce sentiment, tant elle l'attendait, elle aussi. Mais elle savait que, cette fois, c'était la bonne. Il était là, sûrement pas loin, sans doute sur le quai derrière elle. Elle ne voulait pas tourner la tête trop vite, il fallait faire durer ce moment. Lentement, elle pivota vers lui et le vit. Elle s'arrêta de bouger et le regarda. Elle sourit.

— Il est vivant, il est là pour moi, se dit-elle immédiatement.

Elle cherchait ce qui avait changé depuis leur dernière rencontre. Il semblait plus bronzé, peut-être plus élancé, toujours aussi beau. Tous deux restèrent ainsi quelques instants à se dévorer, de loin, du regard. Le temps était suspendu, il n'y avait plus de mouvement autour d'eux, le monde s'était figé, tout était gelé et pétrifié alors qu'ils étaient brûlants. Leurs regards fusionnèrent, se soudèrent, toujours en silence, coupés du monde. Ils se regardaient, aimantés, souriant autant qu'il était possible de le faire. Leurs corps projetaient des flots d'hormones, presque perceptibles. Tous deux voulaient repousser, de quelques secondes, la déflagration, ce qui allait suivre le temps de la vue.

Puis, ils se levèrent doucement pour se mettre en mouvement, l'un vers l'autre, à la fois pétrifiés et incroyablement présents. Des milliers de fils invisibles se connectaient, au fur et à mesure qu'ils se rapprochaient, comme une toile secrète. Arrivés en face l'un de l'autre, Elio effleura délicatement The_Cat du bout des doigts, de l'extrême bout, pour la guider, la rassurer, la sentir. Ils ne parlaient pas, et alors que l'air vibrait et claquait autour d'eux, aucun des bruits environnants n'arrivait à leurs cerveaux. Pour la première fois depuis des mois, ils percevaient leurs parfums, mélangés avec la brise salée, exacerbés par la peur, le stress et le désir. Elio s'approcha, de quelques centimètres, ouvrit ses mains et plongea ses doigts dans les cheveux de The_Cat, pour que leurs effluves les entourent. The_Cat sentit ses longs doigts, le long de son crâne et laissa doucement glisser sa tête dans son cou. C'était le temps des odeurs. Celle des cheveux, des peaux.

Cela dura une éternité, puis Elio descendit lentement une main vers la cambrure de ses reins. The_Cat frémissait, frissonnait. Il pressa son corps contre le sien, leurs ventres se touchèrent, leurs cuisses, leurs sexes aussi. Ils tremblaient tous les deux. The_Cat ouvrit ses bras pour le serrer, son visage toujours dans son cou. Leurs battements cardiaques, leurs vibrations étaient dorénavant parfaitement à l'unisson. Elio se recula de quelques centimètres. Ils se regardèrent dans les yeux, aussi près que possible. Leurs yeux grands ouverts, ils approchèrent leurs lèvres. C'était lent et doux. C'était désormais le temps du toucher. Le premier baiser fut un effleurement léger, sur le coin de leur bouche. Une première étape, la recherche d'un accord commun, les premières notes d'un concerto, qui vont décider de la suite. Puis un baiser sur les lèvres. The_Cat sentit le relief de sa bouche, la volupté, la fermeté de ses chairs. Encore quelques baisers sur leurs lèvres fermées, d'abord délicats, puis de plus en plus appuyés. Elio la serra beaucoup plus fort, leurs chairs se convoquaient, leurs bouches s'ouvrirent, et ils s'engouffrèrent l'un dans l'autre. C'était désormais un besoin inextinguible, animal, incontrôlable. Ils perdirent leur souffle et s'arrêtèrent dans un éclat de rire. Arrivait le temps des paroles. Ils se dirent à quel point ils avaient attendu ce moment. Toujours en se regardant dans les yeux. En murmurant. C'étaient des mots d'amour, chuchotés.

Le premier stress était derrière eux et ils restèrent dans les bras l'un de l'autre, pendant de longues minutes. The_Cat était connectée à toutes ses sensations, son attirance, ses désirs, y compris les plus charnels. Elio respirait enfin, profitait de l'assurance d'avoir The_Cat pour lui seul. Il lui prit la main pour l'entrainer jusqu'à sa chambre d'hôtel. Après le temps de la vue, des odeurs, celui du toucher et des paroles, ce fut l'heure des amoureux affamés, un espace éternel et universel, de désir, de plaisir, d'absolu, de sexe et de libération. À un moment où ils reprenaient leur souffle, The_Cat colla son visage dans le cou d'Elio. Il sentit ses seins sur son torse, elle huma l'odeur de leurs sexes après l'extase. Alors qu'ils tremblaient tous les deux, Elio descendit doucement ses doigts le long de sa colonne vertébrale pour la faire tressaillir encore un peu. Elle se glissa sur le côté, en le gardant dans ses bras. Ils chuchotent quelques mots. Imperceptibles. Presque inaudibles. Longtemps interdits. Impossible il y a peu. « Mon amour, désormais nous partons en voyage ».

Fin du tome 1.

Remerciements

Je tiens à remercier Muriel pour son soutien quotidien pour ce projet au long court.

Je tiens à remercier Marie Lallouet pour ses conseils méthodologiques et éditoriaux.

Je remercie aussi mes béta lecteurs : Caroline, Corine, Muriel, Nathalie et Alexis pour leurs supports et leurs conseils avisés.

Enfin, je remercie Marie-Paule pour sa relecture attentive et précise.

Table des matières

Dépôt légal octobre 2024

Librinova

www.librinova.com

Imprimé sur les presses de l'Imprimerie Caladoise
69400 Villefranche - FRANCE
www.jefaismonlivre.fr
Entreprise labellisée Print Environnement.

Achevé d'imprimer en novembre 2024